Les Éditions du Boréal
4447, rue Saint-Denis
Montréal (Québec) H2J 2L2
www.editionsboreal.qc.ca

CES SPECTRES AGITÉS

DU MÊME AUTEUR

La Rage, roman, Québec/Amérique, 1989 ; Boréal, coll. « Boréal compact », 2010.

Cowboy, roman, XYZ, 1992 ; Boréal, coll. « Boréal compact », 2009.

Betsi Larousse ou l'ineffable eccéité de la loutre, roman, XYZ, 1994 ; Boréal, coll. « Boréal compact », 2009.

Les Étranges et Édifiantes Aventures d'un oniromane, feuilleton, L'Instant même, 1994.

Le Soleil des gouffres, roman, Boréal, 1996.

Le Voyage en pot. Chroniques 1998-1999, Boréal, coll. « Papiers collés », 1999.

Le Joueur de flûte, roman, Boréal, 2001 ; coll. « Boréal compact », 2006.

Sauvages, nouvelles, Boréal, 2006.

L'Humain isolé, essai, éditions Trois-Pistoles, 2006.

La Constellation du Lynx, roman, Boréal, , 2010.

Louis Hamelin

CES SPECTRES AGITÉS

roman

préface de Victor-Lévy Beaulieu

Boréal

Dépôt légal : 3e trimestre 2010
Bibliothèque et Archives nationales du Québec

Diffusion au Canada : Dimedia
Diffusion et distribution en Europe : Volumen

Catalogage avant publication de Bibliothèque et Archives nationales du Québec et Bibliothèque et Archives Canada

Hamelin, Louis, 1959-

Ces spectres agités

(Boréal compact ; 216)

Éd. originale : Montréal : XYZ, 1991.

Publ. à l'origine dans la coll. : Romanichels

ISBN 978-2-7646-2057-1

I. Titre.

PS8565.A487C47 2010 C843'.54 C2010-940999-X

PS9565.A487C47 2010

ISBN PAPIER 978-2-7646-2057-1

ISBN PDF 978-2-7646-3057-0

ISBN ePUB 978-2-7646-4057-9

Pour Hélène

Reste, belle jeune fille ! s'écrie le jeune homme en quittant précipitamment son lit.
Voici les dons de Cérès, voici ceux de Bacchus, et voici, chère enfant, que tu apportes l'amour.
Tu es pâle de frayeur !
Viens, chère jeune fille, viens,
et goûtons ensemble aux joies des dieux !

WOLFGANG GOETHE, *La Fiancée de Corinthe*

Ces spectres agités, sont-ce donc la pensée
Du poète ivre, ou son regret ou son remords,
Ces spectres agités en tourbe cadencée,
Ou bien tout simplement des morts ?

VERLAINE, *Poèmes saturniens*

Préface

Je suis dans le creux de ma relecture de Ces spectres agités *de Louis Hamelin et beaucoup de ce que je sais de la littérature québécoise vient curieusement me revisiter — alors qu'allongé sur le divan, je jette parfois un coup d'œil distrait vers le téléviseur que j'ai allumé tantôt, je me demande bien pourquoi étant donné que le petit écran se couche de bonne heure aux Trois-Pistoles, surtout par temps de pluie comme maintenant. Mais peu importe ! Du téléviseur irradie juste ce qu'il faut de lumière pour que les spectres inventés par Louis Hamelin s'y agitent. Dois-je ajouter qu'ils sont en bonne compagnie ? Que la ténèbre montréalaise ameutée par Louis Hamelin me fait ressouvenir de quelques autres personnages du roman québécois venus avant son entrée en écriture ?*

Mais un mot d'abord sur le roman lui-même, ne serait-ce que pour identifier le nœud gordien qui en sous-tend toute la portée. Dans Ces spectres agités, *Louis Hamelin nous fait découvrir trois personnages masculins et un féminin. Les trois hommes sont jeunes, tout comme la femme d'ailleurs. D'eux quatre, on pourrait dire qu'ils représentent cette adolescence de maintenant, qui n'en finit plus de tourner en rond sur elle-même — des parents dont on ne sait pas grand-chose, des amis qui n'en sont pas vraiment, des études dont il ne reste déjà presque plus rien et une vie quotidienne à la limite de la* pauvreté. Les trois garçons, Pierre, Vincent et le Polonais Pietr cohabitent d'abord, non loin de la prison Parthenais, ce faux asile comme une épine enfoncée dans le ventre de Montréal. Pierre est le seul à avoir de l'emploi, dans cet hôpital se faisant une spécialité de la maladie chronique — rien que ce qui se racornit de la vie : l'usure, la maladie, la débilité et la souffrance médicamentée. Quant à Vincent, il se croit romancier et rêve d'écrire, comme tant d'autres avant lui, le Grand Roman Québécois. Et ce pauvre Pietr maintenant ! Polonais en exil à Montréal, il est velléitaire à mort, selon l'expression de Réjean Ducharme. Lui aussi voudrait écrire, un essai sur le Mouvement Solidarité — ce règlement de conte contre le général Jaruzelski, père odieux du despotisme polonais. Mais Pietr souffre trop parce que, enfermé dans sa solitude, il ne reste plus du monde pour lui que de la mauvaise viande : la sienne propre et celle de ses pogos dont il s'empiffre dès qu'il le peut, et qu'il mange safrement. Quand les pogos lui font défaut, Pietr s'écorce littéralement, ne devenant plus que cet évachement devant un téléviseur que même éteint, il va regarder pareil : même le monde de l'image a sombré — plus le pays et plus de corps, qu'une pharmacopée dont il se remplit le trou qu'il a dans le crâne.

Parce qu'ils sont Québécois, Pierre et Vincent paraissent avoir plus de chance : leur viande à eux, c'est Montréal et de préférence quand s'ouvre leur œil nyctalope. Alors sourd de la ville la grande poussée de la sensualité qui l'habite — tous ces bars bondés dans sa jeunesse sexuée, révolutionnaire Cour des Miracles du Nouveau Monde, avec de la musique tonitruante, du vin, de la bière et de l'alcool qui, dans l'imaginaire, repoussent très loin des limites mêmes de la ville se travestissant en femme fatale, paumée, poétique et suicidaire.

Voilà donc Montréal transformée en phytophage corps callipyge grâce à Dorianne sortie tout droit d'un roman de Marcel Proust : fugitive égérie que le vin fait halluciner, tous les moteurs de la ville — vrombissantes voitures phalliques — se lançant à sa poursuite pour l'écraser définitivement sur l'asphalte chaud de la nuit.

Un temps, la triade que forment Pierre, Vincent et Pietr la sauvera de la mécanique nocturne mais, dès les premières pages du roman, la chose était déjà entendue : bien que s'agitant dans le labour et le débours de la nuit, les spectres, pareils aux vampires si chers à Pietr, ne sauraient résister à la remontée inéluctable du jour, Montréal redevenant l'infamie de la misère sociale, sa luminosité fourbe s'étalant comme une énorme main sale sur les choses et le monde. Aussi, Dorianne va-t-elle s'y faire hacher en tous petits morceaux, après une nuit d'Halloween digne des grandes nuits de Walpurgis — et c'est bien évidemment l'écrivain du Grand Roman Québécois qui va lui donner son coup de mort. Le Golem, *c'est-à-dire l'œuvre fondamentale qui donnerait au pays tout son sens, pourra-t-il naître d'un sacrifice si dérisoirement propitiatoire ?*

Le roman de Louis Hamelin laisse cette question-là ouverte, le nœud gordien québécois ne pouvant se dénouer, semble-t-il, qu'à l'envers — par l'exilé polonais, ce Pietr de plus en plus schizophrène qui, déguisé tout comme Vincent, en la mort elle-même pour célébrer l'Halloween, va se retrouver véritablement fou avec le petit matin et tenter d'assassiner une Dorianne qu'il prend sans doute pour le général Jaruzelski. Oh Solidarité quand tu nous mal-tiens !

Comme on voit, on est loin de l'univers familial québécois tel qu'on peut le lire dans La Famille Plouffe *ou* Bonheur d'occasion. *On est loin aussi du maquisard* Prochain Épisode *et du dé-traqué* Journal d'un hobo. *Dans* Ces spectres agités, *on est dans l'univers atomisé du Grand Morial où les affinités électives demandent encore à venir vraiment — ce choix nouveau de sa véritable parentèle, et dont le roman de Louis Hamelin pose un jalon essentiel dans notre littérature.*

C'est pour moi d'une si grande importance que ma relecture terminée, je ne me sens pas pressé d'en sortir. Aussi, je vais rester encore un bon petit moment sur mon divan, le téléviseur ouvert, mais muet, à l'autre bout du salon. Peut-être ce pauvre Polonais de Pietr y voyait-il malgré tout, même dans l'état d'hébétude où il n'avait même plus le choix de se détenir, cette continuité qu'il y a dans la littérature québécoise. Souvenez-vous de La Jument des Mongols *de Jean Basile, de Victor, de Jérémie et de Judith, cette nymphomane d'entre toutes les nymphomanes, et finalement enceinte d'une œuvre (avortante) qui aurait pu, là aussi, être celle du Grand Roman Québécois, éclaté parce que non familial. Souvenez-vous de* La Charrette *de Jacques Ferron, cette descente dans la nuit de Montréal, avec une négresse prostituée aussi noire que la ténèbre. Souvenez-vous encore du* Nez qui voque *de Réjean Ducharme, de Mille Milles et de Chateaugué, autres avatars du Grand Roman Québécois et qui, comme dans* Ces spectres agités, *se termine mal, par la mort de Chateaugué, comme* La Jument des Mongols *se clôt par celle de Judith et la fin véritable de* La Charrette *par la fuite élocutoire de la négresse prostituée, ce qui revient au même. D'où cette question essentielle qu'on peut se poser en lisant le roman de Louis Hamelin : l'atomisation de la famille montréalaise, c'est-à-dire cette mort de la mère et de la fille en même temps, explique-t-elle à elle seule la non-venue du Grand Roman*

Québécois parce que le père, le frère et le fils ne seraient plus que les malheureux orphelins d'eux-mêmes ?

En attendant la réponse, que cet univers vide d'un téléviseur happant la ténèbre alors que dehors, ça mouille toujours à siaux et sans le cri de n'importe quel engoulevent dedans.

VICTOR-LÉVY BEAULIEU

I

La nuit de Walpurgis

VINCENT

Au début, ce ne fut qu'un mot dans la bouche de Pierre, une autre histoire de conquête dans la bouche de Pierre-Cœur-de-Pierre. Car chez lui, tout passait par la bouche. Ce n'était qu'un nom de fille que Pierre prononçait voluptueusement, en malaxant une salive blanche et épaisse de sa langue charnue, les yeux fermés. Puis, étrangement, c'est devenu ma vie.

Dorianne.

Au début, elle fut un mot dans la bouche avide de Pierre, une histoire d'alcool et d'alcôve, puis elle se fit chair et vint se poser sur mes genoux, un peu perdue, comme une perdrix ivre au bout de son vol erratique. Sortie de nulle part, elle s'est d'abord tenue devant moi, pâle comme un condensé de brouillard, un précipité blafard. Elle se dandinait sur le balcon arrière, ouvrant les bras pour conserver un équilibre précaire. Au-delà de la rampe de fer forgé, encadrant en arrière-plan sa silhouette décharnée, la prison Parthenais montait dans le ciel. J'ai ouvert la porte et elle a fait les premiers pas. Elle a prononcé une seule parole :

— Est-ce que je peux te déranger ?

J'ai émis l'avis qu'il s'agissait là d'une drôle de requête à formuler et, la seconde suivante, elle siégeait sur mes genoux. Elle m'a embrassé maladroitement près de la bouche, puis plus haut, au hasard, me laissant l'estampille de son rouge à lèvres bon marché sur le zygomatique. J'ai senti la couche de cosmétique me coller à la peau. Plus tard, j'ai décelé la tache irrégulière dans le miroir. Dorianne fleurait le vin, la cigarette, la fermeture des bars. Les présentations furent inutiles : Pierre s'était déjà occupé de ça, il nous avait familiarisés réciproquement, malgré lui, avec nos nom et histoire. Le reste, ça ne regardait plus que nous deux.

Mon camarade avait fait promettre à Dorianne de ne pas me déranger. Elle m'apprit cela, entre deux hoquets, et ajouta qu'elle n'avait pas l'intention de me déranger. Elle me remit du rouge à lèvres sur la joue.

À cette époque, je me levais tôt et, la plupart du temps, je travaillais. Au préalable, j'avais nourri mon corps des traditionnels toasts de pain blanc au beurre de peanut accompagnés du premier café. L'encre du journal matinal maculait discrètement la mie moussue de mes tranches de pain. Le second café, lui, me trouvait d'habitude installé devant la table de fer branlante que surmontait la modeste machine à écrire électrique chargée de relayer mes circuits cérébraux. C'est à cette étape précise du processus, au moment décisif de quitter la cuisine pour gagner mon poste, que la dénommée Dorianne m'avait paralysé en pleine station assise.

Ça la fascinait visiblement, cette petite production noir sur blanc, dans l'ombre de ma chambre. C'est ce qui l'avait attirée là, à portée de mes bras, avec ses airs de phalène affolée par le faisceau d'un phare. À l'origine, elle ne m'avait connu, elle aussi, que sous ma forme phonétique. Elle déclara avec emphase :

— Château ! Tu sais, moi aussi, j'aime les mots.

On percevait dans le ton de sa voix une nuance aristocratique qui, par sa fausseté, agaçait autant qu'elle séduisait. Ça frappait l'imagination, cette façon légèrement forcée de négocier les syllabes les plus tortueuses, de torturer chaque lettre pour faire parler sa voisine, d'écarteler les consonnes pour mieux faire hurler les voyelles. Si cette fille-là aimait vraiment les mots, elle devait avoir une drôle de manière d'aimer. Autant Pierre savait savourer chaque vocable en le retournant en tous sens entre sa langue rugueuse et ses grosses lèvres, autant Dorianne aimait à trancher à grands coups de dents dans tout ce qu'elle prononçait. D'ailleurs, son tic favori consistait à faire claquer ses mâchoires dans le vide, à la fin d'une phrase.

— Tu sais quoi, Vincent ?

— Non.

— Tu devrais aller acheter du vin.

— Tu crois ?

Tu parles. Je me rappelais les récriminations, les condamnations répétées proférées par Pierre. Ces mises en garde inconscientes, maintenant, m'incitaient à une certaine prudence. Je dis, sans trop de conviction :

— Je ne sais pas si le dépanneur est ouvert...

— Mais oui... assura-t-elle en se laissant glisser contre mon épaule.

— Quel jour on est ? demandai-je en tâchant de me secouer.

— On est encore la nuit.

— C'est le 1er mai, aujourd'hui, constatai-je avec lassitude, parlant pour moi-même.

— C'est le 30 avril, ami... C'est la nuit.

Elle fit entendre un soupir où l'aise se mêlait de désespoir. Pour ma part, j'entamais, ce dimanche-là, la quatrième semaine d'une période de continence plutôt triste que je tentais parfois d'exalter en la mettant en relation directe avec mon labeur. Mais je n'avais pas encore passé l'épreuve de la tentation (en l'occurrence, le contact d'une paire de fesses bien fermes contre la chair faible de mes cuisses). Ça manquait de fondement, mon affaire. Le carillon d'une cathédrale retentit à ce moment dans la distance. Je comptai les coups, attentif, en hochant la tête.

— Il est au moins huit heures, fis-je ensuite observer, implacable. Huit heures, c'est mon heure…, et c'est le 1er mai, la fête des travailleurs… Demain, je dois passer une entrevue, pour un emploi.

— Donc, il faut fêter ça, ami… Trinquer à la santé du travail, château ! Ton occupation principale, pour l'instant, c'est moi. Alors tu as intérêt à être bien occupé, O.K. ?

Puis, dressant l'index avec décision :

— Du vin… rouge !… bâilla-t-elle.

— Tu n'as pas encore dormi, toi ?

— Bientôt, ami, bientôt…

— Tu n'as pas faim ? Tu ne voudrais pas une bonne toast au beurre de peanut ?

Elle secoua fermement la tête, puis réitéra avec vigueur l'expression du besoin vers lequel tout son être se tendait entre mes bras :

— Je n'aime pas le pain. Je veux du vin. Après, on dormira toute la journée. Toute la vie, si tu veux.

Je jetai un coup d'œil dehors. Le soleil se dissimulait encore de l'autre côté de l'immeuble et, sur la sombre étendue des ruelles et des cours jonchées de traîneries qui nous séparait de Parthenais, la prison, de toute sa masse noire et carrée, s'efforçait de garder la nuit plaquée au sol. Mais, touchés de plein fouet par des boulets de lumière, les barreaux chromés des cellules flambaient aux étages supérieurs. Je regardai Dorianne en face. L'anémie de sa figure était soulignée par des cernes profonds qui recueillaient les rigoles de son rimmel en pleine débâcle. À travers le réseau formé par ce ruissellement charbonneux, de fines rides se lançaient déjà, à partir des yeux striés de sang, à l'assaut des courbes neigeuses de son visage. Seul signe de vitalité au milieu de ce début d'outrage, les lèvres, pleines et vermeilles, se retroussaient aux coins pour laisser saillir les dents.

Tournée vers la fenêtre, elle me proposait son profil tandis que, dehors, les restes de la vie nocturne s'effilochaient, les ombres s'accrochaient aux aspérités des bâtiments et les cloches, à toute volée, continuaient de faire vibrer les faîtes de la ville, gros bourdons d'airain encagés dans un ciel que scindait en deux la forteresse toute proche. Parthenais opposait un mur vertigineux aux matines, leur faisait écho, opaque. Une note de tristesse perlait au fond des yeux de Dorianne, derrière le voile d'une brume rosée. J'étais déjà drainé par quelque chose de fragile, comme une force en elle. Tout le reste devenait anodin, quotidien. Devoir rimait avec dérisoire.

Elle se pencha sur moi et procéda à l'impression d'un croissant de rouge sur le bout de mon nez. Sa voix se fit suppliante :

— S'il te plaît ! Achète une bouteille de vin !

Dorianne-le-Nom était loin, échappée à jamais de la bouche de Pierre. Sa personne prenait maintenant toute la place, drapée dans une mante noire dont les pans en apparence déchiquetés voletaient autour de son corps spectral. En un dernier sursaut de résistance, je murmurai :

— D'où est-ce que tu sors, toi ?

Elle porta la main à son front, douloureuse.

— Château ! Fais comme si j'avais toujours été là ! C'est Pierre qui m'a amenée ici. Lui, il est parti travailler, mettre la main dans la merde des vieux séniles parqués à l'hospice. Et moi, il faut que je boive du vin sinon je vais mourir, bon.

En dégringolant les degrés de l'escalier extérieur avant de me diriger vers le dépanneur du coin, je fus saisi d'un frisson. Le ciel s'ennuageait avec une précipitation spectaculaire. La température avait chuté d'un seul coup, le printemps semblait régresser à toute vitesse vers l'horizon, et je crus même discerner des flocons de neige au sein des bourrasques boudeuses qui faisaient tourbillonner, le long de la ruelle, les vieux papiers et les cochonneries découvertes par le dégel. Au loin, un chien aboya plaintivement.

PIERRE

La Foire aux Vieux, ça existe. J'y travaille justement. J'entretiens la marchandise. Le matin, c'est les bains. Qui en a besoin, qui pas ? Je consulte le programme affiché au mur. On va commencer par madame Chose, la chambre 116. Un peu squelettique, la brave vieille. La chair qui pend loin des os. Pour l'instant, elle pointe son menton vers le haut, au bout de tout un amas de tissus mollement tendus. Il paraît calcifié, ce menton, la peau comme du ciment. Allez, madame, on vous change de couche, ça va être plus confortable. Tourne sur le côté. Incroyable ce que ça peut devenir, un corps humain. Et puis frotte, frotte un peu partout : les petites fesses fripées, le pourtour de l'anus rougi, bruni, crevassé, croûteux. Les seins, un rapide va-et-vient dessous. La vulve, je touche pas. La première fois, non prévenu, je lui passe un coup de torchon là aussi. Aussi sec, mécaniquement, elle me referme ses doigts sur le scrotum et commence à serrer, bandant ses maigres forces. En retour, je lui ai servi un bon coup de poing dans l'estomac. J'ai été vertement tancé, ensuite, par la garde en chef, mais je ne pouvais pas savoir, moi : madame Chose a mis vingt-huit enfants au monde, elle ne supporte plus tellement qu'on la tâte à cet endroit. Pour les examens gynécos, elle a droit à l'anesthésie générale.

Voilà. Je vous cale le dos bien solidement contre ce gros oreiller et, dans deux heures, on vous renverse sur l'autre flanc, promis. Petite routine pour éviter les plaies de lit. Problème, ça, les plaies de lit : il faut les tourner en tous sens, comme des méchouis. Quand il y a plaies de lit malgré tout, reste toujours la vaseline, hein, ma vieille ? Elle gémit, elle n'a pas son mot à dire, elle.

Bon, suivant. Monsieur Alzheimer. Parle chinois en plus, vous dire si c'est compliqué. Deux préposées potelées passent dans le couloir, papotant.

— Y a le grand-père du côté de mon mari qui a trépassé hier.

— Il a toffé longtemps, lui !

Allez, monsieur Li, que je vous remonte, vous êtes presque rendu en bas du lit. Ôte la couche, aujourd'hui, on va vous peser, monsieur Li. Vous serez plus léger comme ça, sans ce lest dans vos langes. Laver tout, le sexe en berne, la poche qui pend, ondule mollement sous la caresse de la serviette. Vingt-huit enfants, bon Dieu, pas croyable les ravages que ça peut causer, ce machin-là. Et, pas à dire, les Chinois ont fait plus que leur part, pour l'accroissement du patrimoine planétaire.

Un coup de rasoir électrique, maintenant ? Oh, qu'il n'aime pas ça ! Je lui masse les bajoues sans ménagement, ça sera fini plus vite, le rasoir lui fait comme un bâillon qui étouffe à moitié ses geignements de protestation. Eh quoi ? Il est pas supposé être imberbe, votre peuple ? Tout de même. On est si fier, adolescent, la première fois qu'on se promène cet engin sur les joues.

Voilà, on va vous peser. La garde en chef me donne un coup de main. Vous n'aurez même pas à vous lever. Je sais bien que ce bidule semble avoir été breveté par l'Inquisition d'Espagne, mais ce n'est qu'une balance, monsieur Li. La garde en chef, une joviale irréductible, celle-là, une force de la nature, admirable, à bien y penser. Tandis qu'on se met à deux pour soulever le frêle bonhomme et glisser dessous l'espèce de civière qui sert de plateau à la balance, elle lâche, d'une voix tonnante :

— Vous allez voir, monsieur Li, c'est comme un hamac ! Vous allez pouvoir vous bercer comme dans un hamac !

Un hamac. Je la trouve bonne, celle-là.

Suivant. La douche de monsieur le Perroquet, là-bas. En défilant devant les chambres, je ne peux m'empêcher de regarder, curiosité malsaine, même après tout ce temps. Savoir ce qui nous attend, là. On voit des choses, comme ce type qui cherche son air, la bouche ouverte et convulsée, les yeux hagards, la tête redressée par à-coups, dardant un poignet tordu au bout d'un bras dérisoirement tendu, presque statuesque au fond de son aliénation physique.

Monsieur le Perroquet se trouve au fond d'une chambre à occupation double. Au premier plan, un homme regarde la télévision qui s'élève au pied du lit comme une idole. Nerveux, il tient le télésélecteur d'une main crispée et s'en donne de petits coups fébriles sur le bas-ventre, sans changer de poste. Sur l'écran, on voit une roue de la fortune qui tourne, un autre de ces quizz matinaux. Plus haut, sur une tablette, il y a une photo du patient en compagnie de sa femme, au temps où il était plus jeune, ce qui ne veut pas forcément dire heureux.

Le père Roquet. Je l'ai surnommé ainsi parce qu'il arbore cet air de sagesse rusée et butée, avec un rien de mauvaise foi, qu'on remarque chez les vieux perroquets des volières. Le perroquet peut atteindre cinquante ans, je crois, c'est le champion de la longévité chez les oiseaux, enfin, peut-être qu'il arrive deuxième après le corbeau.

Notre homme est relativement lucide et jouit d'une autonomie mesurée, mais tout de même ! Ce matin, il y manque un tantinet de volonté. Nous devons nous y mettre à quatre pour le tirer de sa pose horizontale et le déposer sur sa chaise trouée. Direction les douches. La chaise trouée, c'est pratique, il peut faire en même temps. Ah, roué vieillard, il n'a pas du tout abdiqué ses prétentions viriles, lui ! Une préposée vient à passer, il lui colle derechef sa grosse patte blanche et poilue sur la fesse, tandis qu'elle s'indigne gentiment, pour la forme.

— Eh qu'est belle, à matin ! dit le père Roquet en bavant sous le jet de la douche.

— Toujours aux femmes, le père ? que je lui demande, complice. Toujours aussi porté sur la chose, mon vieux sacripant ?

Ça lui cause un plaisir indescriptible, ça. Il ricane comme un singe. C'est ça qui étonne : que la vue permanente de leurs barbaques pourries n'ait pas tué la totalité du désir. L'autre jour, j'entre dans une chambre sans prévenir, je surprends un petit vieux qui faisait à une petite vieille des choses, mais des choses, mes aïeux ! On nageait en plein porno *hard core.* Je trouve ça plutôt sain, en fait. Et cette chaise percée : même assis sur le plus beau trône, on est toujours assis que sur son cul.

Il y a aussi madame Giroux, quatre-vingt-dix-neuf ans, toujours vieille fille, et coquette comme une mijaurée avec ça ! Ce collier de fausses perles roses qu'elle porte, et la distinction de ses manières quand elle mange ! Cette fois, c'est pour une question de mécanique buccale que je viens. Donnez votre dentier, madame Giroux, on va vous détartrer le tout. Je lui confisque son sourire barbouillé et entreprends de le récurer.

Plus tard, c'est le repas. On distribue les plateaux, puis on s'occupe de ceux qui sont incapables de s'enfourner la pâtée à la bonne place. Jean-Louis, presque la trentaine, sclérose en plaques, se laisse alimenter comme un bébé, avec un air d'abandon douloureux, heureux. Sur le mur, punaisée, une photo de lui avec le père Noël.

Je me dirige vers le réfectoire. Le zappeur agité regarde toujours la télé et, surprise, c'est *The Price Is Right* qui occupe l'écran. L'enthousiaste tonalité du présentateur fuse de la pièce. Je marque une pause près de la porte. Misère : Bob Barker ne rajeunit pas. Il commence à avoir les cheveux blancs.

Au réfectoire, je vais aider monsieur Li à se sustenter, à survivre une journée de plus. Le Bavard, là-bas dans le coin, il n'arrête vraiment jamais, lui. Pas si vieux que ça, pourtant, plein d'allant. Un jour, il y a eu, de façon tout à fait temporaire, un surcroît de pression entre la paroi de son crâne et le cerveau. Ça a suffi pour faire de lui ce qu'il est devenu : il parle, il débite, il débloque. Il prendrait bien une bonne bière, qu'il laisse entendre à la ronde. Une employée le rabroue avec civisme. Ici, mon gars, ce n'est pas exactement l'endroit idéal pour boire un coup.

À côté de lui, ça sirote du jus de canneberge. Ou de l'extrait de pruneau. La hantise de la constipation règne en maîtresse sur les consciences. Tout ce que je pousse d'une cuillère ferme entre les deux gencives affairées de monsieur

Li, je le vois déjà ressortir à l'autre extrémité, sous forme d'excrément. Tantôt je vais encore changer des couches. Plus rien ne fait de différence, ici.

Dans le corridor, je croise madame Giroux qui tient une banane dans sa main et la regarde stupidement. C'est le dessert, aujourd'hui. Parfois, ils oublient comment on fait pour manger.

Au chevet d'un lit, le visage de Jésus monte la garde, bienveillant, au-dessus d'une inscription tirée d'un calvaire flamand du XVIIe siècle :

Je suis la lumière et vous ne me voyez pas.
Je suis la route et vous ne me suivez pas.
Je suis la vie et vous ne me cherchez pas.
Je suis le Maître et vous ne m'écoutez pas.
Si vous êtes malheureux, ne me le reprochez pas.

Manque pas de culot, celui-là. En tout cas, moi, les amis, je suis là en hostie ! Et bien payé pour mes services, payé par les impôts prélevés à même ma paie ! Oui je suis là, mes vieux ! Pour vous, après tout ! Gibier d'alèse ! Maudites entités organiques ! Ramassis de viscères ! Morceaux d'humanité miraculés ! Je suis là et j'essaie de vous aimer ! À tout le moins, de me découvrir un peu de tendresse, peut-être.

VINCENT

Un jour, Pierre me fit part de son fantasme sexuel le mieux enraciné : une douzaine de faramineuses créatures nues, lui tournant le dos, formaient un rang bien docile devant lui et ployaient leur riche anatomie jusqu'au sol pour lui offrir leur derrière de rêve relevé. Lui, son instrument libéré, avec une précision chirurgicale et une économie de mouvements experte, les sondait l'une après l'autre, s'inventait une variante érotique de la revue des troupes, interrogeait à petits coups le confort de chacune, revenait à celle-ci dont les dimensions se rapprochaient assez de son idéal, retournait à celle-là dont le taux de sécrétion avait atteint à cet instant son niveau optimal, bref, il se promenait en grognant comme un éléphant de mer derrière cet assortiment de postérieurs rieurs résolument cambrés et il s'introduisait au sein de toutes ces croupes comme il eût essayé en tâtonnant une clef. Pierre était un vrai passe-partout. J'avais surnommé son fantasme *la revue des croupes.*

Mais ce qui, des exploits du lit, ne pouvait se révéler à un regard extérieur qu'à travers la distorsion des forfanteries, trouvait dans les opérations de la table un théâtre où s'affirmer plus crûment. Un après-midi que j'accompagnais Pierre au marché, je fus frappé de la violence particulière avec laquelle s'exprimaient ses prétentions épicuriennes. Chez le boucher, dont le repaire constituait, dans l'univers selon Pierre, le haut lieu par excellence de la gastronomie, il fallait voir les yeux de mon ami s'agrandir et s'arrondir devant l'étal, sa vaste bouche lippue frémir et laisser perler des gouttes de salive aux commissures. Face à cet autel sanglant, sa belle gueule sublimée se hissait au-dessus de l'accumulation des succès sexuels. Il devenait carrément Beau, transcendait son personnage pour accéder à un catégorème, à une essence brute, un archétype né de la lutte pour la survie. Il devenait ce mâle dominant parfait capable de faire bander Darwin lui-même et me rappelait l'obscur tragédien qui incarna le dernier avatar sérieux de Dracula, au début des années quatre-vingt : tout son visage brillait d'avidité et respirait une sensualité suffocante.

Devant l'exposition d'effilochures carnées, écarlates dont le boucher, sous son tablier maculé d'hémoglobine, assumait la fonction de conservateur, Pierre se promenait les poings sur les hanches, connaisseur, impérial, alléché, désignant au commis, de ce geste sans appel que Néron avait en direction des prochaines victimes des lions, les pièces de viande autour desquelles tournait son œil injecté de sang. On sentait qu'il ne se retenait qu'à grand-peine de bondir comme un fauve par-dessus le comptoir vitré pour s'enfourner sur-le-champ quelques juteuses tranches de bidoche dans la gueule. Le commis allait et venait, affairé, attrapant au passage un peu de la fébrilité contagieuse qui émanait de ce carnivore en transe. Les grasses côtelettes de porc, les steaks bien épais, le jambon rose finement tranché, les languettes de bacon qui luisaient comme autant de gros vers aplatis, le bœuf haché agglutiné en de belles mottes organiques, le poulet, cuisses brunes et poitrines blanches, qui semblait grelotter sous son épiderme gélatineux, et même le foie, avec cette teinte d'un bourgogne profond nourrie par tous les déchets de l'organisme auquel on l'avait arraché, tout cela dansait un macabre ballet sous les regards fascinés que Pierre ne détachait de tel morceau bientôt empaqueté que pour embrocher dare-dare, visuellement, un autre bout de barbaque jeté en pâture au monde. C'était la grande chorégraphie quotidienne de la mort nourricière, la seconde vie des viandes, via nos œsophages en érection. Pierre ne s'occupait plus de moi, il était devenu comme fou, hors de contrôle. Tout son argent et une bonne partie du mien y passa. Sa drogue, c'était la fibre musculaire. Il cherchait son âme dans la substance animale.

Nous ramenâmes une telle quantité de viande à l'appartement qu'il ne restait presque plus de sous pour acheter les denrées complémentaires et accessoirement vitales. Ça ne faisait rien. Une fois ses instincts de carnassier satisfaits, Pierre aimait à croire tout son entourage, y compris Pietr le petit Polonais (le troisième homme dans cette amicale mêlée résidentielle), gagné aux vertus de la dévoration à outrance. Or, pour ma part, j'avais tout un passé de végétarien granivore et grignoteur à faire oublier. Mais mon emménagement dans la partie sud-est de la ville avait sonné le glas de ces saines dispositions de prosélyte. La nature ayant fait de moi une espèce de caméléon des modes de vie, j'avais tout naturellement adopté les us culinaires de mes nouveaux commensaux. Alors, devant les délires rabelaisiens de mon ami Pierre, je me taisais, comme d'habitude, et je l'écoutais religieusement lorsque, avec l'emphase caractéristique qu'il insufflait à tout discours lui tenant vraiment à cœur, il m'entretenait des beautés et merveilles ineffables de la chaîne alimentaire :

— Écoute, Vincent : les mouches mangent du sucre, les araignées mangent les mouches, les moineaux mangent les araignées, les chats mangent les moineaux. Et nous ? Nous mangeons les chats, tu vas me dire ? Non, mais on se gave de tout le reste, par exemple ! Tout ce qui bouge ! Tout le monde mange tout le monde, voilà la seule loi cohérente de l'Univers tel que je le conçois !

Ça le transportait d'allégresse de penser à tout cela, et il me décochait de grandes claques dans le dos pour donner plus de poids à son propos. Un jour, à seule fin de doubler sa théorie d'une démonstration, il attrapa d'une main leste une mouche domestique qui avait traîné un peu trop longtemps sur le rebord de la table de la cuisine. La tenant dans son poing velu solidement clos, il murmura : *Musca domestica* avec délectation et se fourra le diptère affolé dans la bouche.

PIERRE

J'essaie d'écrire, moi aussi, mais ça ne vient pas si facilement. Je ne parviens qu'à griffonner des notes, qu'à jeter pêle-mêle des débuts de phrases sur des bouts de papier que je finis par jeter au feu. Mes sujets, verbes et compléments de toutes sortes se traînent sur le papier et mes papiers, eux, traînent épars sur le plancher de ma chambre, au niveau de cette divine horizontale qui accueille d'habitude des exercices pas mal moins contemplatifs que ceux dont ces tortillons de fibre végétale gardent la trace !

Heureusement, elle vient me délivrer de cette froide lutte. Sortez les violons ! Elle, une nouvelle. Je me suis lassé de Dorianne. Lassé, mais pas encore assez pour la laisser ! L'autre me change les idées, avec son dos nu entre le dos de la feuille et moi, avec la façade de ses fesses entre tous les rectos réfractaires et oncle Pierre ! Son dos nu dans ma libido bleue… Je l'ai connue il y a deux nuits, au *Barrage,* un bar bien québécois qui se lézarde au soleil de minuit.

Le hamac est accroché aux murs de ma chambre. Parfois, je le suspends au-dessus du balcon, derrière. Mais pour faire l'amour, je trouve ça un peu exposé, au vent et aux points de vue. Dans ce quartier, les gens vivent littéralement sur la galerie, et sur le seuil du dépanneur qui leur fait crédit. Avec le beau temps qui se pointe, c'est farniente, regards de chiens de faïence, ambiance famille éclatée, cellules monoparentales qui bourgeonnent, boutures de l'industrie textile, arbustes généalogiques élagués qui étalent leurs pauvres pétales à la lumière neuve du printemps.

Belle nouveauté. Primeur printanière. Oncle Pierre ne te mangera pas, va. Qui sait ? La chair fraîche, fauve de ton dos, un vrai cadeau. C'est la saison des ruisseaux, le rut des grands chemins. Le hamac, *pour* baiser, c'est *peu* confortable mais exotique, donc érotique. Hamac de coton, dit *familial*, ce qui signifie voué à la procréation de l'espèce et à tous les exercices préliminaires. Acquis après d'interminables heures de marchandage, le long d'une interminable belle plage. On a beau savoir qu'ils sont bien plus pauvres que nous, on ne reviendrait pas de là avec l'impression d'avoir fait bon voyage si on n'avait pas fourré, pigeonné, dindonné son vendeur mexicain avant de partir.

Avance. Approche. Prends place. Prends place. Oui, je reviens du Mexique, passé l'hiver au Mexique, enfin, une partie. Non, pas au Yucatan. Du côté Pacifique, et puis les montagnes, Oaxaca, ce nom comme le cri d'un oiseau coloré. Bu du mescal, là-bas, pour faire comme Malcolm Lowry. C'est le combustible de l'enfer, les Indiens le vendent dans de vieux bidons d'essence rincés à la diable. Comment était cette image du consul, déjà... *le vautour accroupi dans la cuvette du lavabo ?* Je parle de littérature. Mais oui, chérie, on bande comme on peut.

Laisse-moi... Laisse-moi te... Oui, dans le hamac... Enfin, on n'a rien inventé de mieux, sous ce rapport, que le bon vieux lit à ressorts des familles ! Écoute bien, ma grande : la vogue des futons a causé à ce niveau des dommages d'une étendue incommensurable. Paraît qu'on ne baise plus par la faute du sida ? Je serais curieux, moi, de connaître la contribution du futon au phénomène de la dénatalité chez les jeunes couples aisés. Les pauvres et les Indiens font encore confiance au sommier à ressorts, eux, et vois le travail ! Ça ne traîne pas !

Je parle, je parle. J'attends juste que tu t'empares de ma bouche, que tu monopolises mes dents en entier.

Ma langue ne demande pas mieux que de tourner sept fois autour de la tienne, sept siècles, papilles devenues planètes, un système solaire dans la salive, miam. D'accord, je.

Je me tais, j'ajouis, je veux dire j'agis, le bal est parti, ça balance, bébé, ça balance au cœur de mes deux.

Je sais que souvent ça se fait en silence, en soupirs, à la rigueur on râle pour se faire comprendre, mais moi j'ai besoin de jacasser pendant que je te pénètre, je ne peux pas cesser de, que je te pénètre plus vite tandis que tu jutes sur ma poche, que je te pénètre en parlant dans le blanc de tes yeux chavirés tandis que je viens battre contre ton flanc comme une barque de pêche avec sa proue qui a mangé tous les coups, l'odeur de poisson que j'aime, la marée qui est en toi ne dis pas le contraire, le caviar au fond de cette caverne, dans cette moule qui me moule, qui me mouille, qui me moud le batte, le braquemart sécant inséré dans ta coquille, capillaires en batterie, le biroute qui, gonflé de tout le vent de ta bouche, se déchire sur les brisants luisants de ta craque hissée sur mon cric, vers mon ventre qui rentre au-dessus de ta poitrine orageuse qui sera tantôt poisseuse lorsque je déchargerai mes cales pleines à m'en casser les couilles de semence entre les deux éminences de ton paysage dont je croque, suce entre-temps les pépins pulpeux avant de descendre, esquisse du plongeon primitif entre les poils polis de cette bouche-là qui ne dit mot consent, de travers, au seuil de ton grain bien dur comme du fer, tendu, offert, comme un os, ostentatoire entre mes lèvres, voilà, je ne parle plus, je. Hurle, ioule au-dessus des vagues soulevant nos corps. Hume l'humaine moiteur, tropicale entrejambe que j'explore tête première, jambes-boas, jambes-lianes, ta verdure qui tangue sur ce hamac limitant, imitant le mouvement océanique, je découvre, te découvre en singeant les gestes immémoriaux, remontant le Congo, sous les climats torrides de ton clitoris, docteur Livingstone, je présume ? Mange d'la marde, répondit l'écho, mon membre est de marbre, chérie, je suis ta pierre vivante, couilles comme cailloux, besoin de te baiser, de vérifier à grands coups de reins dans toi qu'au bout de tout, la chair a d'autres vocations que celle de vivier à vers, ces vieux que je vois, mon métier ça, toi mon mets mon ouvrage, remontant le Con tout court, explorant avant d'exploser, ouais, parce que ça vient, bébé, ça vient tout près, tu me tues, tu me toues en toi, tout près du pôle qui n'existe sur aucune carte, qui n'existe qu'au creux des corps expéditionnaires, aux confins des fesses magnétiques circonvoisines, je te mène en bateau, bébé, avec mon bâton et ma carotte, pelotage automatique ma bitte-radar bien raide, puisqu'on traite de navigation, vite la vallée houleuse entre tes deux montagnes blanches, tremblantes, éviter les troubles, le trou pélagique, t'es ma galère et ma mer et ma mappemonde en même temps, moi je n'aspire, je n'expire qu'à être ton rameur qui se meurt, d'envie de vie de.

Aaaaaah… !
Bée.
C’est…
Hein ? Ça s’est rendu jusqu’à ta bouche.
O.K. Je ne parle plus. Promis.

VINCENT

Je revis Dorianne deux jours plus tard. Jusque-là, tout aurait pu rester accidentel, conserver l'aspect d'une simple et salubre coucherie provoquée par la titillation libidinale du bon vieux carburant des bacchantes. Mais elle revint bientôt tâter le terrain. J'étais en train de me laisser bercer par la brise au creux d'un hamac que Pierre avait suspendu au-dessus de notre balcon arrière. La belle saison semblait enfin vouloir se décider à commencer son grand déversement de calories sur la terre. Il faisait assez chaud, cet après-midi-là, pour entretenir la tiédeur salée d'un filet de sueur à mes tempes. Mais sur la rue Dufresne, on perdait vite le soleil en fin de journée. Écroué, mis au frais préventivement, il disparaissait en douce derrière le vaste paravent formé par la prison Parthenais. Le sinistre donjon nous tenant lieu de paysage occidental était ainsi investi du pouvoir de raccourcir le ciel. Tout ce qui se trouvait immédiatement à l'est du haut rectangle noir découpé par sa façade se voyait plongé dans une zone d'ombre précoce.

Affalé sur le flanc et comme empêtré dans la confortable toile d'araignée que tissait le hamac autour de mon tronc, je pris le temps de maudire brièvement ce kidnapping céleste. Balconville ne pourrait décidément jamais rivaliser avec les paradis des plages australes. Je songeais mollement à cette entrevue subie la veille dans le but de décrocher un emploi d'été. Ç'avait été, pour mes neurones encore noyés dans la langueur qui subsistait de ma rencontre avec Dorianne, un véritable interrogatoire. Ruant entre les mailles du hamac, je fis de mon mieux pour chasser de mon esprit toute notion de travail rémunéré. J'avais la tête ailleurs, le sexe bien encarcané dans mon slip. Le Grand Roman Québécois reposait près de moi, de l'autre côté du mur, sa dernière membrane coincée dans le tordeur de la machine à écrire. Il plaidait, criait ma culpabilité. Paresse au premier degré, circonstances atténuantes ? La chaleur, presque trente degrés. Pas de préméditation mais, en revanche, tendance maniaco-maladive à la méditation. Rien ne pressait, après tout.

— Bonjour, ami. Je te dérange ?

Elle se tenait là, au-dessus de mon berceau de coton, Dorianne, déjà installée dans ma mémoire. Parthenais achevait de déglutir le soleil et un roulement de tambour colérique, à l'horizon, révéla qu'un orage avait couvé, loin de la vue, sous ce temps à mettre tout son tan dehors. Des nuées sombres accouraient comme si on les avait sifflées et projetaient de prendre la prison pour un perchoir.

— Me déranger ? On dirait que c'est une spécialité, chez toi, ma chère.

— Est-ce que Pierre travaille, aujourd'hui ? susurra sa voix ingénue.

— Moui, reconnus-je, subitement rembruni. En fait, il a un cours, je crois. En tout cas, il n'est pas là. Je ne lui ai pas parlé depuis l'autre fois, tu...

— Oh cher ami, m'interrompit-elle d'un air suave. Je suis contente, au fond, qu'il ne soit pas là. Pour Pierre, je suis juste une autre fille, tu comprends. Oh, il m'a tellement parlé de toi, en des termes si… si apolloniques !

— Hum. Tu sais, Dorianne, je pense que Pierre t'aime pas mal plus que tu ne crois. Mais il prétend que c'est impossible, entre vous deux, parce que…

Je fronçais les sourcils en lui fouillant le visage d'un regard inquisiteur.

— Parlons d'autre chose, ami, ordonna-t-elle doucement. Tu sais, dans la cour, avant de monter l'escalier, j'ai vu une auto avec des pieds.

— L'auto qui a des pieds, expliquai-je patiemment, appartient au voisin d'en bas, un type divorcé, dans la quarantaine, qui n'a rien d'autre à faire de toute la journée que de se mettre sous sa minoune pour la réparer. D'où le dépassement des pieds. Ce gars-là doit avoir une haleine d'huile à moteur !

— Sa voiture doit être désaffectueuse, c'est tout.

— Défectueuse, oui, probablement… En permanence.

Dorianne savait retrouver le ton cristallin, iconoclaste et tranchant de l'enfance pour prendre, triturer la parole. Dans l'invention tarabiscotée de son langage, je sentais la signature de sa vulnérabilité. Car cette déroute d'influx nerveux pouvait adopter des allures de fuite vertigineuse. Tenir un monstre lexical en équilibre sur le bout de sa langue, c'était une façon de se battre contre une loi jamais assimilée. Chez elle, le refus se cherchait un refuge. Elle opposait, à l'abstraite complexité de la pensée verbale, la plénitude fragile du plaisir que ses lèvres gonflées appelaient sans cesse. Elle tenait mon oreille en éveil. Je dis encore :

— Je ne l'ai jamais vu rouler, son bazou. Il est toujours en train de le réparer. Mais quand je lui parle, il ne parle pas de son auto, il parle plutôt de son ancienne femme, et aussi des autres femmes, les futures. Peut-être qu'il est convaincu que ça prend une auto pour ça, que la vie est vraiment une annonce d'auto, tu vois, avec des créatures plantureuses qui viennent se poser gratuitement comme des gros papillons sur ton capot.

— Le pauvre, soupira Dorianne en regardant vers le bas, au milieu de la cour où le bolide, une vieille Duster lie-de-vin enlisée dans la poussière, continuait de couvrir une petite vie humaine de son lourd corps métallique, sa carrosserie clinquante rabattue comme un piège sur une existence plate.

On aurait dit, en voyant les deux maigres pattes surgir de sous la calandre pour s'agiter faiblement dans les flaques de cambouis, un gros chat en train de jouer, en l'écrasant, avec un oiseau ou une souris, une proie pantelante déjà à moitié bouffée.

— Il n'a pas très bien pris son divorce, continuai-je. Il fait pas mal plus que son âge.

— Vincent ! Ami !

— Oui, Dorianne ? répondis-je posément.

— Je veux mourir !

Je restai silencieux deux secondes, puis je fis, sentencieux et consolateur :

— Bof, dans la vie, on commence à mourir dès qu'on naît, pas vrai ?

— C'est vrai, château ! Mais moi, je ne voulais pas naître ! Je ne voulais rien savoir ! Je ne veux pas vivre et je ne veux pas vieillir, bon !

Toute la tristesse du monde venait de s'abattre sur son visage, une trombe de maux. Elle s'était penchée sur moi et, pour ponctuer ses paroles, avait repoussé brutalement le hamac. Le mouvement de balancier me ramena sous elle. De si près, ses traits me parurent soudain lourds d'une pléthore de signes, pleins de ces subtils, pitoyables présages d'anéantissement qui peuvent faire de l'ombre à toutes les joies. Le tonnerre retentissait toujours plus proche et la foudre déchirait de ses rides de lumière la pénombre projetée sur nous par la prison. Je lui demandai, en la touchant au poignet et en baissant les yeux sur celui-ci :

— Qu'est-ce que tu veux, alors, Dorianne ? Ne dis rien… Je devine.

Lorsque je fus parvenu au bas de l'escalier, le mécano émergeait de dessous sa minoune, le visage marqueté de graisse. Il leva les yeux au ciel et, en même temps qu'il prononçait avec inquiétude : *Va y avoir de l'orage !* il vit Dorianne qui s'appuyait de ses deux mains à la rampe du balcon. Les barreaux torsadés fléchissaient sous son poids.

— Sacrée belle fille, hein ? fit-il en jouant avec sa pomme d'Adam. Ton amie ? Elle devrait faire attention, elle va tomber à force de se pencher comme ça, c'est pas solide, ce vieux fer forgé là. Quel âge elle a, à peu près ?

J'ai haussé les épaules et j'ai dit que je ne savais pas. C'était vrai. À cette distance, il ne pouvait pas distinguer le système de fines cicatrices qui s'étalait, perpendiculaire aux artères saillantes. Il retourna sous sa voiture, où il serait à l'abri en cas de pluie, et moi je me dirigeai vers le dépanneur du coin, cherchant encore des dollars dans mon portefeuille de plus en plus aplati.

PIERRE

Vis-à-vis de Vincent, j'éprouve comme on dit des problèmes de communication. Devant le mutisme mur à mur du petit Pietr, au moins, on sait à quoi s'en tenir ! Mais quiconque parle peu est autrement redoutable. Vincent se contente le plus souvent de me renvoyer l'ascenseur, comme s'il ne me considérait pas vraiment comme un interlocuteur valable. Un rusé petit censeur semble œuvrer de l'intérieur de sa conversation. On dirait qu'il ne daigne se mettre d'accord avec moi que par stratégie, ou de guerre lasse, et ça m'énerve ! Vincent regarde mes va-et-vient comme il enregistre sans le voir le sempiternel aller-retour du chariot de sa machine à écrire, il accorde à mon train de vie bruyant le même genre d'intérêt utilitaire qu'il dispense à la glissade productive de sa locomotive à mots.

Pendant que je glandouille, Vincent écrit le Grand Roman Québécois. C'est comme ça qu'il l'a leurrée, avec son labeur de maudit laboureur de lignes.

Dorianne se trouve dans le lit de Vincent. Ils ont laissé la porte entrebâillée et la chambre de mon ami jouxte la cuisine où il faut bien que je vienne de temps en temps, histoire de me sustenter. Pietr, dans le salon, est muet comme une tombe. Dorianne et Vincent sont étendus sur la courtepointe, ils n'ont même pas enlevé leurs chaussures, Dorianne est sur le dos, impeccable décubitus, les draps sont éparpillés autour d'eux comme le suaire d'une sépulture profanée, ma parole, ils sont ivres morts tous les deux.

Je peux les contempler tout à loisir, apprécier leur posture brutalement sereine, et mon regard est froid comme la lame d'un poignard dans ma poitrine. Des bouteilles de vin vides, au nombre de trois, montent la garde, minables minarets, devant l'Olympia glaciale et panthéonesque que l'orgie a fait évacuer. Trois. Cette quantité correspond, j'en ai souvent fait l'expérience scientifiquement renouvelable à volonté, à la consommation logique de Dorianne quand elle s'éclate en compagnie d'un congénère de l'autre sexe. Elle gît toute droite au milieu du matelas, les mains ramenées sur son abdomen et croisées, comme une morte à l'exposition. Amen ! Elle a perdu un peu de sa pâleur, une érubescence caractéristique badigeonne sa pommette de pocharde. Ses lèvres sont entrouvertes, laissant dépasser la pointe des dents vers les coins : son sourire de fille soûle, ça.

Vincent est affalé tout de travers sur le lit, la tête renversée, la pointe de ses cheveux, qui lui feront mal demain, touchant presque à un tesson de verre dentelé qui repose là, à leur chevet. Les lèvres de Dorianne, même quand elle dort, continuent de formuler des mots qui sont comme des menaces.

Plus tard, quand elle est partie, je prends Vincent à part :

— Ça va, mon vieux ?

Il a les yeux cernés. Le manque d'habitude. En même temps, un air de secrète satisfaction irradie de sa figure chiffonnée.

— Ouais, ça va, Pierre. Ça va.

— J'avais pourtant dit à Dorianne de ne pas te déranger, quand je ne suis pas là. Tu vois, elle n'a aucun respect pour ton travail…

J'essaie de paraître catégorique. Quant à l'aspect sexuel, pas un mot ! Je plane au-dessus de mes affaires. Il est bien capable de se sentir coupable tout seul.

— Ouais, pas grave, qu'il fait. Un peu de sommeil supplémentaire et après, je m'y remets… Me récurer les boyaux avec un bon verre d'eau, puis récupérer un peu, l'espace de quelques rêves… Je vais revenir plus fort, comme au sport, t'en fais pas.

Je m'éclaircis la voix. Horreur de jouer ce rôle idiot de l'ami qui vous veut du bien. Ce n'est pas ma faute : plus je fais appel au détachement pour parler d'elle, plus Dorianne acquiert de l'importance à mes yeux. Une importance à la troisième personne du singulier. Le genre de prix qui vous constitue prisonnier.

— Écoute, Vincent… Justement, je voulais te dire : sortir avec Dorianne, ce n'est pas de tout repos. J'en sais quelque chose, je te jure.

— Pierre, ton désintéressement me touche beaucoup, mais je pourrais presque croire que tu deviens jaloux. Est-ce que par hasard, entre les mille et une femmes de tes nuits, Doriannc… ?

Bon bon. Je romps le combat. Je me replie sur moi-même. Je ne répondrai qu'en présence de mon avocat du diable.

VINCENT

Deux Dorianne différentes habitaient la ville de Montréal et arpentaient en toute duplicité les circuits de cette mémoire vivante. Elles logèrent bientôt ensemble dans ma conscience. Dorianne me proposait tour à tour l'envoûtement et l'horreur. Déconcerter était sa spécialité incontestée. Lorsque la duplication avait lieu, la femme que j'avais eue sous les yeux la seconde d'avant disparaissait purement et simplement du paysage, comme par magie, et une autre individualité prenait sa place. Le changement était radical et il n'y avait pas de recel : elle venait à moi entière, dans l'amour comme dans la haine.

La première fois, dans la cuisine, je l'avais trouvée belle. D'une pâleur carrément cadavérique, certes, et d'une raideur assez effrayante dans les gestes mais, en accord avec une certaine esthétique fin de siècle, indubitablement racée. La seconde fois, du fond du hamac, j'avais refusé de démordre de cette impression encore vivace. Mais à la troisième occasion, je commençai à douter de mon bon goût. À la faveur de je ne sais quel revirement obscur, la Dorianne laide revendiquait maintenant feu et lieu sur sa figure. Une émanation froide saturait l'air vicié qu'elle expirait en même temps qu'une sinueuse bouffée de cigarette. Mariées en une moue mauvaise, ses lèvres pleines et boudeuses paraissaient frémir d'une terreur émerveillée à la vue du beau liquide rouge qui s'élevait dans la colonne de vitre vertigineuse posée sur la table. Elle disait :

— Raconte-moi une histoire, ami ! Château ! Tu connais sûrement des histoires, non ?

Elle avala, grimaça, avala de nouveau, reposa le verre brusquement et me le désigna en disant simplement : *Encore*. Cette Dorianne-là n'exprimait pas des désirs. Elle donnait des ordres. Je répondis, remplissant la coupe :

— Des histoires ? Non, je n'en connais pas. J'en connais une et c'est la mienne, mais je ne veux même pas y penser. Juste l'écrire.

Dorianne aimait les histoires. La fabulation, c'était son dada, son idéal. Elle s'en régalait comme de la substance même de la vie et, à ce chapitre, avec sa grande gueule, Pierre l'avait plutôt gâtée. Elle prit un air d'enfant privée de son jouet et hurla en se hérissant :

— Raconte-moi une histoire, château !

Elle ne plaisantait pas avec ça.

Moi, je me creusais la cervelle, j'essayais d'atteindre la moelle au-delà de mes couches de neurones carbonisés, mais tout n'était que grisaille là-dedans. Avec le français parlé, ma langue faisait toujours la morte. Elle tournait sept fois sur elle-même, puis à l'infini, à vide, immobile dans le mouvement comme une toupie. Je savais ronronner, pas m'exprimer. J'avais besoin de la machine à écrire, comme d'un pressoir à idée, pour tirer de ma tête un concentré qui ait quelque saveur et un semblant de couleur. J'avais besoin des machinations de la littérature pour voyager dans le temps. Je me grattai le cuir chevelu sans conviction et cet aveu d'impuissance m'attira de nouvelles foudres, de nouveaux hauts cris :

— Chateaubriand ! Je veux entendre une histoire, moi, j'ai besoin de mon histoire, tu entends ?

— Allons faire dodo, ma petite Dorianne, offris-je de bon cœur.

La pauvreté imaginative de ce stratagème m'alarma trop tard. L'orage qui avait jusque-là grondé en sourdine tourna à la pluie d'insultes et des postillons en forme de perles se déposèrent comme une fine rosée sur ma joue tendue, courrier pour mon cœur :

— Non, bon ! Fini le dodo ! L'instinction des feux, très peu pour moi ! Moi qui t'avais pris pour un raconteur… Tu n'es qu'un vulgaire racoleur de pots cassés !

Elle ingurgita une volumineuse lampée de vin rouge et fracassa son verre vide sur la table. Un éclat lui entailla aussitôt le creux de la paume. Elle ne consentit à interrompre sa vitupération que pour lécher avec application le sang sourdant de la coupure, en poussant de petits gémissements. Elle commençait à m'intriguer, à me passionner pour de bon. Partagé entre la crainte constante d'une nouvelle colère et une fascination morbide pour cette manie d'animal blessé, je contemplais le mouvement de succion soudant ses lèvres à sa main, sa paume plaquée sur sa bouche comme pour enfin la faire taire, et je savais que j'avais d'ores et déjà passé le point de non-retour. Dès le contact de ses fesses contre mes genoux floches, le premier matin, j'avais compris que mon cœur, comme une planète vaguement piriforme, venait de basculer dans son orbite trouble, traversée de volutes de fumée. C'est toujours la faim, en amour, qui nous fait servir de pâture. Mon organe de l'aveuglement avait été vacant trop longtemps, il était devenu veule à force d'être seul et elle l'aspirait maintenant en elle comme elle sifflait sans fin le vin, créant des remous à la surface du sombre et somptueux liquide. Déjà, j'avais peur d'être près d'elle et encore plus peur de la perdre.

Pour m'arracher à l'espèce d'insidieuse transe dans laquelle m'avait plongé la vue de cette estafilade devenue un creuset où son suçotement mêlait le sang à la salive, je lui dis en m'efforçant de garder contenance :

— Hum ! Pourquoi tu ne retournes pas auprès de Pierre, si tu veux seulement entendre des histoires ? Il excelle là-dedans, tu le sais bien, spécialement avec les filles.

Elle abaissa sa main, pouce tourné vers le bas, paume écorchée s'ouvrant vers moi comme une araignée molle et blanchâtre, zébrée par une ligne de vie en forme de trait rouge.

— Pierre ne raconte pas de vraies histoires, geignit-elle. Il ne parle que de lui ! Pierre me rappelle trop ma mère, ami. Je veux dire qu'avec ses histoires de petits vieux qu'il torche toute la journée, et qu'il me répète juste pour me dégoûter de la vie, il me fait tout le temps penser à elle. J'ai pris soin de ma mère quand elle était trop vieille et qu'elle était devenue folle. Je ne veux pas être avec quelqu'un qui me rappelle ça, Vincent, la merde de ma mère dans mes mains, ma mère qui crie après moi et ma mère branchée qui respire à travers un masque sur un lit d'hôpital et ma mère blanche dans son cercueil. Oh mon Dieu… Pierre avec ses vieux !…

Lorsque je revins de la boutique du dépanneur avec la troisième bouteille (ou était-ce la quatrième ?) que nous entamâmes derechef, un rictus voluptueux tordit les lèvres de Dorianne qui ne livrèrent plus passage, ce soir-là, qu'à des imprécations haineuses. Tandis que ses larmes noircies par le maquillage séchaient et s'imprimaient en de longues arabesques sur la chair livide, elle s'amusait à me donner des ordres et ricanait à gorge déployée quand je me pliais docilement à ses caprices. J'étais à ses pieds, en son pouvoir, piteux, et l'expression de son visage, railleuse et désespérée, accueillait et accusait mon effarement tandis qu'elle continuait de vider les verres.

— Je veux… je veux écouter, tu sais, ami, de la musique… méphistautologique, tu sais.

Elle me fit changer de poste au moins vingt fois, m'imposant ses fantaisies de comtesse déchue avec une nuance de triomphe malsain dans la voix. Le temps fuyait, la nuit filait au-dessus du centre-sud, j'avais sommeil et je ne désirais plus que partager la surface réduite de mon lit avec cette créature issue d'un cauchemar matinal. Oui, coucher avec ce cauchemar… Peut-être que le rêve effacerait tout. Je manœuvrais pour la diriger à son insu vers l'étroit matelas tendu comme un traquenard au fond de ma chambre, mais elle parvenait toujours, d'un coup de tête hargneux, à se dérober aux joies unanimement célébrées du devoir des sens.

Lorsque je sortis pour acheter la quatrecinqsixième bouteille, un vent glacial me frappa de plein fouet et, levant la tête, je vis qu'une averse de neige pointillait la haute façade noire de la prison Parthenais. On gelait, la ville avait repris le printemps en aversion et le vin était la seule chaleur possible en ce milieu de la nuit. Le vin restait mon seul espoir de jonction avec Dorianne, avec ce démon digne de mon imagination. Un chien aboya dans le lointain. Au matin, ravagé par cette autre vie, je ne pourrais plus aligner mes belles lettres sur le papier. Mais c'était plus fort que moi : je continuais de l'abreuver pendant qu'elle m'injuriait, je ne voulais plus que la noyer dans le noir, dans le moût de cette ville aux veines gonflées, dans le jus de la treille jusqu'au cou, jusqu'à plus capable, jusqu'à plus coupable, jusqu'à ce qu'elle daigne, à la fin, élever vers mes lèvres sa chair blanche offerte en sacrifice. Le vin, pour moi, n'offrait qu'un moyen de renouer avec ma tradition de célibataire nocturne, de chien social battu par les sorties. Pour elle, il voulait dire beaucoup plus, je finis par le comprendre enfin. Mon désir livrait une chaude lutte à son avidité.

PIERRE

Pietr est au salon, comme d'habitude. Petit Pietr le Polonais, d'origine contrôlée ! Parfois, il fait encore allusion, lorsqu'il daigne ouvrir la bouche, au grand livre qu'il écrira un jour sur la Pologne de Solidarité, et il répète alors qu'il dira la vérité sur la Pologne, son pays perdu qu'il n'a jamais si bien compris que quand il marinait dans la cale du cargo l'amenant ici. Mais petit Pietr n'écrit pas un mot, il a le cerveau au neutre et la Pologne attend toujours le grand livre de la Pologne de Solidarité.

Son air hébété, on s'y fait. Il prend tellement de pilules qu'il ne sait plus que mettre ce masque-là sur sa trogne de pur produit de son pays pourri. Il faut voir Pietr avaler ses pilules, religieusement, recueilli, comme s'il s'agissait de minuscules hosties. Il se les met dans la bouche et ensuite, les yeux mi-clos, il laisse sombrer toute sa bouille de chérubin bouffi et béat dans un début de coma. Ça commence dès qu'il se lève, au sortir de ses seize heures de disparition quotidienne. Il n'a que la force de se traîner là, au fond du vieux fauteuil moisi qui fait face à la télévision. Pour Pietr, le temps c'est de la télévision. Il pratique le pitonnage avec une belle précision, le petit Polonais. Il me fait pitié, parfois. Je ne sais trop pourquoi, dès le début de sa nouvelle vie de rêve nord-américaine, Pietr s'est placé sous ma protection psychologique.

Je l'ai rencontré à Vancouver, peu après son arrivée à bord d'un cargo battant pavillon polonais. Déserteur, heimatlos, le Pietr ! Le teint d'un navet sorti d'un chantier naval ! En fait, il est assez beau mec, si on ne scrute pas de trop près les poches et les plis qui paraissent vouloir confiner ce regard égaré, mettre tout ce crâne en cale !

Je me suis rendu à Vancouver au printemps, sur le pouce, pour essayer de dénicher un emploi dans la restauration, l'hôtellerie, domaines qui sont notre marque de commerce, notre passeport auprès des autres Canadiens, à nous, descendants de la douce France ! Lorsque j'ai vu Pietr, je me suis rappelé un souvenir qui remontait à l'hiver précédant ce voyage, hiver 81, donc : je suis assis sur la banquette d'une voiture plaquée sur une énorme congère. Je me pelotonne contre le tableau de bord, car il fait un froid d'eider à duvet, et je cherche de mes mains roidies les fentes bienfaisantes du radiateur, près de la boîte à gants. Le moteur est en marche et la radio est allumée. Entre mes dents serrées, je peste en pensant à ce stupide compagnon de mes virées de cette époque qui vient de disparaître sur ses skis de randonnée, derrière le versant lourdement enneigé d'une colline boisée jouxtant la route. Débordant d'énergie, le pauvre gars s'était découvert un excédent de calories à brûler et il m'a dit : si ça ne te tente pas, attends-moi ici. Et le voilà parti ! Tout ce mal qu'il se donne, alors qu'une bonne partie de fesses, s'il pouvait compter sur une amie charitable, accomplirait la même fonction, bien au chaud, au plus chaud de la chaleur humaine.

À la radio, c'est décembre sur toute la planète et, d'une voix grave et lugubre, un commentateur fait le point sur l'état de siège qui vient d'être décrété en Pologne. Les chars patrouillent les rues de Varsovie, le syndicat des insoumis est dispersé, sa direction est en fuite. Et je frissonne, et je grelotte, et je gèle au fond de cette maudite auto infiltrée par la bise. Et je songe au giron de ma blonde du moment qui vrombit comme une génératrice quand j'y enfouis mon mufle. Je voudrais mourir tout de suite et renaître à la chaleur d'une femme, n'importe où.

Tout cela pour en venir à ce fait bien simple : depuis ce jour, la Pologne est irrémédiablement associée, dans mon esprit, à l'idée du froid, et à l'idée de la mort.

Alors, au printemps, je vois venir ce spectre vers moi, Pietr, qui a débarqué clandestinement, qui a loué une turne sordide en ville et qui ne sait pas trop de quelle façon il va la payer. Quand il fait référence aux événements de Pologne devant moi, je me revois dans cette auto que le banc de neige s'apprête à ensevelir, et je sens de nouveau le froid me pénétrer, toute cette dégringolade sous zéro. Je suis secoué par un frisson de sympathie et Pietr devient mon ami. Je m'arrange pour le loger illégalement dans l'hôtel où je travaille et, à la fin de l'été, Pietr me suit à Montréal, comme mon ombre. Il est inscrit à l'université, lui aussi. Mais dans son cas, c'est purement théorique.

Quand je parviens à extraire Pietr de la peluche de sa confortable anfractuosité au salon, je le traîne dehors et dans un bar et alors, grâce à sa gueule séraphique, nous attirons deux fois plus de filles. Mais je dois mettre les bouchées doubles parce que Pietr, côté conversation, n'a pas cet art consommé du boniment qui me permet de si bien emballer la marchandise. Pietr fait une gueule de canard de bois pendant que moi, à l'affût, je joue de l'appeau ! C'est donc bibi qui se tape toute la récolte, qui réussit le doublé sur tous les tableaux. Pietr, côté cul, est à peu près aussi froid qu'une pharmacie. C'est un personnage pas mal intérieur. Un vrai fossile, avec toutes ces couches de médicaments qui se déposent dans son système. Il me refile les filles sans le vouloir, plongé à demeure, on dirait, dans son indifférence de petit Polonais apatride.

Je le rejoins sur le canapé du salon où il fait le gros dos, potelé comme un personnage de Rubens, serti dans son coussin, les yeux brouillés par la grande évasion médiatique et mimétique tandis que l'écran ressemble au derrière d'un zèbre en train de ruer. Pour le réveiller un peu, je lui demande :

— Pis, mon Pietr, ton grand livre sur la Pologne ?

Il hausse les épaules en aspirant beaucoup d'air par la bouche et grommelle une réponse pas très compromettante. Je l'encourage à se livrer un peu, plongeant entre ses côtes l'angle aigu décrit par mon coude. Je le fais enrager consciencieusement, avec ma poigne de pierre dans un gant de velours. Pietr soupire. Il y a comme une très grande distance entre ses deux épaules. Je lui jette une perche, pour le tirer de sa torpeur :

— Qu'est-ce qui se passe, ici ? Relâchement des mœurs ? Écoute : je ramène une fille régulière de bon matin, je la remue de fond en comble en toute légitimité, puis je pars travailler comme tout bon et honnête manieur de torchon diurne et elle, elle ne trouve rien de mieux que de profiter de cette éclipse pour se ramasser avec notre vieil ami Vincent ! Est-ce là une relation valable des événements, témoin ?

Il bouge faiblement la tête puis risque un regard du côté de la chambre encore obscure où repose notre futur grand écrivain national. Il dit :

— Elle est encore là. Couchée. Avec lui.

— Ouais.

J'en avale toute ma salive, plus le petit amas de gomme à mâcher rose qui s'agitait comme un ludion dans ma bouche. Je me prends la tête à deux mains :

— Pietr, il faut penser à l'avenir de la province, c'est notre plumitif le plus prometteur qui gît là par le travers, toutes ses belles phrases coincées dans son pharynx !

— Je sais pas.

Aussi apathique qu'un menhir, notre Pietr. Sur le ton de la confidence, je demande :

— Alors ? Tu les as entendus baiser ?

Il secoue lourdement la tête puis prononce d'une voix absente, tandis qu'on devine, derrière ses yeux vides de visionnaire qui voit trop loin, un entrechoquement de cargaison ayant rompu ses amarres :

— Cette fille-là, je l'aime pas.

Je suis de très mauvaise humeur mais je ne peux m'empêcher de ricaner :

— Non ? Tu ne me dis pas ?

Je dis cela parce que, dans la vie de tous les jours, Pietr ne donne pas exactement tous les signes de raffoler des filles. Cette fois, il secoue sa baboune boudeuse, soulève un doigt, son index, et l'agite à peu près dans ma direction. Quand Pietr amorce un mouvement de ce genre, on a l'impression d'assister à un grand progrès de l'humanité pensante, un événement capable de déplacer des tonnes d'inertie millénaire. Comme un babouin de laboratoire en plein apprentissage :

— Cette fille-là, elle n'aime pas. Pas comme les autres, en tout cas…

J'explose :

— Je le sais bien qu'elle n'est pas comme les autres, bougre de bon Dieu ! Pourquoi crois-tu que je nourris un soupçon de sentiment à son égard, hein Pietr ? En fait, elle me fait assez penser à toi, elle te complète : elle est froide dans ses tripes et toi, tu es congelé dans ta tête. Au fond, c'est peut-être vous deux qui feriez le beau couple.

Je me penche vers lui :

— Ah… à propos, Pietr, juste une question comme ça, en passant : est-ce qu'elle a crié ?

— Quoi ?

Il ouvre de grands yeux perplexes. Je répète, tout bas :

— Est-ce que Dorianne a crié pendant qu'ils faisaient l'amour ?

Pietr semble consentir un important effort de réflexion. Puis il avoue, presque inquiet :

— Non. J'ai rien entendu…

Je respire. Tout n'est pas perdu. Pietr secoue encore sa tête citrine. Il a gardé la bouche ouverte. Je remarque alors la forte odeur d'ail qui se dégage de sa personne ainsi entrebâillée. Avant d'aller m'affairer à la concoction de mon repas, je lui lance, les narines pincées :

— Dis donc, Pietr, tu as encore fait la cuisine à ta façon, hein ?

VINCENT

Les jours où j'avais des cours, je partais à pied et je m'arrachais, comme à de la glu, à l'écrasement des blocs de brique bourgogne que dominait l'immense croix noire de la prison. Quand la pression barométrique s'y prêtait, un pénétrant parfum de tabac frais collait à la rue, flottant à hauteur d'homme et faisant palpiter ma narine. L'antique usine de la Macdonald Tobacco, avec son beffroi jauni comme un doigt sur lequel l'horloge sclérosée aurait plaqué un ongle, mêlait ses effluves à l'air matinal du printemps. Ainsi réduit à ses molécules infinitésimales, le poison devenait innocent, travesti par la pureté de l'oxygène frais. C'est le séjour dans nos bronches de cette honorable substance qui gâche tout. C'est la combustion qui tue. Quand Dorianne buvait, un bout de cylindre blanc se consumait constamment entre ses lèvres. C'était une vraie forge, son affaire. Quand elle ne parlait pas, elle fumait. Quand elle n'aspirait pas la fumée, elle sifflait du vin. Sa grande bouche rouge ne pouvait pas rester à rien faire.

Je prenais pied sur Ontario, ma bonne vieille rue des vrais vieux freaks de Montréal, ma rue ontologique par excellence, l'artère des grands sinistres existentiels. Plus bas, la Catherine continuait de faire la pute et ne voyait pas de différence, mâle ou femelle. De Maisonneuve continuait de se laisser passer de tout son long sur le corps, offert au fringant trafic motorisé. Ontario, elle, était restée naturelle, même si elle se maquillait beaucoup. C'était l'égout des natures humaines. Je tournais le dos à la Macdonald Tobacco et à son heure vétuste de Big Ben des pauvres et je m'engageais sur ce fleuron de la cartographie des mal aimés, section est, l'anti-Éden. L'essence brute de l'être montréalais y crevait le quotidien en sursis. Je m'avançais au milieu des cohortes guenilleuses, dans le claquement des pans de paletots passés, plongé dans ce résidu de peuple aux paupières rabattues sur le réel, flot noir échappé des havres du paupérisme prospérant sur chaque rive. J'y croisais les vieillards les plus décatis, les handicapés les plus amoindris, les itinérants les plus repoussants, les robineux les plus desséchés, les rockers les plus rockers, les dérangés les plus damnés de toute la ville, les plus adonnés à la mussitation, à la nutation, à la prière muette et à la prosternation hernieuse, à la chorée variée des croyants avariés. Des yeux fous se fixaient une seconde sur moi comme des fleurs mauvaises, des mains squelettiques se tendaient, automatisme de l'aumône, des mains qui se joignaient, se tordaient et se tentaient. Je me laissais glisser sur la rue Ontario comme le long d'un canal, un caniveau recueillant les âmes en déroute, un monde d'épaves où je faisais provision d'images en frôlant les façades sans jamais m'arrêter, par peur d'enfoncer. C'était la plus grande voie recyclable qu'il soit possible d'imaginer. Ontario était une seconde *Main* et tout sur Ontario était de seconde main. Fripiers, regrattiers, chiffonniers et brocanteurs de tout acabit avaient pignon sur rue. Frusques, fringues, hardes et nippes de toutes provenances, tout le saint-frusquin, flasques sur leur support comme des vautours au repos, étaient prêtes à déployer de maigres ailes rapiécées pour couvrir de leur mauvaise doublure la pléthore des dos courbés. Bric-à-brac, capharnaüms, caravansérails de la misère ambiante et ambulante débordaient, vomissaient jusque sur le trottoir leurs vieilleries, leurs boiseries, ferronneries, ferrailles, bimbeloteries et bondieuseries, tout ce qui, du monde des objets fabriqués, pouvait encore s'accrocher à une illusion de valeur.

Fendant cette maigre mais encombrante foule, je me faufilais à travers un univers miniature monstrueux où des bêtes à têtes multiples et tétines assorties, issues des tréfonds de l'angoisse, faisaient béer des gueules bien armées, où de hideux poissons de plâtre remontés des abysses de la création arboraient dents et dards venimeux, où des elfes et des gnomes grimaçants riaient dans mon dos et me jetaient des maléfices implicites tandis que je m'éloignais en hâte, les mains dans les poches, les épaules rentrées. Dans les vitrines, des canards de bois coincés, prisonniers de la représentation, célébraient par leur silence la victoire du factice sur leurs semblables évincés des abords de la ville. Des cygnes de plastique simili-marbre allongeaient de graciles cous tordus hors des étagères, trompetant à tous vents le triomphe tonitruant du kitsch toutes catégories. D'ancestraux rouets enroués et des buffets dont toutes les couches de vernis avaient connu les conquêtes du décapant ajoutaient un cachet passéiste, une touche de folie folklorique aux devantures combles. Ça me gênait de côtoyer cette artificielle peuplade de figurines ricanantes, de poteries longuement pétries et d'artefacts grossiers, imprégnés de mystères naïvement exorcisés. Ce monde magique me fascinait et me repoussait à la fois, avec ses grosses ficelles, avec son exhalaison d'une stratification d'époques révolues dont ces objets figés constituaient les fossiles. Il me faisait entendre des chants de sirènes pour aussitôt m'engueuler comme du poisson pourri. Tout ici n'était que reflet tourmenté, royaume de l'image renversée collant à la peau. Les tatouages vociférateurs bondissaient hors des boutiques spécialisées pour mordre à belles dents dans la chair des motards et autres amateurs.

Le lendemain de ma troisième rencontre avec Dorianne, j'éprouvai pourtant une étrange sensation en traversant ce segment oriental de ma rue préférée. Je n'avais plus l'impression de visiter, à la foire, un palais des glaces ou la maison des monstres. L'inquiétude s'était dissipée comme par enchantement et je crus même me découvrir, absurdement, un embryon de sentiment d'appartenance. La laideur me dérangeait moins. J'eus un frisson filial au cœur lorsque je défilai sous l'enseigne décrépite et tutélaire du *Père de la Scrap* qui trônait au bord d'un échafaudage chaotique, vénérable patriarche des guenilleux de toutes engeances. En fait, je ne voyais plus rien, toute hideur était masquée à mes yeux, tout ce que je regardais me faisait sourire. Je venais de me rendre compte que j'étais en amour et j'avais le goût de le crier à tous, aux farfadets à faciès criblé de mimiques et aux danseuses de porcelaine éclopées et ensorcelées, aux canards de bois cancanant vers le vide du ciel entre les mâchoires pendantes des toitures, aux tronches de carnaval décomposées envahissant les vitrines, aux faces de carême roulant comme des dés sur les chancres du trottoir et aux pleutres à court de larmes et aux prestidigitateurs de la sébile. À tous : je suis en amour, hostie ! P'tit Jésus d'emplâtre ! En amour ! J'avais le goût d'ébranler toute cette petite misère de bouts de chandelles et de souffler partout sur les deux rives érodées de la rue Ontario le nom enchanteur de ma Dorianne adorée.

Je n'étais pas encore tombé en amour souvent, à cette époque. La féerie cardiaque, se déchaînant sur fond de manque, me faisait un effet radical et décisif dont toutes les conséquences, les imprévisibles et les incalculables y compris, se ramassaient sous les espèces du Destin en une grosse boule de bonheur au centre de ce ciel étranglé. Amour avec Dorianne ! Sonnaient les cloches et valsaient les girouettes ! Temps et température, soyez propices, précipitez-vous ! La ville de Montréal était habitée, la ville de Montréal abritait ma belle, ma pâle et sombre et redoutablement belle amie.

Pour un peu, je serais entré dans une église pour dire merci à un bon Dieu que j'aurais fait exister juste pour la circonstance. Mais en haut des parvis balayés par les vents de la ville, les temples du Seigneur étaient fermés à clef, la peur de la profanation prévalait partout. Voilà le culte moderne : qu'on tombe de cheval ou de Harley, au bout du chemin de Damas, on se cognera le nez sur une porte en chêne massif. Conversions sur rendez-vous seulement.

Dans mon dos, reléguée à l'arrière-plan, la haute falaise noire de la prison Parthenais s'amenuisait et, bientôt, dans le ciel bleu, c'est la flèche hautaine de l'église Saint-Jacques, point de ralliement de ma faculté de penser, qui la surpassa en éminence. C'est là que je me dirigeais, c'est cet amer qui guidait mes pas vers les lumières des nouveaux scribes, les foudres des exégètes du texte étatisé, des hiérogrammates aux sacrements subventionnés. Comme tous les matins où j'avais des cours, j'avançais d'une foulée confiante vers le sanctuaire de ces sauveurs haut salariés. Je savais que je serais écrivain. Et soudain, je songeai que je n'avais pas touché à mon roman la veille.

PIERRE

Je la revois, comme si c'était hier, en train de dansoter sans conviction, vaciller-valser plutôt, sortant à tout bout de champ des limites de la piste, avec des gars qui s'attachent à ses traces, flairant la proie facile. Je reste là figé, à la fixer des yeux. Un défi. Les gars lui paient un verre et ensuite elle les envoie paître. Elle n'a pas encore trop bu, à ce moment-là. Elle a quelque chose de dur et de froid, de prismatique et d'acéré dans le regard, et elle s'en sert. Je pourrais me tourner vers une autre, mais il y a ses yeux à elle, on se demande ce qu'il y a dessous, ils ont l'air de crier en couleur, à travers tout le tapage et le tape-à-l'œil de la nuit : *Allez, vas-y, mon chéri, cours ta chance, aurais-tu peur ?* Et elle siphonne son vin rouge qui contraste avec l'or vulgaire brillant dans les verres de bière alentour. Un brin de sophistication ne nuit pas. Moi, quand on résiste, il faut que je fonce. Sans cette philosophie du rentre-dedans, du grimpe-dessus, les cimes de l'Everest seraient encore vierges et notre aïeule Ève serait restée pucelle. Quand une fille me met les nerfs à vif et me tombe sur les boules, j'ai besoin de la coucher sous moi pour la besogner, raboter la beauté, araser l'obstacle en prenant mon plaisir au pied de son mont de Vénus, en la faisant turluter, jodler dans la joie !

Mais Dorianne n'a pas encore crié, elle.

De colère, oui, souvent. Tout le temps ! Mais le plaisir, elle s'en défend, elle serre les dents. À peine une exclamation, parfois, étouffée, comme filtrée par le muscle d'un mollusque : Château ! Elle dit ce mot en prenant son accent chantant. Château : l'interjection s'accorde parfaitement avec le ton précieux de sa petite voix pointue. Une aristocrate de vaudeville, voilà ce qu'elle est ! Mais ça me stimule, moi, cette distance de classe simulée, cette barrière supplémentaire à jeter par terre ! Quand je l'entends moduler des phrases légères de sa belle voix noble, ça me donne envie de faire disparaître toute cette hauteur du dedans de sa bouche et de la remplacer par le tremblement qui fait taire. Et quand j'y vais vraiment fort à son goût, elle dit : Chateaubriand ! Alors je sais que je suis sur la bonne voie : la forteresse de la châtelaine s'est transmuée en carnation comestible, l'œuf muré dans sa coquille est devenu un bœuf bon à manger. Le cri qui mord la langue, le cri primordial n'est pas loin.

La voilà qui vient. Nous avons rendez-vous. Entre nous, claire comme un constat, il y a maintenant la vision macabre de son corps enlacé, sous les couvertures, par celui de Vincent. Elle sourit de toute sa nasse de nacre, je la désire tout d'un coup et elle demande :

— Tu me paies un verre, bébé Pierre ?

Je sais qu'il est inutile de résister. Sa fatuité de femme fatale, ça fonctionne chaque fois. Si je n'obéissais pas, elle s'empresserait d'aller se faire voir ailleurs, par un autre gars fin paré à l'ouverture des vannes. Liquide et électricité : Dorianne détourne tout à son profit. La seule façon de s'assurer un pouvoir sur elle, c'est d'accepter de lui offrir à boire et alors, paradoxalement, simultanément, on accepte le caractère aléatoire, révocable en tout temps de ce pouvoir-là. On consent à lâcher tous les démons en liberté et on se sent aussi gros que le dompteur dans la cage, au moment où sa pomme d'Adam entre en contact avec le dentier de la lionne. On se sent perdre la tête. Je pourrais m'éloigner et me mettre en frais de draguer au hasard une des filles qui s'épanouissent à la ronde, sous la lumière artificielle, comme des fleurs, des fruits dans une serre. Mais le pouvoir naît de la connerie d'autrui. Je suis le pourvoyeur et je veux voir la suite. Pourquoi faut-il que j'acquitte le prix de ce satané verre de vin, et pourquoi faut-il que je dise à Dorianne, d'un air maussade :

— Tu ne m'as pas écouté, hein ? Je t'avais dit de ne pas déranger mon ami Vincent. C'est très grave, ce que tu as fait. Si le Grand Roman Québécois ne voit jamais le jour, ça pourrait bien être ta faute.

— Pierre, je t'en prie ! chantonne-t-elle en joignant les mains. Je voulais juste lui parler un peu, je voulais l'écouter, le faire parler, il a l'air si renfermé, si renfrognon…

— Tu te prends vraiment pour une autre, hein ? Tu n'écoutes jamais ce que les gens ont à dire, Dorianne. Tu donnes des ordres et c'est tout. Et puis, de toute façon, Vincent est un grand champion du monde du silence, catégorie poids plume, mettons. Car je tiens à ranger notre ami Pietr parmi les poids lourds, dans cette discipline qui t'est si étrangère.

Je tente d'alléger l'atmosphère.

— Pour toi, fait-elle avec mépris, les paroles ne servent qu'à agresser et à blesser, comme des coups de poing. Vincent ne parle pas beaucoup, c'est vrai, mais il écrit, lui, au moins. Et puis, ajoute-t-elle avec un clin d'œil canaille, j'ai découvert que monsieur avait le vin gai : en ma compagnie, il s'ouvre un peu plus que tu ne penses.

— La seule chose qu'un gars peut s'ouvrir, avec toi, c'est les veines, répliquai-je sur un ton morne. Vois-tu, Dorianne (j'affecte des accents de désintéressement sincère), Vincent est un gars sensible, fragile, pas comme ton gibier habituel. Écoute (je prends son poignet et la force à me regarder en face), tu n'es pas très facile à vivre, pour dire les choses avec modération.

Ça y est : elle boude. Je l'ai atteinte au bon endroit. Le genre de combinaison de crochets de conscience qui fait saigner l'amour-propre. Pour conserver l'initiative, je fonce dans la brèche :

— Il écrit, il écrit... Est-ce qu'il baise, au moins ? Parce que tu n'ignores pas, ma chérie, que bibi, à ce chapitre, c'est le Vésuve et le Popocatepeltl dans le même trou, hein ? Allons, tu aimes bien t'appuyer dessus, la colonne d'Hercule qui pompe le produit de mes vésicules, pas vrai ? Tu ne vas tout de même pas me faire croire qu'il t'expédie au septième ciel ! Dans l'état où tu étais la fois où je vous ai vus ensemble, il aurait fallu un marteau-pilon juste pour te chatouiller le clitoris !

Elle oppose une moue dédaigneuse à ces propos :

— Ce que je n'aime pas, avec toi, c'est la vulgarité de ton langage ! Avec toi, ça tourne toujours autour des filles, du corps des filles, du corps tout court, et même du corps des petits vieux que tu démerdes pour gagner ta vie. Comme s'il n'y avait rien d'autre à dire !

— Aujourd'hui, nous avons disséqué un fœtus de porc. La semaine dernière, c'était un bébé requin.

L'examen final portera sur le lapin et, la prochaine fois, il y a un matou au programme. Tu veux que je te décrive le tout en détail ?

— Merci, Pierre. Tu ne m'intéresses pas.

Cette fois je me fâche :

— Toi, si tu veux que je te dise, tu parles rien que pour m'empêcher de te posséder ! Tu parles rien que pour ne pas crier ! Et puis, qu'est-ce qu'il y a d'autre, dans la vie, que le corps des filles, le corps des gars, et le corps du Christ tant qu'à faire, hein ?

— Le vin, assure-t-elle lentement, avec solennité. Le vin. Vas-y, paie-moi un autre verre. S'il te plaît.

— Et ensuite, ça va être un autre, et un autre, et encore un autre, et c'est la même chose avec les gars : un autre, un autre, encore un autre… Tu vas roter tout le mauvais qui est en toi, Dorianne, ça va être là dans ta bouche et tu vas devenir méchante, et quand je vais dire : c'est assez, tu vas te sauver et tu vas refaire ta Salomé pour te payer ma tête et celle du premier venu et celle de tous les autres à suivre.

— Paie-moi un verre de vin, implore-t-elle, soudain très triste.

— Dorianne, je dis doucement, il faudrait peut-être commencer à ne plus avoir peur des mots et à reconnaître que tu as un problème, bon Dieu, ouvre-toi les yeux !

— Je ne suis pas alcoolique, qu'elle soutient sombrement.

— Tu es quoi, alors ? (Cette manie qu'ils ont de nier, les toxicos de toutes tendances.)

Un éclair de malice passe devant sa prunelle et l'éclipse une seconde. Elle sourit et dit simplement, en haussant l'arc redoublé de ses épais sourcils et en laissant tout le reste en suspension dans l'informulé :

— Ah !

Elle claque des mâchoires avec tact, signifiant par là qu'elle ne dira plus rien. Lorsqu'elle se dirige en chancelant, pas mal soûle maintenant, vers un téteux qui lui fait des façons en langage sourd-muet et que j'en éprouve une sorte de soulagement, je me mets à penser à ce projet de nouvelle fantastique que j'ai enterré l'année passée. Je pourrais peut-être travailler tranquille, cette nuit.

VINCENT

Oh Dorianne Dorianne ! Nos rendez-vous galants ! Ça me grattait partout tellement j'avais hâte. En ce mois de mai doré, je te voyais tous les jours de la semaine. Je te voyais dans ma soupe originelle. Nous nous retrouvions souvent au *Barrage*, débit de boisson où, au milieu d'un décor vaguement néogothique métissé de high tech, on pouvait faire des rencontres à crédit. Dorianne possédait l'art d'étirer les cinq à sept, de tester leur élasticité jusqu'à ce qu'ils prennent des directions imprévues et deviennent une prolifération de prolongements hasardeux plongeant des racines au plus noir de la nuit. Le printemps se réveillait pour de bon après sa nuit blanche à lui, les terrasses, vers le midi, s'épanouissaient comme de grosses fleurs en mal de lumière, dentelant la rue Saint-Denis d'explosions de pigments vestimentaires et d'éclaboussements de chrome. Le *Barrage* était situé rue Ontario, un peu à l'est mais assez près du quartier latin pour rester un endroit respectable où les fils de bonne famille pouvaient faire la queue le soir après dix heures. Le prolo peu politisé y côtoyait l'étudiant en pleine lune de miel militante, la musique dégageait des accents soixante-disards. Le spécial deux-pour-un y était très couru et donnait lieu à de nombreuses manifestations de cette contemporaine variété de courtisanerie qui prélude à la formation de quantité de couples : la drague.

Dorianne m'attendait au bar, accoudée avec nonchalance devant une consommation flanquée de sa sœur jumelle. Lorsque je vis son visage dans le miroir qui ouvrait toute grande la perspective, de l'autre côté du zinc, je sus que j'aurais affaire à la Dorianne des bons jours, à l'aimante et attirante présence, au pôle magnétique de ma chair de poule, celle qui ne pouvait faire mentir mon sentiment. Je touchai le dos offert de celle qui me faisait face dans la glace. Déjà, un type avait engagé la conversation, quelques tabourets plus loin. Des bribes de communication flottaient, en état d'apesanteur, dans l'espace libre où je m'insérai sans tarder. Dorianne se laissa embrasser dans le cou, me gratifia d'un sourire coquin qui fit luire ses dents et fit un tour complet sur son siège pivotant pour me laisser l'admirer dans sa jupe de cuir serrée sur les cuisses, sa veste idoine découvrant une bande de peau blanchâtre sous le nombril et faisant naître, au-dessus de la généreuse échancrure du vêtement, son visage comme une coulée de cire irradiante mêlée à la masse noire des cheveux.

— Bonjour, ami, fit sa voix, gaie et grave à la fois. Alors, et les cours ?

— Oh, c'est gentil de poser la question, Dorianne, mais les cours, ça ne veut rien dire, répliquai-je bravement. J'avais juste hâte d'être avec toi.

Elle eut un sourire ravi et ce fut elle qui m'embrassa, cette fois. Souvent, par la suite, j'ai pensé que son seul véritable besoin, au fond, c'était d'être aimée absolument, que tout aurait bien tourné si j'avais seulement possédé l'ombre de cette aptitude décisive qu'est la capacité d'aimer pour vrai, au-delà de toute considération étrangère à l'autre. Les brebis égarées méritant ce genre de dévotion exclusive existent peut-être, mais on note une grave pénurie de missionnaires aptes à leur proposer le salut. Pourtant, Dorianne me proposait un décalque furieusement conforme à l'idéal. Elle roucoula :

— Tu m'aimes ?

— Ouais.

— Moi, juste moi ?

— Juste toi, et depuis toujours. C'est comme si je t'avais attendue durant des siècles.

J'avais pris mon air de cow-boy romantique découpé par un coucher de soleil.

— Yaouh, conclut-elle, prudente.

Elle avala une bonne rasade de vin rouge pour fêter ça. Elle buvait avec une conviction si belle à voir que ça ne pouvait que donner le goût de boire aussi. Mes deux bières firent rapidement les frais de cette propension à induction subite. J'en commandai une autre, ce qui voulait dire deux, et encore du vin pour Dorianne. Et je lui dis, pour confirmer :

— Non, les cours, ça marche bien, mais ce n'est rien. J'y allais surtout pour rencontrer du monde. Mais toi, ma chère, tu rends un tel prétexte parfaitement fallacieux et désuet. En fait, c'est mon roman qui me préoccupe. Je n'ai pas mis la main à la pâte de toute la semaine. Je pensais à toi tout le temps, à part bien entendu les fois où j'étais dans tes bras. Tout me ramenait à ton existence, même mes lectures se piquaient au jeu. Tiens, par exemple, tu savais qu'on parle de toi dans *À la recherche du temps perdu* ?

Elle ouvrit de grandes amandes intéressées. Sa bouche eut à peine besoin de bouger pour me faire savoir qu'elle voulait savoir. Je poursuivis :

— Mais oui, tu sais, dans le milieu très huppé des Guermantes, on se répète toujours, comme un leitmotiv : *Vous connaissez la dernière d'Oriane ? Vous avez entendu la dernière d'Oriane ? Elle est terrible, vraiment.* Et moi, chaque fois que la prose redondante du petit Marcel me remettait cette question sous le nez, je prononçais Dorianne, j'envoyais promener l'apostrophe, je lisais et voyais Dorianne et je remerciais ce vieux Proust de me parler, à travers cette créature éminemment aristocratique et mondaine, de toi et de toi seule.

Elle haussa les épaules et murmura :

— Est-ce que ton livre parlera de moi, Vincent ? J'ai déjà essayé de lire Proust mais, oh là là… Quelle écriture rébarbar… rébarbarbante.

— Hum… Tu en connais, des mots, fis-je avec un clin d'œil appréciateur.

— Tu en connais presque autant que moi, concéda-t-elle avec grâce.

Elle fit luire la nacre de sa dentition qui projeta tout le reste dans les ténèbres. Les cinq à sept du *Barrage* étaient nos ouvertures sur le monde de la nuit. Ils constituaient un sas par lequel nous nous élancions vers les abysses éthyliques de la ville, à la rencontre de sa faune électrique. Je m'accrochais à Dorianne comme un aveugle à un chien-guide. Ce scintillement, ce clinquant, cette fusion des panneaux-réclames sulfureux dans une obscurité fuligineuse, ces feux de paillettes à foyer variable et ces orgies chromatiques de la pub toute-puissante, tout cela m'avait été étranger. Le labyrinthe des rues ouvertes offrait à l'air libre sa chaude fressure d'asphalte qui se reflétait dans le verre que nous tenions à la main. Avant de quitter, pour ces périlleuses pérégrinations, le comptoir du *Barrage* qui longerait nos flancs comme un quai, je voulus payer encore un verre à ma compagne et je sentis que la prédilection exclusive qu'elle vouait au vin rouge commençait à m'énerver obscurément. Je lui dis :

— Allons, fais un petit spécial, ma belle, il n'y a pas que le vin, dans la vie. Choisis un drink, pour une fois.

La résistance fut moins forte que prévu. Elle déclara sans hésitation :

— Bloody Mary. J'aimerais bien un Bloody Mary, château !

Nous trinquâmes.

— À la dernière d'Oriane, proposai-je de bon cœur.

— La dernière Dorianne, répéta-t-elle songeusement. C'est vrai que je suis la dernière. La dernière d'une longue lignée.

Elle était devenue très sombre. Le vin faisait son travail normal. Je répliquai sur un ton badin :

— Longue lignée, hein ? Sang royal pur à cent pour cent ! Tu vis comme une reine, Dorianne ! D'ailleurs, ça m'intrigue au plus haut point, ça : tu ne travailles pas. Tu n'étudies pas, tu dors toute la journée, tu sors toute la nuit. Où est-ce que tu trouves ton argent, quand je ne t'offre pas à boire ?

Elle prit un air rusé et assuré :

— L'argent ? Mais il y en a partout, voyons ! Ça coule à fléau, l'argent, c'est un flux sans fin, comme le sang dans les veines, tu comprends, ami ? C'est facile. Tu n'as jamais entendu parler de la soif de richesse ? L'argent, ça court les rues.

— Sans blague, tu vis comment ?

Je devenais légèrement impatient. Elle soupira longuement puis susurra :

— Mon père m'en donne, un peu. Je vis encore dans sa maison. Il est très vieux, alors je m'occupe de lui, de mon mieux. Il est tyrannique mais très riche.

— Très vieux ? Hum. Et quand il va mourir, qu'est-ce que tu vas faire ?

Elle aspira une langoureuse lampée de vin en haussant les épaules puis rétorqua, candide :

— Mon père ? Mais, ami, il ne mourra jamais ! Château !

Elle partit d'un rire clair agrémenté d'un tintement qui fut produit par ses dents pointues percutant le cristal du verre.

PIERRE

Ça crée un vide incroyable, dans l'appartement, l'absence de ce bruit-là. Tout ce tic tic tic à tac tac tacata-cattaque qui rend fou, qui vous force à vous fourrer la tête sous l'oreiller, qui vient bousculer dans votre caboche les rêves de fornication en formation serrée ! C'est la DCA des altitudes oniriques, sans blague ! C'est comme le crépitement de mille mitraillettes, quand ce monde-là se met en marche, quand le Grand Roman Québécois s'assemble dans un piétinement de mots pressés, de mots en foule et en furie !

Il y a bien sept jours maintenant que Vincent n'a pas touché au clavier de sa machine à faire de la littérature, sept jours qu'il suit Dorianne de bar en bar et qu'à chaque gorgée qu'ils prennent ensemble, ils m'enfoncent des éclats de verre dans le cœur.

Il y a bien sept jours aussi, chose tout à fait impensable auparavant, que je n'ai pas fait l'amour, moi, le marathonien du matelas ! Elle a cessé de retentir à la grandeur de l'appartement, la plainte complaisante de mes partenaires attelées à l'éternelle parodie de la reproduction de l'espèce.

Pietr, le petit Polonais, est amarré au salon. Comment dire : en rade dans l'irradiance bleutée de la source de toute beauté et de tout bonheur à rabais, il assimile ses pilules les yeux ronds et rote ses pogos devant la programmation en pagaille de la télévision. Pietr ne met jamais le son, l'image le contente amplement, et il n'émet jamais le moindre commentaire, la moindre protestation. Point de vue politique, je crois que le servage reste son régime préféré, au petit Pietr.

Le téléphone sonne à grands coups grinçants. Pour la première fois, ce pont filiforme me cause comme un dérangement. Les blondes habituelles à temps partiel rappellent, une couple d'anciennes, aussi, qui ont le goût de recoller les morceaux de nos caleçonnades d'anthologie, de nos casse-tête style le cul vu par Picasso, le goût de se remonter le romantisme après avoir revu ma photo dans le scrapbook de leur jeunesse réduite en micelles de mélancolie. Les vieux chums, de même, qui s'inquiètent de ne pas m'avoir aperçu la veille dans notre repaire préféré et qui se demandent si je n'ai pas fini par changer de place, qui ne manquent pas de faire hurler, au creux de mon oreille, le balbuzard hystérique plaqué en vignette sur le dix dollars qu'ils affirment m'avoir prêté pas plus tard que la semaine précédente, mon vieux. Je finis par décrocher le maudit appareil et je retourne dans ma chambre. Étonnamment, la perspective d'une nuit en solitaire ne me paraît pas atroce du tout. J'en suis presque déconcerté. *Cocooning*, qu'ils appellent ça. *Cocooning* en célibataire. Décidément, mon Pierre, toujours à la fine pointe de la sociologie.

Je tire de mon tiroir les bouts de paperasse victimes de ma paresse, je fourrage un peu là-dedans en mâchonnant la mine d'un crayon, futur grand penseur ruminant son plomb, et j'isole de la masse un dépliant publicitaire. *Chez Marco Pogo.* Le document déploie ses feuillets fasciés sous mon nez. Le rouge vif du pepperoni, sur les gravures faisant comme des taches de graisse à travers le papier, m'inspire une mauvaise faim qui fait palpiter mes lèvres. Mais il faut concentrer mon attention sur autre chose, en l'occurrence ma propre prose qui se superpose à la publicité pour pizzas et qui est loin d'être le Pérou. C'est là que j'ai griffonné le canevas de mon projet de nouvelle. Je relis ces lignes éparses à voix haute, sûr que le petit Pietr n'entend pas et qu'il s'en fout de toute façon, parce que ses pilules lui sortent comme de la ouate par les oreilles et parce que son cerveau lui-même devient de la ouate. Moi, pour créer, il faut que j'articule en toutes lettres, faut que ça soit labial, occlusif et tout le tralala et que mon palais, ma glotte, mes lèvres et ma langue soient complices de la conspiration.

Mais comment se concentrer sur un rassemblement bêlant de maigres phrases qui se bousculent, troupeau planté au bord de l'abîme, panure d'effets saupoudrée sur quelques éléments de bon sens figés dans leur lard, pendant que la vraie vie se fait aller les jambes à l'extérieur ? Mots-moutons, je veux vous sauter, pas bêtement vous dessiner ! Une phrase, merde, ça ne nourrit pas son homme, ça ne saigne pas comme un sexe, que je sache, ça déjoue l'alignement des dents, ça s'échappe tout le temps ! C'est con, une phrase. Ça vous rase le poil des jambes, un phraseur ! Ça vous défrise une brousse pubienne, une phraséologie !

Ils disent : Au Commencement était le Verbe, les birbes qui passent la Bible au crible. Moi, je dis : Au Commencement est la cellule biologique, et la première chose qu'elle se dépêche de faire, c'est de se reproduire par fissiparité pour avoir la possibilité inédite de fourrer une réplique d'elle-même ! Au Commencement est l'ensemencement. Après vient la bouffe : tous commensaux, à bâfrer, à briffer depuis le début. Et ça n'arrête pas depuis.

Parlant de Livre Sacré, ça me fait penser à Pietr accueillant, ce matin, deux témoins de Jéhovah qui parcourent les rues en quête d'âmes cotonneuses à imbiber de vérité, et de bonnes poires à presser de questions existentielles, et surtout de poches de braves pantes où puiser des liquidités. Petit Pietr est parfait pour le rôle : un peu plus, il les invite à dîner. S'ils sont assez à la mode pour aimer les pogos… Pietr ne place pas un mot, il les écoute faire le point sur l'état du monde, qui va mal, à cause de la fornication et de la soif d'argent, et de la guerre et des sous-marins nucléaires et du sang clair qui coule partout sur le sable chaud, plein la planète ! C'est notoire. Eux, ils voient bien que ces dangers-là ne menacent pas trop immédiatement notre petit Pietr à nous, qui est bien trop bien barricadé, caparaçonné contre tout ce qui est extérieur à lui et à l'écran de télé synergique pour jamais risquer plus que le péché par la pensée. Quand ils voient le petit crucifix d'argent que l'ami Pietr porte en sautoir et celui, plus volumineux, qui est suspendu au chambranle de la porte de sa chambre, ils se disent : *Bien, bien, celui-là est un bon prospect, il s'est spontanément placé sous la protection divine.* Ils lui remettent alors des exemplaires de leur torchon, histoire de semer leur infirme graine de salut dans le crâne comprimé d'un autre bouc-émissaire de misère, et ils repartent en promettant bien sûr de revenir arroser tout ça de leur salive salvatrice.

Toute la journée, devant la télé allumée, Pietr se la tape

entièrement, leur littérature. Il ingère, déglutit, digère toutes leurs annonces en primeur de l'engloutissement final de toute la baraque, la grande débarque ! La *shit storm* terminale de Ken Kesey ! Le Grand Gogre des *drougs* de Burgess qui se fâche pour de bon ! Bienvenue dans notre ménagerie des millénaires, ménagez-vous qu'ils disaient, soyez sages et surtout payez votre passage en espèces sonnantes et ne trébuchez point et vous serez sauvés des eaux, en sortirez avec juste un peu de moisi dans les méninges. Quand j'y pense, quel beau banquet chez le bonhomme Noé : toutes ces bêtes derrière les barreaux, comparution devant le tribunal de la Table, le petit qui mange un plus petit, qui est mangé par un plus gros qui lui-même est enfourné par un rien moins que monstrueux, et ça se poursuit pendant tout ce qui reste de temps à venir, toute la perpète du grand G.O. qui voit à l'intendance de tout, là-haut, serdeau suprême ! *What is at stake is steak !* Dorianne aurait été heureuse sous les trombes vengeresses du déluge : Noé, le premier humain à devoir cuver son vin, à subir cette variante du châtiment divin.

Je m'approche subrepticement de Pietr et je lui demande, avec l'air d'être capable de garder mon sérieux :

— Pis ? Qu'est-ce que ça dit ?

Alors Pietr relève la tête, redresse son tronc tortu et bombe le torse, frémissant de toutes ses ramifications anatomiques. Il pointe sur moi un index prophétique et son long cou se convulse, la pomme d'Adam tendue à craquer, quand il dit d'une voix lugubre :

— Je le savais…

— Bon. Tu savais quoi, mon bon. Il y aurait du neuf, par hasard ?

— La Bête ! profère-t-il sans s'offusquer de mon détachement bien affiché. La Bête est là... à nos portes. La Bête est arrivée... La Bête est revenue... La Bête...

Et il continue, même après que je me sois détourné, à marmonner, morne comme un mormon, dans ce style.

VINCENT

Flanqué de Dorianne, je fréquentais de plus en plus, fredaines foncièrement perverses, ces endroits prosaïquement désignés par le subtil euphémisme de *bars de rencontre.* Le type de rencontre n'était jamais précisé à l'enseigne, mais on savait que les sensibilités esseulées allaient là dans le but souvent tenu secret de dénicher l'âme sœur et de l'arracher au magma des sentiments indifférenciés. Lorsque je me rendais au *Barrage* en compagnie du cœur chéri fiché au centre de ma vie, j'acceptais, en toute connaissance de cause et comme par pure bravade, d'exposer cette possession intime aux velléités prédatrices des autres chercheurs de trésors épidermiques en maraude. J'ai souvent pensé à cette époque qu'avec la femme qu'on aime, le seul comportement social logique serait de s'enfermer dans une pièce, une maison, un château, une prison, n'importe quoi qui comportât un intérieur entouré de murs, et de s'y aimer cloîtrés jusqu'à ce que mort s'ensuive. Toute autre alternative, dans mon esprit, faisait forcément entrer dans la danse tout un tas d'indésirables incarnations de l'altérité et, plus souvent qu'autrement, l'Autre était un enquiquineur de première classe dont on avait le goût de casser toutes les dents dès la minute qu'il se mettait à souffler du vent à travers.

Comme Dorianne jouait le jeu, dans ce genre de lieux, avec un art imparable, je n'échappai pas au cul-de-sac humiliant de la jalousie. Lors de nos débuts de soirée classiques, connaissant bien ses propres inclinations et voulant profiter des derniers feux de sa lucidité, elle m'enlaçait tendrement et me disait avec passion :

— Promets-moi, ami ! Promets-moi que tu ne partiras pas d'ici sans moi. Tu viendras me chercher, amour, même si j'ai trébuché, si je suis tombée dans les bras du plus libidoué des gars…

— Il faudra que tu fasses un choix, décrétais-je alors en assemblant sur mes traits tous les signes de l'indifférence. Mais, juste pour savoir, pourquoi tu ne restes pas avec moi ? Je veux dire : maintenant, tout le temps, tout près, comme ça, collés…

Elle ne pouvait pas. Elle ne pouvait pas, congénitalement, croire à l'amour et pourtant, torturée par la nécessité vitale d'y placer bien haut sa foi, elle éprouvait ce besoin de constamment pousser Cupidon à bout, quitte à égratigner Vénus au passage. Il fallait qu'elle se coulât hors de mon bras, que, verre à la main, elle se diluât dans le monde, se fondît dans la cohue pour ne plus exister qu'en tant que contact sous les coudes levés de la sollicitation solitaire, surface où poser les paumes, rondeurs où laisser courir les doigts. Elle m'amputait de sa présence physique et je restais là, de glace sur la rive, contempteur à l'intérieur, refusant de toutes mes forces cette solution de bon mélange. J'essayais de me convaincre, à ces moments, qu'elle m'avait abandonné son âme, son vrai Moi en garantie, et que son corps seul se soumettait, dans l'obscurité traversée des coups de sabre du laser et renversée par la cavalcade colorée des décibels, à un processus de mixtion régénérateur qui me le rendrait plus fort, pressé de regagner le refuge de son principe unificateur à la pureté épargnée. Je voulais voir, dans cet amalgame humain, un de ces drinks appelés zombis, où les couleurs caractéristiques des diverses liqueurs se voisinent sans jamais se mêler, confinées par leurs densités spécifiques à des strates bien délimitées.

Mais ces ruminations restaient proches parentes du vœu pieux. La situation alla en se dégradant. Un soir, lorsque le froid contact de la main de ma mie cessa de me renseigner sur sa position exacte, des pensées particulièrement pénibles obscurcirent mes hémisphères gris. Je tournais le dos à la piste de danse pour m'absorber dans un examen attentif du ballet des bulles de bière dans mon verre. Autour de moi, chacun buvait son lot, qui une Black Label, qui du vin, qui un cocktail, qui du kir, qui un scotch sur glace, et chacun devenait ainsi plus déliquescent à l'intérieur. La clientèle se faisait méli-mélo, on se prenait aux yeux, on se tâtait les états d'âme, on appelait au secours les vocables en vogue avec une stricte économie de service ou alors avec une enflure tenant de l'afflux biologique, et la musique tumescente, au-dessus de tout cela, imposait à grands moulinets de haut-parleur les mots d'ordre à la mode.

Je décidai alors, pour jouir d'une désaltération plus conforme au tour métaphysique de mes observations, de commander un scotch à la jolie serveuse qui venait de me frôler avec insistance. Dans la chaude atmosphère qui résulte de libations générales, rien ne vous retranche mieux de la masse, rien ne vous perche mieux sur les aires élevées de la contemplation cynique et désabusée que le bon vieux scotch des familles, straight ou à la rigueur refroidi par un unique glaçon. Je continuai de boire et cela ne me rendit guère plus liant, guère plus riant. Le Johnny Walker me fit seulement sentir avec plus de précision la pulsation de mon ego, me peignit le cœur sous les traits d'un être supérieur, inaccessible, malheureux de l'être, arbitre prenant racine, à son corps défendant, au-dessus de la bousculade. Et toute cette attitude soigneusement inventée pour mettre en place un système de protection à l'épreuve de la passion... À pleurer, vraiment.

Isolé sur mon île mâle, j'étais obnubilé par la simple certitude que ma douce et moite moitié, quelque part au milieu de ces fumeuses étendues foulées par les aigles du désir, évoluait, se faisait chair sous les regards d'humains désespérément différents de moi. L'intolérable intensité de cette idée nue, capable de secouer et de disperser toute autre considération telle un vêtement superflu, me vissait les pieds au plancher. Je faisais encore (et peut-être est-il toujours à refaire) l'ineffable apprentissage de la souffrance et je me disais, pour me conforter dans ce sentiment de supériorité que procure tout stoïcisme, que Proust lui-même, le grand maître ès Jalousie, n'aurait pas été plus apparemment patient, plus anxieusement cool que moi. Mais Proust ne buvait pas du Johnny Walker. Rigoureusement immobile, paralysé par l'expectative, j'apercevais parfois ma Dorianne glissant à travers le faisceau du balai d'ambre manié par un projecteur, ma Dorianne portée par le mouvement colloïdal ambiant, levant bien haut les fesses. Les gars et les filles se tortillaient partout comme des robots. Elle, au sein de ce grouillement d'arthropodes en pleine crise d'arthrite, était terriblement humaine, froidement faillible, point de mire de toute une lie en proie à des sentiments délébiles, et on aurait dit qu'à mon instar, sans exception, les éléments virils dominants de l'endroit faisaient maintenant de sa personne le foyer exclusif de leurs appétits convergents. Sur les lèvres de chacun de ceux qui venaient de la croiser, je croyais discerner un rictus de triomphe et de stupre savouré à l'avance qui érigeait dare-dare cet individu en rival.

Je finis par oser me couler dans l'ombre de ces ravisseurs pressentis, les suivant et les épiant, vérifiant méticuleusement la qualité des rapports qu'ils ébauchaient autour de l'âtre de ma vie, m'assurant de la destination finale de chaque verre payé qui passait en vibrant de puissance potentielle sur le plateau des serveurs et serveuses, en quête de lèvres consentantes. Tout, en ce lieu morbide, me ramenait à Dorianne, les autres filles ne me présentaient que des reflets pâlissants de l'éclatante opalescence de sa peau, et je constatai tout à coup avec affolement que, pour être sûr de son amer amour, je n'aurais jamais d'autre issue que de me trouver à perpétuité avec elle, devant elle comme condamné, plaqué tout contre elle, réduisant à néant les infimes interstices qui, creusets de la différence, empêchaient toute unicité décisive, toute identification vraie. La fidélité que j'entrevoyais, dans sa plus parfaite réalisation, était une assimilation souhaitable et complète. Mais j'entendais déjà gronder la rébellion de mes entrailles.

Peu après le last-call, sous les retombées moelleuses d'un slow de bonne cuvée, s'orchestrèrent l'envoi des ultimes messages codés, la confusion des émissions vocales cryptiques de la gent volage et la diction, sous forme de déclamation décidée, des dernières volontés de ceux qui, le verbe cru, ne craignaient pas d'appeler une paire de hanches féminines un cul. Je fonçai vers le fond du bar où je l'entrapercevais, la chère, choyée par une suite angélique de trois ou quatre gaillards dont les intentions pures se lisaient sur des faces purpurines percées comme des pommes de douche par les feux couchants de la piste de danse. C'est alors que tout le scotch que j'avais ingurgité fit véritablement effet. Je me sentis baveux, implacable comme une débâcle en personne. Il me revint en tête, l'espace d'une seconde, cette histoire d'un professeur à moi, presque un mentor, bon vieux vivant parti de Glasgow sur un patouillard, jadis, avec pour tout bagage une paire de poings toujours prête à trouver un emploi. Il me disait, afin de me démontrer ce qu'il entendait par caractère : *Mets deux Irlandais ensemble dans une pièce fermée, il vont se battre. Mets un Écossais tout seul dans la même pièce fermée, il va se battre aussi.* Fouetté par ce rappel, roulant les épaules, je m'immisçai au milieu du mini-attroupement, pris la belle par la main et l'attirai à moi. Tout l'empire du vénérable whisky se ramassa dans mes yeux changés en billes d'acier tandis que les quidams affriandés se préparaient à manifester une opposition de quelque consistance à cette revendication. Ils n'en eurent pas le temps : je les glaçai tous là, sur place, d'un seul jet d'alcool oculaire, une giclée retentissante de mon regard appuyé. Ils me sentirent fort, fort d'une fameuse quantité de liqueur au cœur et, Dorianne me suivant pas à pas, je gagnai la nuit.

PIERRE

Aujourd'hui, nous avons encore pesé monsieur Li, pour déterminer la quantité de médicaments qu'on va lui injecter dans le corps. Il maigrit, monsieur Li. Pendant qu'il est allongé, impuissant, sur le plateau-hamac de la balance, je lui dis, malicieux :

— Ne regardez pas de ce côté, monsieur Li. Il y a un vautour qui vous guette, accroupi dans la cuvette du lavabo. Hi ! Hi ! Hi !

Puis, ce soir, je songe à Dorianne. De la savoir là dans la ville, dans la lumière rouge de la ville, ça m'empêche de penser. Ma nouvelle n'avance pas, elle recule, se dérobe comme une conquête réticente. Normalement, j'ai toujours un tas de bonnes raisons pour ne pas l'écrire : chaque nouvelle fille remplace ma nouvelle, la rejette plus loin dans le domaine des possibilités qu'il ne presse pas d'exploiter. Mais cette nuit, je n'ai pas de nouvelle fille, pas même une ancienne, rien que la douleur de l'absence de Dorianne, comme un abcès dans ma bouche.

Ma nouvelle commence comme suit : un écologiste est réveillé dans sa tente, un matin, par le ronronnement d'un hélicoptère. Ce gars-là est un spécialiste de calibre international des milieux acides et des tourbières du Nord. C'est un appareil militaire qui vient le chercher au beau milieu du muskeg. On le conduit dans un laboratoire ultra-secret situé plus au sud et là, un savant un peu flyé lui explique que le monde a absolument besoin de son expertise sur les facteurs qui contrôlent la décomposition de la matière.

Pourquoi ? Le savant laisse voir un sourire de satisfaction sénile sur sa vieille face de rat de laboratoire. Il montre à son collègue venu du froid des cadavres de bêtes, mammifères variés et oiseaux de nombreuses espèces différentes qui ont été trouvés dans les bois et rapportés aux autorités. Particularité commune : ces carcasses ne présentent pas la moindre trace de putréfaction. État de préservation miraculeux. On fait mention de cas semblables partout dans l'est du pays. Diagnostic provisoire des autorités scientifiques : le processus le plus fondamental de tout le monde vivant semble en voie de s'enrayer, au moins chez les animaux des échelons supérieurs, ceux qui ont le sang chaud. Car pour l'instant, on ne retrouve aucun batracien, reptile ou poisson parmi les spécimens collectés.

Hypothèse explicative : un micro-organisme inédit, probablement synthétisé en laboratoire par des ingénieurs génétiques et échappé par inadvertance dans la Nature, se paie un joyeux pique-nique à même les rangs toujours nombreux des champignons microscopiques et des bactéries chargées de la basse besogne de nettoyer les charognes de la terre. Ce minuscule être vivant qui, selon les données rassemblées à ce jour, semble avoir besoin de sang chaud pour prospérer, serait capable d'y sécréter son propre milieu ambiant, d'une acidité telle que lui seul reste apte à s'y développer. C'est ce pH trop faible qui éliminerait systématiquement les micro-fossoyeurs. Le phénomène des pluies acides pourrait avoir contribué à fournir à cet embaumeur nouveau genre le petit coup de fouet qu'il fallait, sous forme de conditions naturelles originales, pour l'encourager à étendre son empire.

Venant interrompre l'exposé de notre savant, une dépêche s'abat sur le télex : on vient de repêcher, sur les bords d'un marécage situé au Québec, le corps en parfait état de conservation d'une grenouille-bœuf, communément appelée ouaouaron par les populations locales. Un séjour de plus de deux semaines en plein soleil, la durée étant certifiée par le témoignage oculaire d'un jeune vacancier, n'a pas corrompu ni même altéré cette chair verte et visqueuse. Aucune trace de putréfaction visible. Voilà : la grâce apparente n'était qu'un sursis. Le syndrome mystérieux semble vouloir gagner les règnes de vie inférieurs. À long terme, si le phénomène prend de l'ampleur, le recyclage des minéraux et nutriments essentiels ne pourra plus être assuré par la biosphère, chaque être vivant refusant de retourner à la terre sa part d'éléments constitutifs. La grande roue paraît bel et bien en train de se bloquer.

D'une autre source, on signale, dans une entreprise de compostage, des retards inhabituels dans la décomposition de la fibre végétale, observation qui serait corroborée par des récits de même nature recueillis auprès des jardiniers amateurs de la région environnante.

Conclusion : la vitesse de propagation de la chose étant apparemment fulgurante, si rien n'est tenté dans un délai d'une terrifiante brièveté, on risque de se voir acculé à essayer de survivre dans un monde où les morts refuseront de pourrir, avec comme perspective de solutions expéditives et provisoires la mise sur pied d'équipes de supercharognards humains à qui sera confiée la tâche de ratisser le pays jusque dans ses recoins les plus sauvages pour réunir des charniers et des bûchers funéraires et, par la combustion, rétablir le cours normal des écosystèmes mondiaux. Partout la terre ne recevra plus qu'une pluie de cendres. La pollution atmosphérique résultant de cette destruction par le feu à grande échelle, ordalie de fin du monde, fera de cette option un compromis acceptable à moyen terme seulement.

Notre biologiste se voit proposer (en fait, il n'a pas le choix, ses services étant réquisitionnés par le haut commandement des forces militaires en état d'alerte) de travailler à un programme de recherche accéléré visant à isoler au plus vite le malfaisant petit microbe qui vient de décider tout à coup, sans aviser personne, que oui, Poussière tu es, mais non, Tu ne retourneras plus à la poussière.

Pour mettre un peu de piquant, vers la fin, je prévois ajouter un rebondissement : le micro-organisme anonyme ayant subi incognito une mutation mutine, les cadavres qu'il a investis se mettent éventuellement à remuer et à recouvrer les apparences de la vie. Le monde des morts, soudain, se lève et marche. Tous des Lazare, à bas les bandelettes ! Mon microbe acquiert ainsi, grâce à la science des hommes dont il est issu, le pouvoir merveilleux de rétablir, à son propre compte il va sans dire, le courant électrique dans des cellules nerveuses naguère éteintes. Pour les vivants qui aspirent à mourir en paix, ça va mal. Mais là, je l'avoue, je sombre carrément dans l'histoire d'horreur.

VINCENT

Mes rapports avec Pierre s'envenimaient. D'habitude, le respect énorme qu'il donnait tous les signes de me vouer remplaçait avantageusement une amitié n'ayant jamais eu le temps de se développer. Car nos existences possédaient des plans de contact limités. Mais quand la communication, confiée au hasard des écarts de conduite, parvenait à s'établir, j'avais l'impression de retrouver en lui un vieux frère siamois depuis longtemps parti, un être dont on possède *a priori* une connaissance presque charnelle, utérine, court-circuitant toute la série des divisions génétiques. Tous nos différends découlaient du fait que nous désirions trop nous ressembler.

Pour ma part, j'admirais beaucoup l'habileté avec laquelle il se démenait pour trouver des petits nids toujours neufs à ses spermatozoïdes, même si cette considérable entreprise d'aspersion séminale menaçait de l'épuiser. Il finissait par s'éreinter à force de vouloir répandre ses minuscules moitiés mortes d'avance dans tous les ventres de la ville. D'ailleurs, depuis une dizaine de jours, son rythme avait changé, il s'était apparemment imposé une diète sexuelle, pour ne pas dire une disette. Je ne pouvais tout de même pas me défendre de lui envier sa facilité en la matière et lui, pour respecter la logique, me renvoyait l'envers de mon envie. Ainsi, lorsque j'entrepris la rédaction de l'œuvre que mon ami se dépêcha de baptiser, avec une ironie n'ayant aucune chance de m'échapper, le Grand Roman Québécois, il multiplia les tentatives de nuire, mine de rien, à l'accomplissement de mon apostolat.

Officiellement, il ne professait bien sûr qu'admiration sans borne pour ma ténacité, il avouait un étonnement approbateur devant ma capacité de travail. La peine journalière dont je lui offrais l'exemple paraissait même pouvoir rivaliser, dans sa considération, avec les plaisirs de la séduction. Mais j'en vins rapidement à déceler de sourdes manigances au fond de sa voix parfois hypocrite lorsque, en fin d'après-midi, par exemple, tandis que je faisais crépiter la machine à écrire à un rythme d'enfer, il m'appelait des profondeurs du canapé où il venait de s'affaler à côté de Pietr, frais levé ou tout juste retourné de ses dévotions sanitaires entre les rangées de brancards croulant sous les vieillards :

— Vincent ! C'est *The Price Is Right* à la tévé !

Ce renseignement tonitruant aurait normalement dû m'inciter à laisser là femmes et enfants de papier pour foncer en direction de l'autel électronique où se célébrait chaque semaine le culte, si cher à Pierre, de la consommation. C'était son émission préférée, celle de Pietr aussi, pour peu que ce dernier pût manifester des prédilections. Elle était diffusée par le canal douze et mes deux colocataires, en dociles apôtres, buvaient sagement les paroles pleines de prix du grand manitou de l'animation. Pierre m'induisait en tentation. Il aurait aimé m'arracher à mon ouvrage fanatique, ouvrir tout grand le batardeau contenant les flots bleus du farniente et me prendre à bord du bateau échoué de sa paresse. Je persistais, je persévérais, le crépitement de ma machine faisait concurrence au clapotis des applaudissements et je pouvais entendre Pierre, au-delà du mur de ma chambre, qui s'obstinait aussi, qui changeait de poste à répétition, qui zappait jusqu'au vertige et riait aux éclats en réponse à la gaieté préenregistrée, apostrophant ensuite joyeusement son compère Pietr et se tapant dans les mains et sur les cuisses pour bien me faire sentir tout ce que je ratais de bon temps. Mais ça, c'était peine perdue depuis longtemps, car j'y étais entièrement résigné : quand on écrit un roman, on rate tout plein de bon temps.

Or, là où les manœuvres douteuses de mon ami Pierre avaient achoppé, l'introduction de Dorianne dans ma vie était en train de produire des résultats probants. Mon horloge biologique s'emballait, ma disponibilité d'esprit se débinait. Je commençais à m'accoutumer aux mœurs de la nuit mais, en revanche, je n'avais toujours pas adapté mon sommeil aux lueurs du jour. Je décidai, par un matin d'insomnie, de tenter d'amener ma douce amie à adopter un mode de vie plus commode, plus conforme à la normalité de mes habitudes de travail. Je devais l'encourager à se trouver du boulot. Elle serait alors forcée de récupérer nuitamment et je pourrais reposer auprès d'elle plutôt que de gaspiller mes forces accroché à ses basques. Dorianne exerçait déjà un tel ascendant sur moi que, pour reprendre le Grand Roman Québécois, je ne pouvais plus me passer de sa présence de sombre muse.

Lorsque Pierre se mit à me bouder de manière ostensible, je compris que ma dérive dans le sillage de Dorianne lui avait chatouillé l'orgueil. L'improbable s'était produit :

je lui avais piqué une fille, au play-boy des parages de Parthenais, l'homme au fan club en constante expansion. Je lui avais volé son joyau. Il ne sortait plus, il s'enfermait dans sa chambre d'où avait cessé de monter la complainte régulière qui soulignait jadis abondamment les orgasmes dispensés par lui en grand seigneur. Nous nous évitions avec circonspection, nous ne nous adressions plus que des messages indirects par l'intermédiaire du mur humain maçonné par Pietr quand celui-ci s'immergeait dans ses macérations mentales au salon.

Un jour, vers la fin de l'après-midi, je ne pus retraiter à temps dans mon antre et une rencontre eut lieu dans la cuisine où je faisais rôtir mon petit déjeuner pendant que Pierre s'y précipitait pour se concocter un souper. Il me lança un regard noir et je songeai que l'absence de sonorités, dans cette grande bouche si bien faite pour les moduler, produisait un effet très étrange. Sous ses yeux, au fond d'une poêle couvrant tristement un rond de la cuisinière, des éclats de gousses d'ail noircis dégageaient encore leur pénétrant parfum.

— Pietr ! hurla Pierre au comble de la rage, combien de fois il va falloir que je te dise de rincer la vaisselle, saint-ciboire !

Sans transition et sans se tourner vers moi, il demanda :

— Est-ce que tu vois encore Dorianne ?

— Ouais.

Je regardais droit devant.

— Elle ne vient plus jamais ici, constata-t-il d'une voix monocorde. En tout cas, vous avez l'air de sortir souvent en sacrament !

Je haussai les épaules :

— Ouais, peut-être… Toi, par contre, on ne te voit plus tellement.

— Ah, je te dis, des fois… grommela-t-il.

J'essayais de ne pas être ironique.

Il n'épilogua pas davantage.

Sans prendre la peine de nettoyer la poêle à frire dont il venait de déplorer l'état de souillure, Pierre remit du beurre dedans puis, guettant d'un œil averti la fonte du corps gras, il projeta soudain, d'un geste vif et dur, une épaisse tranche de steak bien rouge à plat dans le fond rainuré du poêlon. De sous la viande saisie, l'ail ravivé monta dans l'air et enveloppa la pièce de ses sinuosités odorantes. Pietr rappliqua aussitôt, alléché. *Hum hum !* fit-il, les yeux à demi fermés.

— Toi, mange de la marde ! rugit l'ami Pierre qui était décidément à prendre avec des pincettes.

Pietr le toisa un instant puis émit, machinalement :

— Celui qui le dit, celui qui l'est.

Nous nous regardâmes, interloqués.

PIERRE

La connaître, au sens scientifique. Lui décortiquer le cortex, la disséquer comme un cadavre, moi, professeur Pierre, prosecteur émérite, spécialiste de la vie ! Vincent, lui, ne connaît plus Dorianne, il ne voit qu'elle, il n'a qu'elle en tête. On ne peut pas savoir quand on n'est plus capable de comparer ! Quand on compare, on peut parer les pire sales coups, les plus mauvais goûts. C'est le principe de la dégustation.

Pietr n'a jamais vu d'un très bon œil la soif de conquêtes qui constitue mon état physiologique prédominant. Mais avec Dorianne, le petit Polonais semble d'avis que cette fois, la soif m'a entraîné trop loin. Quand elle est là, il fixe sur elle un regard effaré (je dirais teinté d'effroi), toujours tripotant le petit crucifix qui pend à son cou.

Le jour où j'ai suggéré au pauvre petit, en toutes lettres, d'ingérer les matières obtenues par la voie de son système digestif, alors que j'étais d'une humeur positivement massacrante, bang, avec la nuit qui tombe, celle dont on parlait justement se matérialise parmi nous. Pietr, qui n'a pas encore exécuté ma rebutante injonction, se tient là à l'autre bout de la cuisine et il regarde Dorianne avec insistance, les yeux plissés, blancs comme des pilules, le front barré comme une silencieuse portée de musique.

Dorianne n'aime pas ce regard-là : elle s'approche, s'arrête au milieu de la pièce, théâtrale comme toujours, et, mettant l'écartèlement de ses longs doigts livides entre elle et lui, elle crie :

— Pouah ! Tu pues l'ail, Pietr, c'est pas possible !

Ce n'est pas très gentil. Il faut dire que Vincent et moi sommes plutôt habitués, maintenant. Pour des étrangers aux muqueuses nasales en bon état, le souffle du petit Pietr a toutes les chances de ne pas faire l'unanimité.

Mais notre colocataire en voit d'autres tous les jours. La pluie de quolibets qui, par ma bouche, contrôle quotidiennement le climat de la pièce où il vit l'a pourvu d'un blindage de canard. C'est pratique. Pour toute réponse, il baisse la tête, joue avec le pendentif qui ballotte en sautoir sur sa poitrine oppressée. Dorianne recule. Entre le petit Pietr et elle, on perçoit une tension, on devine une distance qu'aucun progrès éthologique, aucune amélioration de l'hygiène alimentaire ne pourront jamais combler. Dorianne veut sortir. Elle tire Vincent par le bras et lui dit, avec sa voix pointue qui donnerait le goût de taper dedans si les sons avaient des contours solides :

— Tu viens, ami ? Je n'aime pas les odeurs, dans cette cuisine.

Et Vincent, le preux cavalier, la suit comme hypnotisé tandis que Pietr, le pieux mangeur d'ail, retourne à son ailleurs intérieur et que moi, pour essayer de dérider tout le monde, je lance dans le dos de Dorianne qui s'éloigne :

— C'est une odeur de sainteté, tu sais ? Il est en train de devenir un saint ! Pour ça que tu n'aimes pas…

Dormir. Cette nuit encore, pourquoi pas ? Quelle honte à ça ?… Une des premières histoires qu'elle me raconte, le soir où je la rencontre, où je la rescape au beau milieu de cette tentative de suicide quand elle sort du *Barrage* sans prévenir et se met à traverser la rue dans un sens et dans l'autre, sans arrêt, sans jamais regarder à droite ou à gauche, forçant tous les conducteurs à freiner en catastrophe pour l'injurier copieusement, elle qui n'entend rien et qui leur sourit vaguement de son sourire de somnambule, bref ce soir-là où je comprends que Dorianne est une fille qui a mal quelque part et que ce quelque part a bien des chances de se trouver dans la région du cœur, je la ramène chez moi pour la protéger, oh noble pulsion, et elle me narre cette histoire d'un accident dont elle garde les séquelles, frappée par une voiture comme par hasard, geste intentionnel probablement, je ne veux pas la questionner là-dessus, et elle se retrouve à l'hôpital, clouée sur un lit entre la vie et la mort pendant plusieurs jours. Un soir, un infirmier pratique une incision à la base de son cou, au-dessus de la clavicule je crois, et y accroche une canule pour faire une transfusion sanguine. Et le bidule reste là un long moment, accroché à son cou tandis qu'elle s'endort, et soudain elle fait ce rêve, cauchemar devrais-je dire : son père est couché sur le lit face au sien dans la chambre d'hôpital où il se trouve en dialyse, nouveau patient, avec une sorte de robot à son chevet qui fait circuler un sang clair dans des tubes au-dessus de lui et elle le voit, terrifiée, se lever lentement en repoussant les couvertures blanches pour s'approcher de sa couche à elle, puis son père se penche et Dorianne a peur, elle est paralysée par la peur même si elle sait qu'il ne veut sûrement que l'embrasser pour lui dire bonsoir comme quand elle était petite, son père qui lui sourit et qui se penche, lui frôlant la joue, descendant plus bas, et alors elle se réveille en poussant un cri et elle retrouve sous sa main le contact de ce drain qui sort toujours d'elle et qui serpente comme une grosse veine de plastique.

Elle me travaille terriblement les tripes, cette fille. Il me faut combattre le mal, le circonscrire, le confiner là, au central de la zone érogène, à l'unique levier de mon monde. Il faut lui donner un peu d'exercice, à celui-là ! Mon serpent bien dressé, ma petite Bête à moi, comme dirait notre petit psylle ! La voix suraiguë de Dorianne n'est quand même pas le seul air de flûte qu'il connaisse ! Je crie à mon ami :

— Allez, petit Pietr, allons aux femmes ! Courons sus aux femmes, frère de larmes ! Et va te rincer la bouche, d'abord, si tu veux éviter d'établir d'emblée une zone d'exclusion autour de ta personne !

Et petit Pietr, docile, s'exécute. Tandis qu'il brosse ses dents polonaises usées par le régime de son pays d'origine, pensant toujours à Vincent et à celle qui semble en bonne voie d'affermir son emprise sur lui, je crie encore, ma verve revenue :

— T'en fais pas pour notre ami, Pietr ! Ça va lui passer, cette toquade, il va s'y remettre, à notre Grand Roman Québécois ! En attendant, il faut avouer qu'il s'est dégotté une fichue bonne excuse pour ne pas travailler. Sacrée Dorianne… Alors que toi et moi, présentement, on n'a rien, niet ! Allez, parle-moi donc de ton fameux grand livre sur la Pologne et sa Solidarnochemanie, mon Pietr ? C'était quoi, déjà, la thèse que tu comptais défendre ?

Le petit Polonais bredouille, presque inaudible à travers une masse de pâte dentifrice en ébullition :

— Tu verras… Tu verras…

Et il se regarde dans le miroir, puis il jette un coup d'œil par-dessus son épaule et revient au miroir barbouillé des traînées blanchâtres que sa bouche laisse partir comme des feux d'artifice.

J'assistai à une scène bizarre vers cette époque : un aveugle se tenait sur le bord du trottoir, perdu dans le morceau de nuit que ses verres fumés emprisonnaient contre ses yeux. Il serrait dans son poing droit le pommeau de la traditionnelle canne blanche mais, curieusement, son autre main se refermait sur la poignée d'un harnais retenant un chien-guide assis bien tranquille à son pied. Pendant que l'homme s'appuyait au pédum planté de biais entre ses jambes, le chien redressa son arrière-train et, la patte négligemment levée, compissa consciencieusement le blanc bâton.

Je ratais de plus en plus souvent mes cours à l'université. Ils avaient la fâcheuse habitude de commencer aux environs de cinq heures et c'était précisément l'instant magique où on donnait le signal du deux-pour-un sur les nombreuses terrasses traîtreusement semées le long de mon parcours. Une fois le coup d'envoi expédié, il devenait difficile de s'arracher au baume existentiel de cet étalement social bien arrosé. Non contente de m'avoir fait déserter mon roman, Dorianne s'en prenait donc maintenant à mes crédits académiques et m'attirait tous les jours dans ses eaux troubles. Au chant de sirène de ses syllabes flûtées, mon sens du devoir à la dérive se dissolvait. Elle m'attendait de préférence au *Barrage*, établissement judicieusement situé à mi-chemin entre le rectangle noir et massif de la prison Parthenais et la flèche percluse d'âge de l'église Saint-Jacques, réformée et intégrée à l'ensemble architectural de l'université.

Lieu de passage entre la ténèbre des quartiers populaires et le phare de culture fendant les nuages, la rue Ontario postait le *Barrage* sur mon chemin comme un piège tendu à l'intelligence. Dépourvu de terrasse, de façade plutôt sobre, ce bar se jetait sur moi à travers sa baie vitrée, dans un cliquetis de verres et de bouteilles, dans un hourvari de cris et de ris, et je ne lui opposais plus qu'une faible résistance, me laissant drainer, les pieds pesants, par une Dorianne qui trônait, dans la pénombre précoce de l'intérieur, au milieu d'une cour jaboteuse de buveurs.

La fréquence de ces incartades finissait par ralentir le rythme de mes déambulations sur Ontario et m'ouvrait des perspectives plongeantes sur le petit monde des boutiques poussiéreuses fronçant leurs frontons comme d'épais sourcils pointilleux. Le matin, plissant les yeux comme un Chinois devant un dazibao, je prenais le temps de lire les graffiti venus ajouter à la faveur de la nuit, sur les murs de brique crachant leur mortier comme du pollen dans la brise, leur contrepoint pérenne aux manchettes interchangeables des journaux. J'étais toujours content d'en repérer des frais, je les flairais comme un pisteur, m'attachant à interpréter ces empreintes d'une faune furtive en rouli-roulant : LA MASTURBANISATION, ÇA REND SOURD ! POÈTES SEULS, POÈTES FOUS ! Et ce classique, repris en de nombreux îlots de bâtisses délabrées : Y A-T-IL UNE VIE AVANT LA MORT ?

Un après-midi, je marquai une pause devant la vitrine d'un marchand de masques et déguisements en tous genres. J'avais souvent longé, auparavant, la façade de ce commerce de fausses identités. Carnaval et cauchemar s'y détaillaient à rabais, le luxe de toutes les laideurs s'y acquérait à vil prix. Un masque hideux retint mon attention. Il figurait un visage blême et angoissé sur la joue duquel venait se greffer une réplique exacte et miniature de sa propre physionomie. Cette excroissance, cependant, se distinguait de son support par une couleur rouge et démoniaque qui lui conférait l'aspect d'un bourbillon malin, d'un bourgeonnement de monstruosité médicale. Acharné à s'arracher au visage modèle, ce double regardait au loin, l'œil étincelant, tandis que l'original en train de se scinder avait le regard éteint.

Un autre masque montrait une invraisemblable tête poilue affublée d'une bouche verticale tordue qui ressemblait vaguement à un sexe féminin puissamment dentelé et surmonté de cornes. En guise de langue, un énorme clitoris fourchu et cramoisi émergeait du troublant orifice. L'objet évoquait aussi un piège à mâchoires sur le point de se refermer et il en émanait une expression de terreur cynique, indicible. À ce moment, perdu dans ma contemplation, je dus me déplacer pour permettre à une vieille femme de balayer le trottoir sous mes pieds. Malgré mon écart poli, elle continua, toute à sa tâche obstinée et mécanique, d'épousseter le sol en se dirigeant droit sur moi, sans me voir, les yeux baissés sur le ciment fissuré des dalles. Je fis un nouveau pas de côté mais le faisceau du balai parut aussitôt poursuivre mes pieds. Je ressentais une gêne inexplicable. Elle était vraiment très vieille, l'aïeule, complètement flétrie. J'eus un rire nerveux et me mis à éternuer, à la fois pour chasser la poussière de mes bronches et pour me donner une contenance digne. Je finis par partir en frissonnant, après un dernier coup d'œil aux faciès grimaçants qui flottaient derrière la vitrine, murmurant pour moi-même : décidément, il y a bien de la saleté, sur cette rue. Puis j'esquissai quelques pas de gigue, sous le coup d'une curieuse impulsion.

— Bonjour, ami, roucoula Dorianne lorsque je pris place auprès d'elle. Tu avais un cours, ce soir ?

— Avais, oui. Il est commencé, maintenant.

— Ça n'est pas grave ?

— Ce n'est pas grave.

La conversation se mit vite à languir. Dorianne semblait triste. Sur le trottoir, au-delà de la baie vitrée qui me séparait maintenant de la rue, le jour régnait encore sur les visages ensoleillés, auréolés d'or orange par les rayons obliques. Les humains resplendissaient au passage, tout près de nous qui restions tapis dans l'ombre. Je toussai de nouveau et, essayant désespérément de fuir les banalités, je dis :

— Il y a de la poussière, beaucoup de poussière, aujourd'hui, sur Ontario. C'est à cause de toutes les rénovations qu'ils font, les façades qu'ils ravalent. Il devrait y avoir un beau coucher de soleil, avec toutes ces particules dans l'air...

— Je ne veux pas voir ça, protesta Dorianne d'une voix plate.

— C'est l'été bientôt, Dorianne ! fis-je en me secouant avec entrain. Tiens, arrête de boire ta piquette de fond de cave. Je vais commander un pichet de sangria. Tu ne pourras pas te plaindre, c'est fait à base de vin rouge.

— De la sangria, répéta-t-elle, ravie. Je n'y avais pas pensé. Mais… tu mangeras les fruits, dis, ami ? Je n'aime pas les oranges…

— Toujours ton appétit d'oiseau, soupirai-je.

— Non, pas d'oiseau…, voulut-elle objecter.

Lorsque le niveau de la sangria eut baissé d'environ la moitié, je pris un air plus sérieux que de coutume et prononçai :

— Tu sais, Dorianne, je pense que je ne resterai pas avec Pierre et Pietr, à la fin du bail.

Elle ne répondait rien. Je poursuivis :

— C'est devenu tendu entre Pierre et moi. On s'entendait si bien, pourtant. Et pour ce qui est de Pietr, il a la tête dure comme une mâchoire d'âne. Et complètement philistin avec ça ! Hi ! Hi ! Ha ! Toi, avec ton père… c'est pas trop pire ?

— Ce n'est pas vraiment mon père, fit-elle rêveusement. Je veux dire… j'ai été en quelque sorte adoptée, tu comprends ? Je ne sais pas comment, en fait… ils ne m'ont jamais expliqué. Ma mère me répétait toujours, juste pour me faire mal, que je n'étais pas de leur sang, que j'étais issue d'une petite famille du peuple. Je n'étais pas de leur sang. Ils m'ont élevée… Je l'appelais la sorcière. J'étais contente quand elle est morte. En dernier, elle était sur son lit d'hôpital, comme morte, mais elle respirait encore par un tube. Elle avait le cerveau à moitié mort, la mémoire toute mangée… elle était, elle était tellement méphistérique…

— Hum.

Dorianne se mit à pleurer. Son rimmel fondit, faisant des coulées de suie le long de ses joues livides, anémiques. Elle paraissait si fragile, Dorianne, à ces moments-là, quand le sel des larmes dissolvait le maquillage de ses cils, quand elle commençait à boubouler comme un hibou :

— Bouh !...

Je lui pris le poignet pour la consoler et sentis sous mes doigts le pouls accéléré et les cicatrices rectilignes, perpendiculaires aux veines que la petite pompe gonflait. Je désirais à tout prix l'aider, mais cela n'explique pas pourquoi je m'entendis proposer :

— Tu pourrais venir vivre avec moi, en appartement...

Le rire se mêla aux larmes et les larmes, elles, furent incorporées à la sangria si douce sur les lèvres cherchant à se lier. Plus tard dans la nuit, Dorianne me présenta un billet tout fripé qu'elle venait de rédiger à la hâte. On pouvait y lire, en caractères grossiers : *Je, soussigné Vincent, promets formellement de partager ma vie avec la soussignée Dorianne, d'être avec elle toute la vie, pour toujours.*

Elle agita, entre ses doigts courbes, une réplique identique de ce bout de papier et affirma avec une fierté manifeste :

— Ça, c'est ma copie. Il te reste à signer la tienne, et moi aussi. En fait, il faut que tu signes les deux, tu comprends ?

Je me livrai avec joie à cet exercice puéril, demandant pour rire tandis que j'apposais mon paraphe au succinct document :

— Tu n'exiges pas que je signe avec mon sang, au moins ?

PIERRE

Quand elles demandent : *Et la tendresse, bordel?* je réplique : *Et la tendreté, viande à chien?* Tendresse rime avec détresse, tendreté rime avec dureté. C'est le yin et le yang du kama sutra. Mais ce soir, la dureté et l'endurance ne sont pas au rendez-vous : j'ai les tissus mous, avec pour fâcheux résultat que certaines prouesses péniennes sont placées hors de portée de mes capacités physiologiques. Ça me fait de la peine, j'en pleurerais.

D'abord, tout va comme sur des roulettes. Repérage visuel, approche tactique ponctuée des rites gestuels qui sont de mise dans l'état de rut, largage prévu, à travers l'espace kaléidoscopique où s'agite la gent noctambule, du petit Pietr qui ne maîtrise pas suffisamment les codes, puis contact physique avec la cible, accidentel pour commencer, délibéré et reçu cinq sur cinq par la suite, modeste débours en vue d'irriguer une belle gorge claire crachant une voix de lamantin en quête de queue, une voix de dugong changé en dugazon, répétition de cette dernière étape autant de fois qu'il le faut, ébauche d'une conversation à tendances maniaco-digressives sur la variété des modes d'accouplement mis au point par la Nature et comparaison de celle-ci avec la variété non moins grande des modes d'accouplement mis au point par la Culture, tout étant question d'évolution au fond, épatée, elle a un coup dans le nez, Bref, Avances, Conquête, Fermeture, Ouvertures, Taxi, Palpations, Palpitations, Dernier verre en tête-à-tête, Traits d'union, Liqueur de bonne marque, Préambule oral, Café bon jusqu'au marc, Prêts ? Préliminaires, Appauvrissement vestimentaire voulu, Goulus, Tête-à-queue devant le miroir. Puis ?

Échec.

Trêve d'union.

Qu'est-ce qui t'arrive, mon Pierre ? Rien dans le mat. Pas moyen. Pas gros. Manque de sang dans le membre, qu'ils disent. Tissus capillarisés, fibre musculaire spongieuse, qu'ils disent. Tendreté. Tendresse. Trop pensé, trop pressé, trop dans la tête, plus rien dans la poche. Mauvais délestage, oublié de débrancher les souvenirs. Dorianne qui, à distance, fait des nœuds dans mes neurones. Dans le miroir, dans le noir, c'est Dorianne qui nous regarde à sa place. L'autre dit : *Je comprends, je comprends.* Et : *Ça arrive. Ça arrive.* Formules consacrées. Même Hemingway, paraît-il, parfois. Lu quelqu'un qui disait ça en entrevulve. En entrevue. Elles comprennent tout le temps.

Quand elle part enfin, je sens qu'il faut que je fasse quelque chose. Peux pas dormir avec ce poids dans le scrotum, avec ce tournis dans mon sac. Reste un peu de vodka, Smirnoff. Un spécialiste de la tordeuse des bourgeons d'épinettes s'appelait à peu près comme ça. Tordeuse de bourgeons. Un screwdriver, les brassent avec leur tournevis, cocktail du prolétaire, ciel d'affreux et pattes de coquerelles, j'ai le cafard. Si ça pouvait juste être une vis, quelque part dans le zizi, qui a besoin d'un petit tour d'outil. Screwdriver. Smirnoff. Tordeuse de bourgeons. Je me remets à ma nouvelle, à froid, avec de la vodka plein la vue. Et ça débloque, en vrac, comme par miracle, ça goûte la vengeance, allez : que les morts marchent et que les impuissants bandent, baptême !

Vincent m'aborde ce matin dans la cuisine. Il a sa figure solennelle des grandes déclarations. Il m'annonce qu'il libère sa chambre à la fin du mois. Vincent ! Autre moi ! Je suis libre de commencer à chercher un autre colocataire dès maintenant, qu'il me dit. Libre ! Je travaille la nuit sur ma nouvelle, je le dis à Vincent et Vincent me dit que c'est bien.

Chercher un autre co-loque. Chercher une autre blonde. Chercher des bébittes comme Smirnoff cherche ses tordeuses de bourgeons dans les épinettes, chercher des rhynchotes en fourrageant dans la forêt rhombique de mon sexe. C'est la recherche de la vie qui me tue à la fin. Une question me brûle la langue. J'essaie, par de laborieux détours rhétoriques, de faire jaillir la réponse à peu de frais, sans me compromettre, sans mettre ma jalousie toute nue devant Vincent. Mais ça ne vient pas. Il se cantonne dans cette réserve qui entretient si bien le mystère de sa vie que ses pages deviennent ensuite de grands dévoilements. N'y tenant plus, je lui lance alors, direct à la face :

— Tu t'en vas rester avec Dorianne, bien entendu ?

— Oui.

Vincent est laconique. Je lui dis qu'il va faire la connerie de sa vie. Il répond :

— On verra.

Lapidaire. Ces mots qu'il grave en moi, Pierre. Oui, on verra. Voyons ce qui arrivera, Vincent. Je lui pose la main sur l'épaule. C'est gauche et ridicule, mais je ne peux pas laisser faire ça, ce suicide par soûlographie suivie. Je ne trouve plus les mots tout à coup. Je n'ai que la force de faire référence aux siens, à ceux qui ont acquis sous ses doigts de lapicide l'immortelle immobilité des hiéroglyphes.

— Qu'est-ce qui arrive avec le Grand Roman Québécois ? hurle mon désespoir.

— Je vais le continuer, assure-t-il avec une foi inébranlable. Dorianne va trouver du travail et je vais avoir toutes mes journées pour écrire, comme avant...

— Dorianne va trouver du travail...

Je soupire, suffoqué par sa naïveté. Elle lui dit à lui aussi : je ne suis pas alcoolique. Et au fond, elle a raison.

Un brave type qui cale trois bières par jour a droit à ce titre, lui. Un honnête travailleur peut vider sa caisse de douze ou de vingt-quatre à chaque nycthémère que le bon Dieu fait tomber sur la terre et rester fonctionnel, pratiquement productif. Et les grandes gueules de cinéma, Paul Newman avec ses douze Budweiser par jour même quand il conduit des voitures de course, Richard Burton avec ses incalculables quantités de liqueur forte sifflées alors même qu'il joue du Shakespeare à pleines planches, pléiade de personnages à lui tout seul ! Non, Dorianne n'est pas alcoolique. Elle boit. Et quand elle boit, elle va au bout de la bouteille, et au bout de toutes les bouteilles que la nuit peut lui présenter, lui permettre d'affronter. C'est la grande bataille de la bouteille. Dorianne boit avec une conscience méthodique qui atteint presque à la passion scientifique. La bouteille, c'est son instrument d'optique. Elle devient le savant fou qui dose, avec une exaltation contenue, l'élixir chargé de lui révéler le terrible secret de la vie. Si l'amour n'a pas encore ébloui Vincent jusqu'à lui ôter toute capacité de bornoyer, il va se sauver en courant.

— Trouver du travail ! reprend-il, soudain exalté. Elle me l'a promis. Tu vas voir, Pierre, je vais reprendre un rythme régulier, mon rythme d'enfer, les pages vont revoler de plus belle, mon vieux. Fais-moi confiance !

Je le laisse alimenter sa chimère et je retourne dans ma chambre. En passant devant le poste de télévision, j'obstrue un moment la vision de Pietr qui exerce sa vigie quotidienne et qui lève les yeux vers moi. Pelotonné contre l'accoudoir, ses genoux relevés comme un bouclier à la hauteur de sa bouche, Pietr dissimule son magazine *Playboy* du mieux qu'il peut. Tu le lis pour les articles, toi aussi, mon petit ? Peuh ! Se masturber ! Moi, je n'ai plus que l'envie de marcher dans la rue, coudoyer les clochards, pisser sur les murs des venelles, m'ouvrir le gland sur un tesson de verre et rédiger un grand graffiti sanglant, un cri de cormoran au bec tout croche, un texte de mort ! Mais se soûler sans Dorianne, c'est insipide, c'est comme un salut sans sauveur.

Le petit Polonais semble atterré, lui aussi. Mais on ne peut jamais savoir avec Pietr.

VINCENT

Saint-Jean-Baptiste était en chaleur à en perdre la tête et les Salomé de la rue Saint-Denis dévoilaient leurs bouts de peau petit à petit, les jeunes filles en fleur devenaient autant d'effeuilleuses à la petite semaine. Officiellement, le printemps ne prendrait fin que le lendemain, jour le plus long, jour en érection, mais la canicule n'avait pas attendu que le calendrier la siffle pour montrer le bout de son museau. L'appel de la race retentissait sur les terrasses, les femmes avaient les yeux humides de désir, les hommes avaient la goutte au gland. De discrets sifflets saluaient les formes les plus accomplies, les mieux révélées par le strip estival de Montréal, la ville faite défilé de mode depuis qu'on n'y promenait plus le p'tit Jésus dans ses langes sur les chars allégoriques. Les déhanchements en tous sens faisaient tourner et retourner follement la tête des barbus prophètes du bas de la ville tandis que Dorianne et moi fendions cette foule sans la voir, comme un vent. Chevelures et épidermes, ongles et cuir, jeans et coton nous frôlaient sans nous émouvoir. Nous ne pensions qu'à nous deux, nous cultivions l'égoïsme le plus sain et le poussions jusqu'à ses frontières les plus fertiles. Nous ne parlions que de notre appartement, là où nous vivrions à part, enveloppés dans nos draps comme un bonbon à explosion, où nous serions deux, un nœud, un œuf, une origine au milieu du monde détaché de nous et semé, largué au large.

— C'est grand, hein ? Je vais avoir de la place pour me faire un bureau, une salle de travail.

— Moi, j'aime les plafonds, château ! Ils sont assez hauts ! Les vieux appartements ont toujours des plafonds hauts.

— Il y a pas mal de poussière, évidemment. Il faudra peut-être acheter un aspirateur.

— Moi, j'ai horreur de l'aspiration ! Et puis la poussière, ce n'est pas grave. J'aime plutôt ça, la poussière…

— Tu as vu les araignées, en haut, dans les coins ?

— C'est Pierre qui serait content d'habiter là, il fait tellement prédateur embusqué, c'est son style. Tu sais que je l'ai déjà vu s'en mettre une dans la bouche ? Une araignée, je veux dire…

Je me rembrunis et elle se colla contre moi :

— Ce n'est pas ce que je voulais dire, ami… Pierre est content là où il est. Pierre sera toujours content dans la vie. En fait, Pierre est important pour moi, et tu sais pourquoi ? Parce qu'il nous a permis de nous rencontrer !

— Ouais. En tout cas, ces jours-ci, il a l'air plus continent que content. Mais ce n'est pas son genre, de se contenter d'un rôle d'intermédiaire, si tu veux mon avis.

— Je ne veux pas ton avis, ami. Je veux ta vie.

Elle sourit de toutes ses dents blanches. Le bail était signé, maintenant. Nous étions liés par un pacte.

— Il faudrait aller fêter ça, tu ne penses pas ?

Elle avait raison. Nous nous rendîmes au *Barrage* et je lui payai à boire. Dorianne devint fervente et suivit du coin de l'œil la descente sporadique du niveau du vin dans son verre. Ça chutait comme le mercure du thermomètre à l'approche d'un front froid. Bientôt, animés par une manière d'automatisme, ses yeux effectuèrent, avec la régularité presque rassurante du phare de la Place Ville-Marie, des balayages circulaires autour de notre position. Quand elle se piquait à ce jeu-là, je me sentais rapidement de trop. Et quand on se trouve en couple, il est toujours étrange de se sentir de trop. De braves jeunes gens s'étaient attablés à peu de distance, en t-shirts clairs et bermudas blêmes, tenant les propos légers que l'on tient au seuil de l'été quand le pop-corn éclate et que les hormones sont en effervescence. Les œillades de Dorianne attiraient immanquablement l'attention de tous les mâles à la ronde et la réprobation haineuse de la plupart des filles les accompagnant. Ces langoureux tours d'horizon commençaient à m'agacer sérieusement. Je flirtais avec un début d'ébriété et j'avais besoin de reprendre des forces pour mieux faire face à la musique.

— Allons souper, dis-je en me caressant le ventre. Il y a trop de liquide là-dedans, ça va prendre un peu de remplissage pour aller plus loin.

— Non, implora-t-elle aussitôt, avec une véhémence surprenante. Non, restons ! Château, je t'en prie, ami ! On est si bien, ici !

— Dorianne, déclarai-je avec la ferme résolution de tenir mon bout du bâton, c'est une grosse pizza et rien de moins qui va nous faire du bien. Il nous faut un fond pour continuer à boire, le principe est connu. D'ailleurs, nous allons commander du vin rouge avec ça, juste pour te faire plaisir.

— Je n'aime pas la croûte de pizza, objecta-t-elle consciencieusement.

— Je la boufferai, moi, la croûte !

Elle finit par consentir à un compromis :

— Tu manges la pizza pendant que moi, je bois mon vin en ta compagnie.

De guerre lasse, je cédai. J'étais un peu découragé par cette manie de ne jamais manger. Elle avait tout de même passé l'âge de l'anorexie.

— Tu peux bien faire de l'anémie, la semonçai-je gentiment.

— Vincent ?

— Oui ?

— Tu me laisseras m'asseoir près du four à bois ?

* * *

Au fur et à mesure que la nuit s'écoulait, Dorianne m'entraîna plus à l'est, me fit pénétrer dans des endroits où je n'avais jamais mis les pieds : des tavernes crasseuses et mal famées où des matous de ruelle en blouson de cuir faisaient le gros dos autour de la table de pool et où de vieux gâteux bavaient sur le rebord de leur bock en levant des yeux noyés de rides et d'effort en direction d'un poste de télé haut perché, enneigé ; des brasseries sordides où de grosses viragos à gogo se trémoussaient au son geignard et déchirant d'un orchestre western paraissant perdu au milieu d'une tournée de province ; des discos trépidantes où le martèlement musical vous enfonçait des myriades de clous de cercueil dans les cellules du cerveau et où les osselets de l'oreille vous jouaient des parties gratuites ; des bars de Métal Hurlant où se mouvait mécaniquement un cheptel chevelu marqué au fer vert des tatouages et placardé d'écussons brodés qui dansotaient au milieu des systèmes pileux en bataille, sous une avalanche d'invocations élevées vers toutes les monstruosités d'une imagination brûlée vive. Tous ces endroits avaient un détail en commun : ils débitaient de l'alcool et, accessoirement, débilitaient les sens. Tous étaient munis d'un zinc, zénith des bas-fonds où ruisselait la liqueur sacrée.

Dorianne, dans les repaires trop rustres où les raffinements de Bacchus étaient inconnus, savait se contenter de bière, comme tout le monde, et la vulgarité de la bouteille brune et obèse volant à la rencontre de ses lèvres lui ôtait un peu de cette distinction aristocratique qui ne manquait jamais d'ébaubir les buveurs du peuple. Par une curieuse contradiction, cette érosion de son raffinement paraissait la rendre à une certaine partie scellée de sa personne. Elle devenait ondoyante, ses soupirs se saturaient d'aise. Elle admirait les robustes chopes coiffées d'écume, remuant muettement les lèvres, comme un poisson dans son bocal. Avec sa rude sensualité, ce milieu devenait son élément, lui allait comme un gant. Vers minuit, dans un de ces bouges où nous avions, de façon exemplaire, observé la loi de l'inertie autour d'un guéridon bien rond, je lui demandai, question d'entretenir la conversation et de maintenir son attention rivée sur moi :

— Dis donc, Dorianne… Tu m'as dit que le père avec lequel tu vis n'est pas ton vrai père… Alors ton vrai père, il est où ?

Elle haussa les épaules et regarda à la ronde, accrochant de nombreux regards mornes avant de répondre :

— Oh, tu sais, ami… Il paraît qu'il était employé dans une usine de produits chimiques, tu sais…

— Ça s'appelait comment ?

Elle fit la grimace :

— Je ne sais plus. C'était dans l'est. Je l'ai même visitée, cette usine. Je voulais voir si je pourrais repérer mon vrai père, là-dedans… Mais je ne savais même pas son nom. Je me suis fait passer pour une autre…

— Ta spécialité, ça…

— … pour une étudiante en santé au travail, et j'ai séduit l'ingénieur en chef de la sécurité, évidemment, ah, j'étais encore jeune, alors ils m'ont mis un casque blanc sur la tête et m'ont entraînée autour des installations. C'était merveilleux !

— Merveilleux ?

Le petit écolo en moi, jamais tout à fait avorté malgré la cure carnivore en cours, me donnait des coups de pied dans le ventre. Elle poursuivit, comme si elle n'avait pas entendu :

— Merveilleux, toute cette architecture fantastique, avec de gros réservoirs fumants comme des marmites partout, et des cornues, des biscornues gigantesques maintenues à la température d'ébullition, avec l'odeur si… artificieuse du plastique, du… comment ils disaient, styrène qui sifflait dans les tuyaux, il y avait des boyaux partout, c'était comme un gros ventre, ami, comme un alambric-à-brac démentiel, il faisait chaud comme dans une chaudière et il y avait un bruit d'enfer, il fallait se mettre des bouchons dans les oreilles…

— Et tu n'as pas aperçu ton père ? Enfin, quelqu'un qui te ressemblait ?

— Je ne l'ai pas vu, dit-elle très calmement. Mais ça ne fait rien, ça m'a fait, comment dire, ami, un bien… terrible, cette visite guidée. Je ne sais pas pourquoi. À un moment donné, j'ai vu une sorte de grande cuve verticale toute blanche qui s'emmanchait sur une très haute cheminée. Il y avait une fumée épaisse qui sortait de la bouche de la cheminée et qui sentait fort. Moi, j'ai demandé à l'ingénieur : *Monsieur, qu'est-ce que c'est, ça?* Il a levé la tête, il a regardé lui aussi et il m'a dit, en anglais, mais je pense que c'était un francophone quand même : *Oh that? Well, you know, it goes straight up to God!*

Ensuite, elle eut envie de boire du vin. La bière, pour elle, ne représenterait jamais qu'une mise en train. Alors nous entrâmes dans un établissement qui s'était ajusté aux penchants œnophiliques tout neufs des classes moyennes de la Belle Province et je revis ce sombre éclair que le vin rouge savait allumer entre les doigts de Dorianne, et le reflet que ça lui lançait dans les yeux, et je la vis changer, elle, à vue d'œil, et je sus de source sûre que c'était dans le vin que résidait son secret. C'était toujours le même verre qu'elle levait jusqu'à ses lèvres, miracle de Cana nouvelle version. Par cette alchimie déchaînée, l'alcool frémissant, toujours sur le point de bouillir comme du sang, se transmutait, devenait autre chose avant de franchir, en jetant des lueurs de roséole sur sa figure pâle, le seuil interdit de sa lippe, comme si la coupe elle-même avait puisé au griffon de sa bouche, y renouvelant sans cesse son nectar dans un échange maudit.

Plus Dorianne buvait, plus elle avait soif, si bien que je ne pus m'empêcher de lui dire :

— C'est drôle, Dorianne. Quand tu bois, ça ne semble

pas te désaltérer du tout. Au contraire, on dirait que ça t'altère encore plus...

— Arrête d'ergoter tout le temps ! Tu radotes ! me lança-t-elle avec humeur.

Je compris dès ce moment que j'étais en train de la perdre. Ses traits s'étaient modifiés et, à leur vue, une sorte de frayeur, de froid dans le dos et de dégoût moral insupportable m'assaillaient, comme si tout le malheur en elle, libéré, menaçant, triomphant, avait enfin trouvé sa juste expression physique. Plus que jamais, la nature de notre relation restait indéfinissable. Elle regarda ses poignets scarifiés avec méthode et me les montra en ricanant, comme par pur défi.

— Je le ferai encore, s'écria-t-elle. Je recommencerai... toujours !

— Tu n'es plus la même et tu ne m'aimes plus, récitai-je comme un écolier.

Elle riposta avec une indifférence amusée :

— Je m'en fous. Je m'en fous et puis, je veux mourir, c'est tout. Mais ce n'est pas grave. Oh Vincent, ce n'est pas grave !

Elle venait de passer aux larmes, sans transition. Ça coulait noir, des larmes chimiques, une pollution cosmétique, Dorianne était comme ça, elle me gardait constamment sur un seul pied, en déséquilibre, et c'est en chancelant moi-même que je devais tenter de la rattraper au milieu de ses brusques chutes, en essayant de résister au vertige.

— Écoute, Dorianne...

— Je veux encore du vin, fit-elle très lasse.

— Non, ça suffit, assenai-je avec autorité. On va rentrer, maintenant. Tu as assez bu comme ça.

J'étais toujours surpris de me découvrir si moralisateur. Cette posture particulière m'était imposée par la situation, mais c'était tout de même pathétique, presque comique. Je ne pouvais être sage que par réaction. Ma naïveté, elle, n'était pourtant le produit d'aucune conjoncture, elle était foncière et rien ne m'avait préparé à affronter le déferlement de rage dévastateur que mes propos suffisaient à provoquer. Transformée profondément, Dorianne se leva, étourdie par la fureur, désormais enlaidie au-delà de toute prétention amoureuse, et elle hurla avec une raucité d'animal :

— Je veux du vin !

Puis elle quitta sa place, se déhancha devant une rangée de tables où de gros types ouvrirent des yeux costauds sur son passage et elle sortit comme une tragédienne. Lorsque je la rattrapai, elle se tenait au milieu de la chaussée, les bras croisés, et elle attendait. Je la tirai par le bras à temps pour la soustraire à la force d'impact d'une grosse Chevrolet qui passait par là. Dorianne me frappa pour se dégager, trépigna et parvint à se placer sur la trajectoire d'une voiture plus petite qui disposa d'un espace suffisant pour freiner. La calandre vint s'appuyer, avec une touchante sollicitude, au bas-ventre haletant de ma douce amie qui se mit aussitôt à frapper le capot de son poing, à coups redoublés, en injuriant copieusement le conducteur. Pour donner encore plus d'éclat à sa crise, elle ouvrit les bras comme une grande prêtresse devant un autel, puis parut s'envoler et alla se poser avec fracas sur le pare-brise de la voiture, contre lequel elle passa un moment, pantelante, à dévisager le chauffeur fasciné. Usant d'un mélange indécis de persuasion et de force, je réussis à l'entraîner à l'écart tandis que l'automobiliste s'efforçait de recouvrer ses esprits et que son moteur, lui, perdait ce qui lui restait d'allant. Une analyse sommaire de ces événements m'amena à conclure qu'étant donné les circonstances, effectivement, un petit verre de vin s'avérerait peut-être un calmant des plus souhaitables. Mais, fouillant le fond de mes poches, je m'aperçus que je n'avais plus un rond et c'est ce que je dus tenter d'expliquer à cette chère Dorianne.

— Peuh, fit-elle, pas très impressionnée.

Elle me tourna le dos et réintégra la brasserie. Je ne la reconnaissais plus. Le changement, aussi soudain que radical, me laissait désemparé, pivotant comme une girouette à la brise. Lorsque je franchis à mon tour le seuil du débit de boisson, Dorianne venait de se laisser choir sur une chaise près de deux ou trois vauriens en t-shirts crasseux et vestes à l'avenant. Ce genre de types qui portent des moustaches en pinceau et les cheveux mi-longs, châtains et anodins et qui, à travers mes utiles préjugés de cette époque, incarnaient des parangons de nullité ouvrière.

— Château ! murmura Dorianne en tâtant le biceps d'un rustaud hilare qui lui demanda en retour :

— Château ? C'est quoi, ce câlice de sacre de pape là ?

Elle m'adressa un léger salut puis ne me vit plus tandis que je continuais d'osciller sur mes jambes, incapable de la moindre initiative. Un des nouveaux protecteurs de Dorianne me destina un regard noir et commanda, d'un déclic résolu des doigts, la ration de bière qu'il estimait nécessaire à la satisfaction de l'étrange et pas du tout vilaine créature atterrie parmi eux. Lorsque je ressortis de la brasserie, je faillis réussir à me faire croire que tout était bien fini, qu'une bonne nuit de sommeil mettrait enfin l'éloignement du rêve entre ce moment maudit et le matin. Mais, tripotant encore la doublure de ma poche pour essayer d'en extraire un ultime billet de métro, j'éprouvai le contact d'un bout de papier tout bouchonné que je tirai avec appréhension du repli de tissu collé à ma cuisse. À la lumière crue d'un lampadaire, je me fis mal aux yeux à force de déchiffrer le libellé de la promesse écrite que Dorianne m'avait arrachée pas plus tard que la veille. Je fus tenté de déchirer ce minuscule machin paraphé de ma main, mais je me souvins qu'elle avait conservé une copie dans son sac. De plus, j'étais cosignataire d'un bail dont aucun sommeil ne pourrait jamais me faire oublier l'objet : le partage de ma vie avec elle, Dorianne. Maintenant, dodo. Chut.

II

La nuit la plus longue

VINCENT

— Qu'est-ce que tu veux manger, amour ?

Elle venait d'aller faire des courses. De mon côté, j'étais encore en train de m'extasier sur les dimensions de notre appartement, les pieds posés sur le vénérable plancher verni, les yeux levés vers ce lointain plafond jauni, la tête tournée vers ces murs distants qui nous renvoyaient l'écho du moindre éclat de voix. Avec sa voussure digne d'une cathédrale, l'arche croulante qui, flanquée de deux colonnes torsadées, marquait le passage du vestibule au salon, conféra un air solennel à l'apparition de Dorianne qui se tenait juste au-dessous.

— Château ! s'exclama-t-elle, que c'est beau, ici !

... eau... eau... répondit l'écho. D'invisibles volutes de poussière me firent renifler. Dorianne était ravissante dans cette espèce de paletot noir dont elle relevait le col pour encadrer son visage émacié. Ample, la chevelure dévalait les tempes en vagues luisantes qui venaient se briser contre le rebord du collet rigide. Je fus tout de suite près d'elle, la prenant dans mes bras. Serrer Dorianne bien fort contre moi était devenu, à ce moment-là, une de mes occupations favorites, un emploi du temps qui avait rogné tout le reste de mon horaire habituel.

— Manger ? répondis-je à sa question de tantôt, en

la dévorant des yeux. Hum, ce que tu voudras, chérie. Tu sais bien que mon imagination culinaire est pleine de lacunes.

— Ah bien, j'ai quelque chose pour toi, moi, mon petit ami, fit-elle avec une moue malicieuse. Une surprise ! Un mystère...

Elle tira un paquet plastifié du sac blanc à poignées que lui avait confié le *Provigo* du coin. Sur un petit plateau de mousse de styrène, une masse brune et cylindrique gonflait le papier protecteur transparent.

— Qu'est-ce que c'est que ça ? demandai-je sur un ton de suspicion sans rapport apparent avec l'objet que Dorianne tenait levé, comme une offrande, à hauteur de ses yeux.

— Ça, cher ami, c'est un raffinement... lacunaire d'un bon goût extrême ! Ça fait si longtemps que je n'en ai pas eu ! Mon père m'en faisait frire souvent, autrefois, tu sais...

Elle approcha la chose de mon nez et je ne pus malheureusement pas réprimer un sursaut d'horreur lorsque je m'écriai :

— Du boudin !

J'eus besoin de m'asseoir. Tout mon passé de fervent adepte du végétatout à la petite graine faisait entendre le grondement de sa révolte au cœur de mon estomac.

— Du boudin ! fis-je encore d'une voix blanche, sans oser y croire.

Dorianne parut offusquée de ce manque d'enthousiasme évident.

— Bien oui, ami ! Du boudin ! Tu n'en as jamais mangé quand tu étais petit ? Ta mère te disait sûrement, à toi aussi : si tu boudes, tu auras du boudin, non ?

— Alors, tu as beaucoup boudé quand tu étais petite, toi, Dorianne ?

Elle ne prisa guère ma réplique et plissa ses grosses lèvres pleines de jus, à la recherche de son expression de grande dame froissée.

Je pris le paquet et me mis à étudier de plus près la texture de ce mets, tâchant d'atténuer la mine de dégoût que je sentais s'épanouir malgré moi sur mon visage. Dorianne éclata :

— Enfin, tu ne vas pas me dire que tu ne manges jamais de viande ! Quand tu demeurais avec Pierre et avec l'autre demeuré, là, votre congélateur, c'était une véritable hécatacombe !

— Oui mais, commençai-je lentement tout en réfléchissant, c'est que... Vois-tu, le problème, Dorianne, c'est que... C'est que le boudin, à proprement parler, ce n'est pas de la viande. Le boudin, c'est...

Elle me regarda.

— ... du sang, complétai-je en avalant ma salive.

— Est-ce que tu aurais peur du sang, par hasard, mon pauvre petit garçon ? s'esclaffa-t-elle. Ou alors, c'est la pensée du gros cochon à qui on plonge un coutelas dans la gorge qui te gêne ?

— Oui, soufflai-je pour moi-même en regardant ailleurs.

Oui, ma mère m'avait raconté ce qui se passait, là-bas, dans le temps, sur la ferme. Le couteau qui brillait et les dents de l'homme qui se serraient, et la jugulaire ouverte et le sang noir qui pissait dans le seau, le sang, la signature du cochon, le boudin son testament, ceci est mon sang, et le goret qui hurlait aigu, la lame qui brillait et le goret qui braillait et ma mère à l'intérieur qui séchait ses larmes, toute la marmaille terrorisée, terrorisée, celui qui a déjà entendu le cri d'un cochon qui a la corde au cou connaît le refus de la mort, la corde au cou et ensuite le fil de la lame, la révolte, l'étouffement dans le sang…

— Qu'est-ce que tu racontes, s'impatienta-t-elle.

Mes lèvres avaient bougé toutes seules.

Elle avait déjà résolument tiré un poêlon d'une armoire et elle s'était lancée, sans plus de préambule, dans les préparatifs de ce singulier repas. Sur la table, elle avait déposé les deux bouteilles de vin rouge qui complétaient la liste de ses achats. Peu enclin à rouspéter plus longtemps, je me détournai pour faire quelques pas dans le salon. C'était la plus vaste pièce de ce logement immense. Même à deux, on s'y sentait perdu. Dorianne l'avait meublé des austères antiquités léguées par sa mère et constituées en majeure partie de séculaires pièces de bois d'un acajou sombre et de velours de tous les tons du violet, sinistres. C'était le trousseau de sa mère. D'après la légende familiale, elle avait fait des pieds et des mains pour l'expatrier des Carpathes, juste après les épousailles. On ne s'y trouvait pas très à l'aise. Pour compenser, nous faisions le couple, collés l'un à l'autre sur la causeuse.

Je pris une grande respiration et éternuai aussitôt. Une bonne quantité de poussière flottait encore dans cet air renfermé, car nous n'avions pas pris le temps de passer le plumeau et les lieux n'avaient pas été habités l'année précédente. Le propriétaire s'était d'ailleurs montré fort discret au sujet des antécédents locatifs de l'immeuble. D'épaisses toiles d'araignées tapissaient les encoignures. Lorsque je m'étais armé d'un balai traînant par là pour faire un sort à ces soyeuses installations, Dorianne m'avait fermement retenu le bras, disant doucement :

— Pourquoi se dépêcher comme ça ? Attends, on aura tout le temps...

Elle s'était éclipsée avec le balai.

Je fis glisser mon index sur la surface patinée d'une table basse déjà jonchée de mégots qu'un cendrier mandé d'urgence avait été incapable de contenir tous. Le mobilier ancestral de Dorianne avait introduit son propre dépôt de crasse sur les lieux de notre nouveau séjour. Il y en avait des strates bien distinctes, accumulées année après année par ces réceptacles passifs de l'air ambiant, de l'atmosphère passée. On ferait le ménage plus tard. Il y avait tant à penser.

Je me tenais maintenant au milieu de la pièce double dont une moitié, donnant sur la rue, me servirait de bureau. Sur ma table de travail, qui avait bien résisté aux brutalités d'un déménagement en catastrophe, ma rutilante Olympia piaffait d'impatience et m'implorait de peupler son sommet neigeux, le plus tôt possible, des petites divinités de mon panthéon personnel. Demain, c'était officiel, le Grand Roman Québécois redémarrerait en grande, sur les chapeaux de lettres. Les feuilles voleraient de tous côtés comme celles d'une forêt par vent d'automne. Je serais le soleil inépuisable d'une création en constante évolution.

Au-delà de la machine à écrire, une fenêtre s'ouvrait sur la rue De Lorimier dont elle barrait le ciel monoxydé de ses meneaux souillés et suintants. De cet endroit, la prison Parthenais n'était plus en vue. En revanche, grâce à la clairière ouverte par un jardin communautaire au sein des agglomérats de brique et des frondaisons de béton, une belle perspective faisait apparaître un bout du mont Royal à l'ouest, bleu sombre dans son manteau de feuillages coincé entre deux façades grises et agressives. On distinguait bien, au sommet de l'éminence, la croix lumineuse plantée dans les consciences endormies de Montréal avec son croisillon comme la garde d'une épée. Au sud, le pont Jacques-Cartier, visible du trottoir seulement, élevait son embrouillamini de poutrelles à l'assaut du ciel et drainait un lourd trafic sous notre balcon, à partir duquel on pouvait aussi repérer, en s'étirant le cou vers le nord, les cheminées désuètes du bonhomme Miron, flèches bariolées à l'ombre desquelles tous les camions de vidanges de l'île, nous rugissant au nez, allaient se défaire de leur poids de senteurs.

Sur le trottoir, en face, un handicapé passa, relativement véloce sur sa chaise roulante motorisée. Sa tête, projetée en tous sens, distribuait les grimaces dans toutes les directions. Un autre suivait à pied, avançant clopin-clopant, se racontant une bonne histoire tout en trébuchant dans les rainures du ciment. Plusieurs défilèrent ainsi, presque une procession, interrompue parfois par la prestation ambulatoire d'un rare bien-portant. Il devait sans doute y avoir une clinique dans le coin. À travers l'odeur clairement perceptible qui subsistait un moment, au-dessus du tohu-bohu de la circulation, après le passage d'un camion à benne fonçant vers la carrière, je reconnus soudain un gras relent de friture.

— C'est prêt ! chantonna Dorianne.

Sa voix pointue décrocha un chapelet d'échos le long des murs interminables.

— C'est drôle, fis-je en prenant place devant la platée fumante, j'aurais imaginé Pietr faisant un repas pareil, avec, disons, des pommes de terre.

— Peuh ! rétorqua Dorianne avec dédain. Lui, il aurait mis de l'ail en quantité industrieuse. Du boudin à l'ail, très peu pour moi…

— Dis donc, Dorianne ?

— Oui, amour.

— Est-ce que tu vas te chercher un emploi, demain ?

— Mais oui, assura-t-elle en me passant une première bouteille dont je fis sauter le bouchon pour accompagner notre souper de sang séché.

* * *

— Dis donc, Dorianne, il n'y a pas un maudit miroir dans tout l'appartement ? Ta vieille mère n'avait pas une psyché quelque part, sur sa commode bouffée par les termites, par exemple ?

La voix, ensommeillée, me parvint par-delà une caverneuse épaisseur de couvertures :

— Ma mère n'aimait pas les miroirs, ami.

— Bon, je pense bien que j'en ai aperçu un petit, format de poche, dans le fouillis de la soupente.

J'avais sauté du lit et j'étais bien décidé à me mettre au travail, malgré les abondantes libations nocturnes que nos foies n'avaient pas encore épongées et la dispute subséquente que nos cerveaux, eux, n'avaient pas fini d'analyser dans ses moindres détails. Le Grand Roman Québécois ne pouvait attendre davantage. J'avais pris la résolution de me raser de près, dès avant la première frappe, question de conserver un minimum de décorum à toute l'entreprise, que diable ! Je mis la main sur une minuscule surface réfléchissante, la fixai tant bien que mal au mur décrépit de la salle de bain où un clou faisait de son mieux pour tenir son bout dans le plâtre en décomposition. Puis je m'attaquai à l'enlèvement soigneux de ma pilosité faciale. J'usais d'une lame flambant neuve qui brillait avec une sorte de froide férocité à la lumière de l'ampoule nue. Alors, aille !

— Qu'est-ce que tu fais, ami ?

La voix provenait toujours des régions embrumées du demi-sommeil de Dorianne, mais elle partait de plus près, maintenant. Je perçus son souffle somnambulique qui m'effleurait le cou. Elle était là, juste derrière moi.

— Merde ! Tu m'as fait peur ! fis-je d'une voix maussade, regardant toujours dans le miroir. Je ne t'ai pas vue venir… Je me suis coupé, par ta faute.

Un sang clair gouttait de ma pomme d'Adam. Je voulus y appliquer un coin de ma serviette pour endiguer moi-même l'épanchement, mais Dorianne ne m'en laissa pas le temps. Avec un curieux éclair d'avidité dans les yeux, elle pencha la tête et se mit à lécher le liquide perlant de la blessure fraîche. La sensation était plutôt agréable.

— Hi ho, arrête ! Tu me chatouilles, laisse-moi tranquille !

Le petit bruit de succion ne cessa pas tout de suite et nous nous bousculâmes un peu, par jeu, tandis que sa langue, dardée par intermittence, continuait de chercher le contact de cet attribut proéminent. Je me sentais devenir lourd et languide.

— Oh, Dorianne…

J'allais lui redresser la tête pour permettre à mes lèvres une participation légitime à cette fête quand un léger fracas se fit entendre et la première chose que je vis, en baissant les yeux, fut le menu miroir qui reposait au fond du lavabo, éclaté. Je donnai alors libre cours à une sainte fureur :

— Ah c'est malin ! Très malin, ça ! C'est toi qui l'as accroché, avec ta main ! C'est ta faute ! Comment je vais faire pour me raser, moi, maintenant ? Hein ?

Je fis enfin volte-face pour la voir mieux. Elle souriait, les yeux luisants et mi-clos, les lèvres parcourues d'un frémissement langoureux.

— Viens te recoucher, ami, souffla-t-elle en esquissant un mouvement fluide, fantomatique.

Tout mon courage fondit d'un seul coup. Je devins mou et malléable et elle, elle restait adorable, désirable à rendre fou. Mes jambes étaient de papier à cet instant et je pouvais presque entendre le froissement du Grand Roman Québécois qui protestait en silence à l'autre bout du logis. Je suivis docilement Dorianne en direction du lit.

* * *

Nous avions toujours du vin au souper, c'était sacré. Ah Dorianne, je me voyais, tout petit au fond de tes prunelles, sombrer dans le trouble qui nous envahissait fidèlement à l'approche de la nuit aux mille avances, au grondement des vagues de voitures venant battre contre le balcon avant. Les bouteilles étaient des bouées lancées vers nous au milieu de la vie démontée, nous n'avions rien d'autre à quoi nous raccrocher. Il n'y avait aucun message dedans : gorgée après gorgée après gorgée, nous avalions, nous étions des péninsules sur les étendues de la solitude et, certaines aurores veinées de pastel, je repensais avec netteté au cri du goret qu'on égorge pour se repaître de sa vie. Nous mettions de la musique sur le vieux stéréo que tu avais rescapé du naufrage familial et la voix mangée par le scotch d'un vénérable bluesman montait des bouges noirs celés dans le vinyle, toute en mesures bleu foncé par-dessus les cordes vocales oxydées qui tenaient encore le coup, orins ragués dans le raclement des fonds de tonneau. Et nous pleurions, souvent, mais ça c'était plus tard, au retour tempétueux à l'aube, portés par les mascarets amers du vomi qui ne sourd pas toujours parce que parfois il reste pris au dedans, nous avions le vin plus triste que gai, hein, Dorianne ? La ville de Montréal moutonnait au-dehors, atoll de toits de tôle poussé vers le ciel par la pulsion colérique du progrès, elle nous prenait par les pieds, la ville, pour nous attirer dans le creux, dans les fosses où croupit la fluorescence des faciès grimaçants et je rêvais alors de violence à force d'être attisé par ta présence, je voyais des couteaux illuminer la nuit comme des aurores boréales mais nous étions des marionnettes, Dorianne, il aurait peut-être simplement fallu traverser De Lorimier, franchir son puissant fleuve de ferraille pour gagner le jardin communautaire où des tournesols tendaient leurs gros soleils comme des pendules à l'envers au-dessus d'une terre enfin fertile. Ça aurait été trop facile, il fallait sauter dans un taxi que tu stoppais impérieusement, avec cette absence de froid aux yeux si caractéristique de toi, qui n'était peut-être qu'une très grande foi en tout ce que la nuit offerte pourrait dérouler à nos pieds.

Nous faisions escale au parc La Fontaine, cette pauvre enclave de pelouse piétinée en paix, entraînée sur elle-même par le tourbillon sans repos, la valse des valeurs immobilières tout alentour, le parc La Fontaine, impossible jouvence, pivot de nos griseries jamais gratuites dans le soir véreux et vermeil des artères. Il était doux par les chauds crépuscules d'été où les instincts en chaos remontaient en nous. Il étendait ses ramures entre ciel et sol, essayait de nous procurer l'illusion d'un bref retour à l'habitat originel, à la case départ de la grande marche-en-avant-ne-poussez-pas-s'il-vous-plaît-dirigez-vous-vers-l'arrière-faites-de-la-place-je-vous-prie de l'humanité. Et ses frondaisons renfermaient la nostalgie assourdie du sombre jaillissement de puissance vitale dont les siècles nous ont ensuite progressivement isolés.

Dorianne n'avait rien de commun avec ces spécimens couverts de survêtements bouffants que nous croisions dans leur débandade rituelle au nom de la forme physique, à dévorer la verdure des kilomètres. Mais à la tombée du jour, elle avait d'habitude recouvré suffisamment de forces pour ne point rechigner sur la promenade. Le parc était notre havre d'espoir, il était encore permis d'y penser que l'avenir ne serait pas le gâchis que chaque date recrachée par une case du calendrier nous faisait tomber comme un plâtras sur la tête, nous nous prenions la main, les accouplements turpides du béton et des néons étaient relégués hors de notre vue et la pelouse pelée et imprégnée de pisse canine accueillait nos séants.

Dorianne glissait sa bouteille de vin dans un sac de

papier brun qui craquait quand elle le tripotait et moi, j'avais acheté une grosse cannette de bière pour entreprendre la soirée du bon pied. Une *King Can*, comme il fallait dire, mais Dorianne avait baptisé ce format la cannette King Kong. Nous devions dissimuler ce pique-nique liquide au passage des policiers dont les voitures collées à l'asphalte s'immisçaient sans plaisir au sein des intimités bucoliques, portant le respect de la loi jusqu'au cœur des juridictions naturelles. Chaque fois qu'un propriétaire de chien lâchait la bride à sa bête pour lui permettre de se livrer en toute tranquillité aux besognes de l'excrétion, l'animal, frétillant de la queue, venait visiter Dorianne. Elle n'avait même pas besoin de l'appeler. Elle exerçait un charme irrésistible sur certains animaux, et les représentants de l'engeance jappeuse étaient particulièrement sensibles à ses séductions. Ils s'aplatissaient à ses pieds, raidis comme des bâtons de gendarme, geignaient d'excitation anticipée, comme placés d'office sous ses ordres, puis se roulaient dans l'herbe et trépignaient joyeusement tandis qu'elle les gratifiait de quelque bon mot à voix basse. Dorianne n'avait qu'à esquisser un geste pour que les chiens obéissent derechef, soumis à elle comme à une maîtresse universelle.

Un soir, alors que nous étions étendus, enlacés, goûtant la fraîcheur de l'air et la texture de la terre, indifférents aux allées et venues des citadins en tenue légère, une petite chauve-souris vint nous survoler à très basse altitude, virevoltant avec une folle précision au-dessus de nos corps inertes et emmêlés avant de disparaître, aspirée par l'ombre. Redressée, Dorianne la regarda s'éloigner en lissant ses cheveux de jais avec calme.

— Tu n’as pas peur pour ta tignasse, toi, au moins, observai-je, toujours heureux de pouvoir lui reconnaître un mérite. Tu n’as pas l’air trop superstitieuse, pour une fille qui a eu si peu de contacts avec la nature.

— Ce sont mes amies, murmura-t-elle. Des amis, ça ne se tire pas par les cheveux.

— Je sais. Elle doit venir de l’étang. Il y a des insectes aquatiques et elle les bouffe.

— On croirait entendre Pierre avec ses chaînes écologiques ! railla-t-elle subitement. Et les chauves-souris, elles, qui est-ce qui les dévore, hein ? (Puis, se redressant avec décision.) Viens, amour. Allons-y.

— Comment ? Allons où ? protestai-je en bondissant sur mes pieds malgré moi, comme par crainte de la voir s’évanouir avant que j’aie pu lever le petit doigt. On était bien, ici, non ? Je commençais même à ressentir une sorte de torpeur assez sensuelle, si tu vois ce que je veux dire… Où veux-tu aller comme ça ?

On captait les sempiternelles odeurs de friture crachées dans l’air par l’embouchure de la rue Duluth. Chez les Grecs de la ville, le bon vieux culte bachique battait son plein, les homériques cratères, comblés à ras bord, étaient levés à la santé des dieux éteints. La phrase *Apportez votre vin* résonna sans raison sous mon crâne. Je dis à Dorianne, seulement pour dire une chose stupide qui puisse me servir de riposte :

— Je me demande si on pourra apporter son vin au Paradis, Dorianne. Qu’est-ce que tu en penses ? Mais toi, tu vas sûrement préférer l’enfer, de toute façon. Allez, dis-moi, où on va comme ça, maintenant ?

— Je ne sais pas, avoua-t-elle. Allons-y, c’est tout.

Et nous quittâmes l'abri des chênes imperturbables et marchâmes en direction de la ville qui bruissait plus bas.

* * *

— Je n'ai pas encore assez dormi, songeai-je en la regardant ronfler béatement, la tête renversée sur l'oreiller. Dorianne dormait toujours comme une morte. Quant à moi, la question du sommeil commençait à m'obséder sérieusement.

— Il faut quand même essayer, bon Dieu ! Bourré de café, ça devrait aller.

Je me préparai une pleine tasse du bienfaisant poison puis m'en fus à ma table de travail sur la pointe des pieds, sans renverser une seule goutte. Mes idées étaient nauséeuses, je sentais mon âme d'écrivain, cette entité fumeuse et indescriptible, battre de l'aile contre les parois douloureuses de mon crâne de mortel. Il était temps de sonner le rassemblement des bons mots, de claironner le rappel des éclairs de génie et de faire monter des pensées propitiatoires vers l'improbable dieu de l'inspiration, petit cousin d'Éole. Mais le vent divin, ce matin-là, avait tout du kamikaze mental. Les phrases refluèrent en désordre sous mes doigts, refusèrent de se constituer en formations stables et n'hésitèrent même pas à renier ma paternité. La première touche que j'enfonçai fit entendre un bruit de tonnerre. Le premier mot creva le silence comme un orage. Levant les yeux, par la croisée, je voyais le jardin communautaire, pathétique rectangle d'argile pomponnée où s'activaient déjà, pliés en deux, les culs-terreux en herbe de la cité. Faire pousser des carottes et des concombres avait l'air infiniment plus facile, ce matin-là, que de provoquer la germination d'une idée valable. Les grandes gorgées de café qui submergeaient ma luette finirent pourtant par réchauffer le moteur.

La cataracte enrubannée se déclencha d'une brusque saccade et mes impulsions nerveuses s'accrochèrent aux lettres flottantes que l'encre sépia, à grands coups de catapulte, immobilisait à jamais dans leur dérive. Ça venait, c'était le premier pas, le préliminaire à l'orgasme intellectuel, je me trémoussais sur mon siège et je tressautais sur place, me fondant dans le langage du monde en attente de façonnement. Soudain, en équilibre sur la pointe d'une virgule, en voie de basculement de l'autre côté d'une proposition prometteuse, je sentis un fluide glacial m'inonder le dos et ma tête tourna automatiquement sur elle-même, arrachée au frêle alignement. Dorianne se tenait là, debout, les bras croisés, et elle me considérait d'un air navré. Elle secoua lentement la tête :

— Ami, tu te rends compte de tout le tinta-bohu que tu es en train de faire ? Comment veux-tu que j'arrive à dormir, moi ?

Elle me présentait ça sous un jour vraiment attendrissant.

— Je croyais, lui dis-je en me frottant les yeux, déjà à la recherche, en mon for intérieur, de la dernière phrase perdue, je croyais que tu avais le sommeil plutôt lourd, durant le jour ?

Elle eut un sombre geste de dénégation et, m'indiquant la machine à écrire d'un index effilé :

— Oui mais... ça, c'est un instrument qui réveillerait une morte, tu ne crois pas, amour ?

— Ouais... C'est drôle, Pierre, lui, il pouvait dormir même pendant que je tapais comme un débile. Il disait que, comme un fond sonore, ça améliorait la qualité de ses rêves...

Je réfléchissais. Je savais qu'une grande bataille psychologique venait de s'engager et j'étais résolu à lancer mes meilleurs lansquenets dans la mêlée. Comme pour tout effort belliqueux, l'usure de mes facultés représentait la menace la plus concrète. Je finis par dire, me redressant et me raclant la gorge comme un orateur qui se respecte :

— Écoute, Dorianne... regarde toutes les autos qui circulent déjà sur le boulevard et les autobus qui passent, et les gens qui s'en vont au travail, fourmillant sur leurs jambes avec une serviette ou un attaché-case à la main. Regarde, là-bas, les apprentis jardiniers qui manient la houe, la binette, la serpette et la serfouette sous le soleil ascendant. Tu n'as pas l'impression, parfois, que le jour est fait pour travailler, œuvrer, bosser, turbiner, peiner, suer, etc. ? Si tu choisis de vivre à l'envers du monde, c'est à toi que devrait incomber la responsabilité d'outiller ton organisme en conséquence, non ? Mets-toi des boules dans les oreilles, ou du persil, je ne sais pas, moi, arrange-toi, merde !

Dorianne regarda par la fenêtre, débordante d'un souverain mépris :

— Ah château ! Ça, un jardin ? Ils me font bien rire avec leur jardin ! Un jardin en ville, je trouve ça d'un ridicule ! Regarde-les, courbés jusqu'à terre dans leurs culottes crottées, on dirait des paysans ! La campagne, c'est la campagne, et la ville, c'est la ville ! Rien que de penser à tous ces… ignominables légumes qu'ils vont faire sortir de terre, ça me répugne au nez !

— Donc, Dorianne, la ville devrait être bâtie en béton armé pur à cent pour cent ? Quant au mont Royal, évidemment, on devrait réunir une division de béliers mécaniques pour le culbuter hors des limites de la ville ! C'est ça, ta position ?

Elle regarda au loin, vers le dos rebondi de la montagne où la croix brillait encore dans le matin. Elle eut un geste las et dit en souriant faiblement :

— Sur la montagne, c'est différent : il y a le cimetière… il faut bien réserver un peu de terre pour conserver nos corps quand nous sommes morts. Je n'aime pas l'idée d'être recyclée comme un vulgaire tas de compote !

— Tu veux dire de compost, je crois. Pour ce qui est de transformer tous les espaces verts en cimetières, je crois bien que même monsieur le maire ne serait pas à la hauteur de la tâche ! Mais, parlant de recyclage, ça ne te dérange pas, tous ces camions de vidanges qui prennent la rue De Lorimier pour le grand caniveau central du sud de la province ?

— Non, ça ne me dérange pas. Ils sont comiques, ils ressemblent à de gros scarabées, tu sais, ceux qui vivent sur les cadavres…

— Ouais, *carrion beetles,* comme dirait Pierre… Les coléoptères qui corrompent la chair.

— Leur benne me fait penser à une grande gueule, ou alors à un berceau, je ne sais pas trop…

— Si Moïse naissait aujourd'hui, il serait trouvé dans une poubelle.

Un ange passa. Puis :

— Allez, ami, viens, souffla-t-elle dans mon cou, qui en fut agréablement titillé.

Je me levai. La machine à écrire tendait toutes ses touches vers moi, telles de misérables tentacules, chacun impuissant à retenir autre chose que la seule lettre définissant sa fonction. Je pris la menotte de chair blanche que me présentait Dorianne.

* * *

Elle ne travaillait toujours pas. Elle était trop occupée à dormir toute la journée, elle n'avait pas le temps de consulter les annonces classées, encore moins celui de se rendre en personne au centre de main-d'œuvre local. Ombreux comme une nécropole, notre appartement était propice au sommeil diurne. Les rares fenêtres qui perçaient les pièces situées aux deux extrémités, Dorianne s'était empressée de les condamner à l'aide d'épaisses tentures sombres, d'un violet tirant sur le mortuaire. Je ne travaillais plus à mon Grand Roman Québécois mais, pour me consoler, je tentais chaque matin, depuis l'interdit formel ayant frappé la machine électrique, de coucher dans un carnet mes impressions de la nuit. Je devais chaque fois lutter physiquement, me rebeller contre l'abandon progressif de mes forces. Je faisais des phrases en forme de phares, plantées au loin sur les terres inconnues où je n'avais plus accès. Les amers solides qui m'avaient autrefois guidé n'étaient plus que des flashes tremblotants qui disparaissaient, aussitôt entrevus, derrière l'horizon obscurci de ma pensée. Mes idées déboussolées s'échouaient le plus souvent sur l'écueil des mauvais calembours, se fracassaient contre les étocs de la syntaxe. L'échec consommé, je retournais me coucher, gémir auprès de ma Dorianne.

Je m'étais inscrit à un cours d'été à l'université, mais je ne m'y montrais guère. Le début de juillet nous échauffait le gosier. C'est toujours moi qui payais à boire et ce pont de papier qu'érigeait, au fil de la soirée, l'argent dépensé semblait parfois le seul lien ténu à pouvoir tenir bon entre nous. Lorsque je tombais à sec au milieu de la nuit, Dorianne s'éclipsait sans façon en me promettant que nous nous reverrions sous peu, et je devais alors rentrer en solitaire et passer le reste de la nuit sur le dos, les yeux grand ouverts, à l'attendre et à ne pouvoir dormir, à ne pas vouloir admettre pourtant qu'elle me hantait en entier maintenant, si bien que je n'osais penser à ce qu'elle devenait à chaque seconde de vie où je ne me pressais pas contre elle. Dorianne me pressurait de toutes ses forces libérées dans la nuit de Montréal et je n'étais plus qu'un résidu informe au fond de notre double lit changé en désert.

Et puis soudain, elle était là, près de moi, et je remerciais le ciel tout en la maudissant, elle. Je me précipitais à sa rencontre et lui disais les angoisses qui m'étaient nées de cette nuit aux heures si lentes, si lentes à exécuter leur ronde. Je hurlais :

— Où est-ce que tu étais ? Je ne t'ai même pas entendue entrer ! Tu n'avais même pas les clefs ! Comment tu fais ? Comment tu fais pour me faire mal de même ?

À ce flot de jérémiades, elle opposait son facile sourire de fille soûle et balayait mes accusations implicites en branlant du chef, affirmant avec un minimum d'ironie :

— Je me suis arrangée… Tout va bien, amour, j'ai rencontré des amis, ils m'ont raccompagnée…

Si j'avais le malheur d'insister, elle se durcissait soudain et devenait très habile dans l'art, à mon humble avis détestable, de me rendre la vie difficile. Car la nuit n'était pas finie, il n'était pas question de se coucher encore, l'inquisition changeait de camp et de tactique. Dorianne mettait de la musique à plein volume, nonobstant toute considération qui ne ressortissait pas au domaine de son bon vouloir immédiat, et elle demandait : Où sont mes cigarettes ? pour aussitôt, faisant preuve d'un admirable sens de l'autorité, me rendre directement responsable de leur disparition. Elle se versait un nouveau verre de vin qu'elle se dépêchait de répandre sur le tapis gorgé de poussière et je devais sur-le-champ jouer les soubrettes que la hantise du congédiement rend bien serviles dans le maniement de la serpillière. Cendriers renversés, coupes fracassées, musique tonitruante ébranlant sévèrement le salon, télévision allumée sur une fin de film n'en finissant plus au canal douze, la nuit appartenait à Dorianne jusqu'au bout.

— Dorianne, viens te coucher ! Dorianne, laisse-moi dormir, je n'en peux plus…

Je me lamentais en vain.

Le bal infernal se poursuivait en dépit et surtout à cause de ces objurgations dérisoires. Images, sons, cendre, vin rouge, cheveux défaits étaient entraînés dans une valse où aucun objet n'avait plus de rapport avec ma vision fatiguée des choses, une sarabande devenue pour moi, par la force de sa folie, le symbole de ces nuits qui me collaient les épaules au plancher. Lorsqu'elle avait épuisé tous les autres recours et stratagèmes, Dorianne s'approchait en catimini du lit où je commençais à manifester une absence de réactions proche de la catatonie et, par un raffinement ultime de perversité, à moi qui ne demandais plus qu'à sombrer séance tenante dans le giron du marchand de sable, l'irréductible insomniaque demandait de sa voix la plus enfantine :

— Oh Vincent... Raconte-moi une histoire...

Et je trouvais toujours, dans un dernier sursaut, le moyen de répliquer sur un ton menaçant :

— Un jour... Un jour, ma petite Dorianne, je vais t'en raconter une câlice de belle histoire...

* * *

— Aujourd'hui, nous allons chez mon père ! déclara-t-elle un soir, d'un air de résolution longuement mûrie.

J'étais sur le dos, fourbu comme il se doit et, c'était là le hic, encore plus fauché que d'habitude. Dorianne ajouta, pour souligner le rôle joué par cette conjoncture dans sa décision :

— Lui, il va me donner de l'argent, au moins. Il m'en donne tout le temps... Et puis, je vais te présenter, émit-elle ensuite machinalement, comme une arrière-pensée.

La nuit précédente avait été dure et la journée suivante encore pire. J'étais plus que jamais obsédé par la simple idée du sommeil, ce phénomène qui se complexifie davantage à mesure que l'on tente de l'éclairer mieux. Tourmenté par le sentiment de culpabilité que mon inaction littéraire alimentait chaque jour de si efficace façon, je n'avais pas pu fermer l'œil depuis quarante-huit heures et je manquais tout simplement de force pour m'opposer à cette nouvelle impulsion. J'étais devenu un pantin dont elle apprenait à tirer les ficelles, un homme-paille à travers lequel elle aspirait goulûment la vie.

Dehors, le soir tombait en frémissant sur les choses molles de la vie, imbibant d'une lourde humidité les décors de carton-pâte de notre gisante agglomération. Le grincement ponctuel de l'engoulevent déchirait les nuées basses au-dessus des toitures et des faîtières. Les yeux levés, je cherchai l'oiseau et le montrai à Dorianne tandis qu'à une bonne hauteur, il agitait ses ailes crochues comme pour nous saluer tout en zigzaguant furieusement. C'est Pierre qui m'avait parlé de l'engoulevent, la première fois. Sur le balcon de notre appartement, près de Parthenais, mon ami se tenait bien droit, silhouette dramatique de sentinelle se découpant sur le fond grisâtre et accidenté de la ville. Les yeux au ciel par ces suantes soirées de canicule, reniflant l'air saturé de sens tel un ornithomancien en plein office, il suivait les évolutions prédatrices de l'engoulevent et disait :

— Regarde-moi ça, Vincent ! Une vraie machine à avaler, cet oiseau-là ! Il n'a pas seulement un bec, lui, il a une bouche immense et il se la tient toujours béante quand il se promène en piqué ! Tu vois, on dirait qu'il avale tout l'air de la ville et tout ce qu'il renferme !

Ensuite, c'est Jacques Ferron qui m'avait parlé de l'engoulevent tandis qu'il s'enfonçait sous les frontons d'une métropole changée en château. Ce grésillement de l'été, pour lui, avait été le seul vrai chant de la nuit.

— Bouffent des insectes, eux aussi, fis-je à l'intention

de Dorianne. D'ailleurs, je me demande quel genre de bébittes ils peuvent bien trouver à cette altitude.

La stridence brève et méthodique, retentissant à intervalles réguliers, faisait penser à la déflagration de ces appareils à griller les moustiques que les vacanciers vindicatifs installent au-dessus de leur patio. Ma remarque inspira un rire sec à Dorianne :

— Ils bouffent des insectes, bien oui, évidemment ! (pause) Tu sais, ami, j'ai fait un rêve bizarre, cette nuit. Tu étais dedans, d'ailleurs. Tu avais installé des miroirs sur tous les murs de notre appartement et tu disais que c'était pour attraper des oiseaux, tu disais plus exactement : ce sont des miroirs aux alouettes, aux gentilles alouettes. Mais tes miroirs n'attiraient que des chauves-souris et tu n'arrêtais pas de me dire qu'il fallait les laisser venir. Et puis, il y avait aussi, à la fin, des joueurs de football qui rentraient dans les miroirs, avec des casques et des épaulettes, et qui cassaient tout…

— Hum…

Chez son père, une âcre odeur prenait à la gorge dès le porche. Ça sentait le petit vieux, le petit vieux mal lavé, mal rasé, mal changé, mal torché, mal blanchi, mal tout, partout. Ça sentait des siècles de salissage bien régulier et on pouvait lorgner, à la surface du mobilier, des dépôts de poussière dignes de la visite d'une équipe d'archéologues. L'appartement lui-même n'était pas si ancien, mais il ne formait en réalité qu'un contenant de planches et de plâtre et tout ce qui se trouvait à l'intérieur nous soufflait de l'Histoire dans les narines. Les meubles appartenaient tous à la catégorie des antiquités et leurs piètements ployaient sous le poids de vieilleries sans nom. Une bimbeloterie croulante faisait le guet sur des tablettes concaves, des piles de vêtements ravaudés se dressaient hors des tiroirs remplis à craquer, répandant une douceâtre odeur de moisi près de boîtes de biscuits en fer-blanc qui, aléatoirement disposées, exhalaient le pénible effluve de leur contenu livré aux champignons. Des chaises d'osier au panier percé se tournaient le dos franchement, comme pour ajouter à la confusion irréversible de tous ces objets en phase de rejet, de tout ce chaos ménager à sens unique dans les coulées de crasse duquel on pouvait deviner la signature inimitable et farouche d'un veuf travaillant à se réconcilier avec la finitude intrinsèque de toute existence.

Des photographies aux tons de daguerréotype, sur les murs d'où suintaient des pointillés de rouille, pratiquaient dans la pièce principale des ouvertures par où pénétrait le passé. Sur l'une d'elles, je vis Dorianne enfant près d'un homme en complet noir qui devait être son père, même s'il paraissait déjà assez âgé. Il lui mettait une curieuse main crochue sur l'épaule et l'émail de son sourire de prognathe tranchait nettement sur les demi-teintes ambiantes. Ses yeux luisaient d'un rouge flamboyant sous la brousse blanche des sourcils, ce qui arrive parfois lorsque le sujet regarde directement l'éclair de magnésium.

Pour l'instant, il était couché sur son lit, le paternel, au milieu d'une chambre pleine d'obscurité, et sa pose rigoureuse n'était pas sans dégager quelque sérénité. Dorianne se tint très droite au bord de ce lit qui me paraissait dur. Fascinée et respectueuse, elle hésitait à éveiller son occupant. Celui-ci ressemblait assez au type que j'avais aperçu sur la photo : les énormes sourcils de neige drue se rejoignaient au-dessus d'un grand nez aquilin, étonnamment courbe.

— Il a vieilli, constata tristement sa fille.

— Eh bien, eh bien, c'est normal, non ? À l'âge qu'il a, on vieillit pas mal plus vite, hein ? Vers la fin, le cours des choses s'accélère, le corps est un coureur de marathon qui finit par faire son sprint, lui aussi. On suit tous une courbe exponentielle, dans la vie, ou alors serait-ce asymptotique ?

J'étais enjoué, sans raison. Peut-être par réaction.

— Asymptomatique, décida distraitement Dorianne.

— Quel âge il a, ton père, dis donc ?

— Je ne sais pas, fit-elle en haussant les épaules. Il est très très très vieux...

— Trois fois mon père... eh !...

— ... mais d'habitude, ça ne paraît pas trop. Il me semble que c'est pire depuis que je suis partie...

— Ah ouais ? En tout cas, s'il est aussi avancé que tu le dis, Dorianne, il m'a l'air plutôt bien conservé, ton bonhomme. Je trouve même assez surprenant qu'il ait si peu changé, si je compare avec la photo où il apparaît avec toi. Ça doit faire, quoi ? Vingt-cinq ans ?

Dorianne me prit le bras et serra très fort en murmurant :

— Oh ami ! Amour ! Jure-moi que ça ne va pas m'arriver, à moi !

— Tu veux encore un document officiel signé en bonne et due forme ? badinai-je en la prenant par le cou. Mais bien sûr, mon cœur, que je le jure ! D'ailleurs, tu as l'allure d'une petite fille, tu le sais. Profites-en : avec la vie que tu mènes, ça ne durera pas longtemps... Mais regarde, ton père se réveille, on dirait...

Les yeux du bonhomme, petits et rougis, brillèrent lorsqu'ils se posèrent sur sa fille. Ils se rembrunirent aussitôt qu'il me vit. Sa main me parut très froide, bizarrement glaciale quand elle fut dans la mienne.

— C'est mon ami, c'est un bon ami, assura Dorianne tandis qu'il me détaillait avec une sorte d'avidité fatiguée.

Sa fille l'avait embrassé en se penchant sur lui d'une façon guindée et les couleurs commençaient à revenir sur le visage cireux.

— Un bon ami... répéta-t-il pour lui-même.

Sur les instances de Dorianne, après s'être fait prier un peu, il consentit à tirer quelques billets de banque de son bas de laine. Il secouait la tête, plein d'une amère réprobation :

— Tu me siphonnes, ma fille, tu siphonnes les finances d'un pauvre vieux rentier. Et depuis que tu es partie, je n'ai plus rien...

Il parlait lui aussi avec un accent qu'on aurait dit imité d'une vieille aristocratie. Mais ce qui restait une affectation chez sa fille semblait posséder dans son cas une certaine base ethnologique. Ce qui m'intriguait, surtout, c'était le gouffre béant entre la fortune que lui attribuait sa fille et l'état matériel de cet appartement, d'une simplicité proche de l'indigence. Il fallait que le maître de céans fût d'une rare radinerie. Il but un thé qu'il laissa d'abord infuser longuement tandis qu'il tendait une cannette de bière à Dorianne. Mû par un curieux réflexe, je refusai la Stella Artois qu'il s'apprêtait à me servir aussi et optai pour une tasse de la potion presque noire qu'il se versait avec précaution, la théière tenue à mi-corps. Il nous présenta ensuite des biscuits secs et circulaires auxquels je fus le seul à goûter. Je crus d'abord, à cause de la coloration d'un rouge très foncé du breuvage, avoir affaire à une tisane de queues de cerises, genre d'aberration aromatique que ma fréquentation antérieure de certains apprentis apothicaires m'avait appris à identifier. Mais la saveur âpre de cette infusion et sa terrible acidité me détrompèrent en un tour de langue. Ne pouvant réprimer une grimace, je tentai de la dissimuler en employant mes lèvres à questionner mon tortionnaire :

— Qu'est-ce que c'est ?

— Sumac vinaigrier, énonça tranquillement le vieillard. Une infusion à base des fleurs rouges qui poussent en grappe. On trouve cet arbuste partout, même en ville. Je fais moi-même bonne cueillette aux abords du cimetière Côte-des-Neiges. Je sais, c'est atroce. On me l'a recommandé pour ma santé, un autre de ces petits jeunes médecins à la mode, homéopathes sur les bords, qui prétendent que le corps humain peut prendre soin de lui tout seul… ou presque. Sumac vinaigrier. Comme de l'acide brûlant, hein ? Que voulez-vous : une bonne bouteille de vin par jour, rien ne remplacera jamais cela… Mais ils m'ont coupé mon viatique, les maudits docteurs, ils disent que c'était mauvais pour mon cœur… !

— Le vin rouge, c'est bon… fit observer Dorianne en écrasant sa cannette vide. Le tannin, ça nettoie les artères.

Son père la regarda dans les yeux et dit d'un air égaré :

— Oui, je sais… je sais… Dorianne…

— J'imagine que, d'un point de vue médical, il faut savoir quand s'arrêter, hasardai-je sans chercher le regard de Dorianne dont je sentis pourtant poindre la haine dans l'espace nous séparant, pendant que le père répétait rêveusement :

— Arrêter… Oui, arrêter… Savez-vous qu'autrefois,

ma famille possédait une cave à vin que bien des châtelains lui enviaient, dans mon pays ? Mais les soudards socialistes sont venus et ont tout saccagé, ils se sont soûlés pour tout un siècle…

Le père de Dorianne entreprit alors de m'expliquer les rudiments de l'histoire familiale tandis que sa fille adoptive, qui devait avoir entendu cette salade des centaines de fois, bâillait à s'en décrocher la mâchoire. Il était arrivé au Canada en 1956, juste après les événements de Hongrie qui l'avaient chassé de son pays natal, classé indésirable par les éléments stalinistes au pouvoir. Il avait abordé à Montréal caché dans la cale d'un cargo par un terrifiant soir de tempête et il n'en était plus jamais reparti. Il unit ensuite son sort à celui d'une Roumaine rencontrée peu après son débarquement, fit de bonnes affaires sur la nature desquelles il préférait ne pas s'étendre et le couple adopta Dorianne dans des circonstances sur lesquelles, là aussi, il aima mieux ne pas épiloguer.

— Ne parle pas de maman, implora Dorianne, déjà prête à se lever.

— Il faut la comprendre, reprit-il à mon adresse. Ma femme nous a pris beaucoup d'énergie durant sa maladie. Ça durait toute la nuit, ses cris de folie, ses crises, il fallait se lever, toujours, se relever, ça ne voulait pas finir…

— Elle est morte de quoi, au juste, si ce n'est pas… interrompis-je sans trop réfléchir…

Il tiqua et affirma très vite :

— Ma femme ? Mais elle n'est pas morte, voyons ! Elle vient encore me visiter, parfois, je lui parle… Que pensez-vous de la mort, jeune homme ?

— Papa !

Placée derrière son père, Dorianne me faisait de grands signes de détresse, me suppliant de ne pas prendre ses divagations trop au sérieux. Comme s'il y avait eu danger ! Je répondis tout naturellement :

— Bof, vous savez, on ne meurt jamais véritablement, on se recycle, c'est tout. J'espère seulement ne jamais me réincarner en fleur de sumac vinaigrier, ça doit être épouvantable, terminai-je sur un clin d'œil en sa direction pendant qu'il achevait de sucer le rebord fleuri de sa tasse de tisane.

Il médita ma réponse un moment, puis dit encore :

— J'ai vu beaucoup de choses dans ma vie, vous savez. Dans mon pays, j'appartenais à une famille de noble lignage, qui a compté dans ses rangs des guerriers héroïques, des hommes qui furent des remparts de la chrétienté à un moment où l'Europe centrale basculait dans la ténèbre barbaresque. Mais après la Deuxième Guerre mondiale, une autre forme d'obscurité s'est abattue sur ma patrie. Les descendants de nos valeureuses lignées sont devenus des ennemis dans leur propre pays. Quand je pense qu'il m'a fallu fuir comme un renard ! Les communistes ont saigné le pays à blanc, vous savez. Moi, j'aimerais tant retourner mourir là-bas, sur la terre de mes ancêtres, un jour…

Il s'attendrissait. Un claquement clair se fit entendre. Dorianne avait bel et bien fini par se décrocher la mâchoire. Elle parvint en gémissant à remettre l'os en place, puis profita du silence ainsi établi pour se lever :

— Allons-y ! ordonna-t-elle avec brusquerie.

Le contact d'une liasse de billets le long de sa fesse droite illuminait sa figure. Je la suivis et fus pris d'une crise d'éternuement incoercible. Le plancher était si poussiéreux que, baissant les yeux avant de sortir, je remarquai qu'on y laissait des empreintes derrière soi, tout comme sur de la terre meuble.

* * *

J'avançais le long de la ruelle, les épaules rentrées. Le sac de plastique blanc, se tordant entre mes doigts, faisait entendre des froissements fantomatiques. Je me répétais, comme une litanie incantatoire : *Je ne devrais pas, je ne devrais pas faire ça. C'est trop, c'est trop con, cette emprise sur moi, au doigt et à l'œil, c'est trop…* Un rat ricana dans une flaque de lumière sale jetée dehors par la fenêtre d'une cuisine. Je gravis les marches de fer en balançant mon butin à bout de bras et le son lugubre de mes pas, résonnant dans l'escalier en colimaçon, était comme la voix d'une autre volonté. J'ouvris la porte qui grinça, fus bientôt dans la pénombre de la cuisine qui se colletait avec la faible lueur d'une bougie. Un désordre indescriptible régnait là-dedans, un carnage d'objets inanimés tremblotant dans la gelée d'un jaune épais qui giclait de la source d'éclairage. L'évier laissait échapper, de toutes parts, des empilements chaotiques de vaisselle croûteuse où les assiettes adhéraient l'une à l'autre, engluées dans des restes de nourriture puant déjà la pourriture. Le dos tourné à ces reliefs éparpillés, Dorianne était assise devant la table et contemplait les bouteilles vertes et vides avec une expression neutre sur la figure, laissant des filets de vin rouge serpenter au coin de ses lèvres où les dents se montrèrent, furtif éclat de triomphe et de soulagement, à mon retour de cette nouvelle mission de ravitaillement.

Je fis sauter le bouchon de liège, emplis les deux verres et me laissai tomber sur mon siège, vaincu d'avance par ce qui allait se passer.

— Merci, homme… homme lige, prononça Dorianne d'une voix mal affermie.

— Eh bien, seigneure Dorianne, l'homme lige te rend un hommage lige. Je dirais même plus : la ligie te rend un hommage lige.

— Château ! Toi et tes jeux de mots !…

— Mais oui, Dorianne. Pour me nommer, c'est vrai, je dispose de tous les mots ! Je pourrais continuer à l'infini, tiens… Je suis un homme-lit qui te supporte la nuit, un homme-litige qui sert de cause à tous tes griefs, un homme-tige que tu peux planter n'importe où en ville sans plus t'en préoccuper ! Et un homme-liège, bien sûr, qui essaie de s'interposer entre l'intérieur de la bouteille et toi. Je peux me traiter de tous les noms, c'est toujours toi qui m'échappes, qui m'échapperas, à ce petit jeu là. Si tu n'étais qu'un mot, Dorianne, il me semble que tu serais à moi bien plus facilement…

Après un temps de réflexion, je repris :

— Tu sais, Dorianne, c'est bizarre : je ne pense pas être affublé d'un sens moral plus développé qu'un autre. Mais devant toi, c'est différent. Quand je te vois boire, je me sens comme acculé à la vertu, vois-tu ? Avec toi, l'ébriété devient quelque chose de si maléfique qu'on est obligé de se dire que la sobriété est le seul rempart contre la folie. Tu deviens une sorte de prisme psychique qui a le pouvoir de séparer parfaitement le bon et le mauvais côté des choses. C'est peut-être un privilège, au fond… Les choix deviennent si clairs, à ces moments-là… mais ça ne dure pas, hélas, la confusion quotidienne revient vite au galop parce que tu restes toujours la même, une seule personne, et si l'amour exige d'embrasser toute cette personne unique en même temps, les deux bras m'en tombent, tu comprends ?

— En ce moment, ami, suis-je du mauvais côté des choses ?

— Tu te détruis, Dorianne, tu es du côté de la mort, du côté des faux pas au bord des tombes toutes creusées.

— Mais alors, toi aussi, château ! cria-t-elle en montrant du doigt mon verre déjà à demi vide.

Je baissai la tête.

— C'est ça qui me dérange, Dorianne. On dirait que je reconnais en toi, de plus en plus, une part de moi-même, comme un simple prolongement de ma personne, un membre malsain qui aurait prise sur un potentiel de perversité encore inexploité. Tu ris ? Je t'achète bouteille après bouteille dans le seul espoir de t'apaiser mais, ce faisant, je réveille ma propre soif, la vouivre inassouvie qui se tortille dans mes tripes. Je te nourris de vin comme pour soigner un monstre qui serait aussi un miroir…

— Un monstre ?

Elle se redressa, indignée, et tenta de relever la poitrine et de cambrer ses reins tandis qu'elle titubait contre la table :

— Regarde-moi, non mais regarde-moi donc !

Insatisfaite de mon appréciation, elle grimpa sur la table d'un bond périlleux, renversa son verre pendant que je parvenais de justesse à rattraper le mien, envoya valser sa cigarette éteinte sur le carrelage puis elle se tint là, en équilibre instable, dangereuse Dorianne, à seule fin de me laisser l'admirer.

— À poil! hurlai-je, pour déguiser mon désir en enthousiasme de taverne.

Elle avait raison, j'étais forcé de me prosterner devant l'évidence. Ses lèvres étaient pleines, gonflées de vie et arrogantes. Ses joues s'allumaient de miroitements rubis, de mille flambeaux ardents, sa chevelure avait le lustre d'une noire auréole de lumière autour du front qui dévalait, pente de neige pure, jusqu'à la saillie du nez. De part et d'autre : la percée des yeux, magnifiques, veinulés de rose. Cette nuance nacarat dans le regard, qu'on ne pouvait déceler que de près, était le seul signe visible de la fatigue que tout ce physique livré à l'excès tenait enfermée au creux d'une oubliette, hors de la vue d'un Moi tyrannique dictant ses conditions au corps, en attendant le coup d'état d'épuisement qui viderait les prisons internes, la racaille des cellules condamnées, les proliférations de cancrelats cancéreux à l'œuvre là-dedans. C'est ce que je me disais, moi.

— C'est vrai, tu es plus belle que jamais, Dorianne... Mais moi, repris-je au bout d'un instant, tandis qu'elle avait entrepris de se déhancher lascivement là-haut, tu es en train de me tuer, ma danseuse habillée préférée. Je ne dors plus, par ta faute, Dorianne. Mon horloge biologique s'est détraquée : le jour, mon système me refuse le sommeil et, la nuit, il y a toi, toi et ta samba, toi et ta nouba, toi et ta bamboula, toi qui bois et moi qui bois pour être avec toi, pour hurler avec toi à la pleine lune qui doit boire elle aussi, pour répondre aux chiens qui se lamentent sur ton sort dans la nuit, et le matin je ne suis plus rien, Dorianne, plus rien, pas même un écrivain…

— Ma samboulouba ?… Moi et ma quoi ?…

J'avais le front appuyé au rebord de la table et j'avais chaud partout sauf au cœur. J'avais le goût tout à coup de pleurer comme un petit enfant. Des soirs comme celui-là, on croirait à tout âge au Grand Lustucru, c'est comme un tatouage sur la mémoire du monde. Je restai longtemps ainsi, à regarder la table de si près que ce n'était plus une table ni même un autel, seulement quelque chose d'infiniment uni comme le ciel ou l'enfer, le vrai du fond de la terre. À côté de moi, Dorianne continuait d'avaler son vin rouge religieusement et continuait de me parler tout ce temps, de bredouiller ses giries, ses nénies, oui oui, n'admettant pas ma faiblesse, ne pouvant concevoir que ses faiblesses à elle et elle les concevait comme une force, la preuve étant que c'est moi qui avais la tête contre la table. Je n'étais plus là depuis longtemps.

Finalement, je fus alerté par une série de mouvements et je redressai la tête. Dorianne avait passé sa mante noire sur ses épaules et elle partait. Elle valsait à travers le couloir, vaguait vers l'inconnu, cinglait dragueuse au son du cyclone de musique craché tout croche par notre phono débile et elle se dirigeait vers la sortie, au terme de l'interminable passage qui me la fit paraître si petite et si lointaine soudain. Je me remis debout :

— Dorianne ?

Je fus rendu devant la porte avant elle et je fis face, ayant eu le temps de rassembler mes idées avant de la voir se heurter à moi, molle mais décidée.

— Où est-ce que tu vas comme ça, Dorianne ?

Elle arborait son air buté des guerres totales. Je savais que cette fois, il me faudrait l'affronter, et j'y étais bien déterminé.

— Je sors, dit-elle simplement, déjà lasse de cette évidence.

Je secouai la tête. J'avais trop bien entendu et c'est pourquoi je demandai : *Quoi ?* avec cet entêtement louable et inutile de ceux qui n'ont rien d'autre à gagner qu'un peu de temps.

— J'ai dit : je sors !

Elle serrait les dents. Ses deux petites canines se montrèrent à chaque bout de cet alignement irréprochable. Je fis, sincèrement désolé :

— Non, Dorianne. Pas cette fois. Pas cette nuit. Cette nuit, tu restes avec moi. Ça m'angoisse trop, ça m'agresse trop quand tu t'en vas comme ça, quand tu te livres à la nuit pieds et poings liés. Dorianne ! Dorianne ! J'ai besoin de toi. On va dormir, Dorianne. On va s'aimer.

— Pousse-toi de là, ordonna-t-elle sèchement. Et déjà elle m'agrippait par le collet. Je la repoussai assez brutalement et ses omoplates claquèrent contre le plâtre du mur.

— Tu restes ici.

Je levai la main, prêt à frapper, et puis je cessai tout mouvement, interdit. Pour la première fois, je me rendais compte que ma passion d'elle pouvait se métamorphoser en désir de la détruire. Elle s'offrit, faisant un pas en avant, bombant le torse, parée au combat, tendant son visage transfiguré par la haine et la colère, criant :

— Vas-y ! Frappe ! Frappe, pour voir ! Juste pour voir, Chateaubriand !

— Dorianne…

Je m'effaçai pour la laisser passer. Elle dégringola les degrés et se mit à faire du pouce au hasard sur le trottoir. Je savais qu'elle se mettrait aussi en travers de la rue devant les voitures, juste pour tester les réflexes des conducteurs attardés et sa propre volonté d'en finir. Les célibataires grégaires expulsés, comme une fumée viciée, de leurs derniers retranchements après la fermeture des robinets, se demanderaient, ébahis : *Qu'est-ce que c'est que cette apparition-là, au beau milieu du nulle part de la sortie des bars ?*

On en voyait quand même souvent, à cette heure, dans le coin, des femelles spectrales offrant leurs contusions livides à la lueur des phares attentifs, des épaves en loques présentées, sur un bitume tuméfié, aux dévoreurs de pavé pleins de bonnes intentions. Il me fallait tout simplement accepter de commencer à compter Dorianne au nombre de la cohorte. Ça ne me regardait plus tellement. Il me fallait songer à essayer de dormir. Facile à dire.

* * *

Ah ! Ah ! Ah ! Ah !

La bobine du *soap* américain, en mauvaise postsynchronisation, déroulait le rythme rituel de son hilarité casse-pieds, dans l'air irréel de l'après-midi. Sur une chaîne voisine, le grand prêtre du jeu-questionnaire soumettait mes nerfs au savonnage mousseux de son sourire. Une lavasse de l'intellect fusait de l'écran pour nous asperger de son fade bonheur de façade. Mais ça ne me faisait rien. Ça ne me faisait plus rien. Je me laissais sombrer avec un soulagement pas même gêné dans ma propre version du misérabilisme québécois. Nous habitions à proximité des bureaux du *Journal de Montréal*, organe essentiel du petit peuple, et je me sentais prêt à faire mon entrée dans le fracas morbide des faits divers. Une prodigieuse inertie se rendait peu à peu propriétaire de ma personne. Dorianne participait au processus, bien sûr. Pour ne pas avoir à se lever quand elle s'éveillait inopinément au milieu du jour, elle veillait à ce que le poste de télévision qui montait la garde au pied du lit soit allumé en permanence.

Le lit de ma joyeuse concubine était petit, étroit comme un cercueil. Étant donné que le mien arborait à peu près les mêmes dimensions, nous les avions juxtaposés. C'était devenu un seul grand lit mais la coupure subsistait au milieu, irréductible, pour nous rappeler la rigoureuse impossibilité de l'union parfaite de deux corps, même au creux du sommeil.

Je regardais au plafond pendant qu'elle fixait l'écran et nous étions tous deux fascinés, chacun à sa façon. Entre mes oreilles qui tentaient à tour de rôle d'épouser la taie pour faire taire les éclats de rire enregistrés, une zone grise s'étendait. Tout à côté, dressée sur son séant et appuyée au mur, le dos calé contre une paire d'oreillers, Dorianne croquait des croustilles. Dam de mon ouïe ! On aurait dit qu'elle avait toujours la même mince tranche de tubercule à la main, qu'elle ne la mangeait jamais. Pourtant, les craquements sinistres qui éclataient comme des ricanements contre mon tympan ne pouvaient mentir. Qu'avais-je fait pour en arriver là, pour mériter cela ? Parfois, je me récitais intérieurement cette petite apologie :

Jadis, je fus un bon garçon plein d'entrain et ma vie n'était point trop malsaine. Lorsque je concevais le désir de boire une petite bière et que je daignais accéder à ce désir, j'avais généralement, au préalable, dépensé mes jeunes forces dans quelque entreprise utile. Et si, parfois, pour cause de mélancolie grave, j'osais m'aventurer dans le dédale d'une cuite de première classe et terminais la soirée sur les genoux en braillant et en maudissant ma mère et le jour où elle m'a donné le jour, le lendemain, purgé comme par magie, je me relevais, quittais les sales draps de ma misère et marchais vers la lumière et la vie pouvait continuer, l'équilibre était rétabli, j'avais liquéfié mon âme dans les larmes de l'alcool et mon âme aimait de nouveau le monde. Et je travaillais fort. Et je rêvais de devenir grand. Pourquoi cela s'est-il arrêté brusquement ?

J'avais été un bon petit bourgeois de banlieue. J'avais fait du yoga à Vancouver et j'avais eu pour blonde la fille d'un richissime boursicoteur de la côte Ouest. Pourquoi fallait-il maintenant que je me retrouvasse là, vaseux, vautré sur une couche ternie par divers débordements, devant la télévision vide de l'après-midi, dans une chambre qui ressemblait à la benne d'un camion à ordures en compagnie d'une aristocrate de basse caste qui emplissait mes conduits auditifs du broiement de ses patates chips ? Pourquoi ces pensées assassines qui me traversaient, ces germes de scénarios sordides ?

Alcool : drame. Cette équation connue me hantait comme le rêve d'évasion habite le prisonnier. La prison Parthenais écrasait toujours mon paysage mental et c'est son poids de fatalité que je sentais sur mon abdomen oppressé. Lorsque, enfin brûlé, je parvenais à m'endormir, je respirais avec difficulté. L'échange de l'oxygène sanguin n'allait plus de soi sur un lit matrimonial d'où toute notion de repos semblait exclue comme par châtiment. De plus, notre literie était devenue si sale que la peau s'irritait à son seul contact. Un jour, las de me retourner en tous sens, je m'écriai, à bout de patience :

— Dis donc, Dorianne ! Il faudrait faire attention à la poussière qu'on traîne sous nos pieds, quand même ! Il y a tellement de particules entre les draps que j'ai l'impression qu'un voyage de terre au grand complet a été déchargé dans notre lit ! Un beau jour, il va bien falloir se décider à passer l'aspirateur, merde !

Elle abandonna sa physionomie à ce claquement distinct des mâchoires qui tenait lieu chez elle de réponse définitive. Ça produisit un bruit clair car les dents se superposaient parfaitement. Seules les deux canines, proéminentes, ne rencontrèrent pas leurs voisines du dessous et elles mordirent insensiblement dans la lèvre inférieure. Selon mes nombreuses tentatives d'interprétation, ce tic spectaculaire voulait seulement dire : Tout va bien, ami. Ou encore, unique variante permise par la conformation labiale : Tout va bien, amour.

— Dis donc, Dorianne…

— Hmmm… oui, amiour…

Elle avait horreur d'être dérangée durant un *soap* américain. Ça l'intéressait, cette forme de vacuité du jour, cette petite mort acceptable de l'intelligence.

— Dis donc, Dorianne ? Tant qu'à ne pas travailler, on pourrait aussi bien prendre des vacances. Ça nous ferait du bien, non ? On pourrait aller dans le Nord durant la fin de semaine, peut-être même y passer la semaine, un coup partis… Misère, c'est de ça que j'ai besoin : tirer un peu d'énergie créatrice du Nord du Temps lui-même ! Le Grand Roman Québécois ne pourra pas se passer de notre Nord, je dirais même mieux qu'il ne saurait en faire l'économie !

Elle joua avec sa lippe boudeuse, y plaqua une expression embêtée, bâilla largement et finit par dire, envahie par une extrême lassitude :

— Le Nord ? Tu veux dire qu'il faudrait quitter Montréal ? Traverser un pont ?

J'éclatai d'un rire franc :

— La Rivière-des-Prairies, bien sûr ! Tu as sûrement déjà emprunté le pont Viau, ou le pont Lachapelle, ou…

— J'ai un secret à te confier, ami Vincent, murmura-t-elle sans détacher ses yeux de l'écran. Veux-tu l'écouter ?

— J'écoute, amie Dorianne, répondis-je du tac au tac.

— Je ne suis jamais allée plus loin que l'île de Montréal…

Je me redressai lentement, retenant mon souffle, et tournai la tête pour la regarder. Elle n'avait pas bronché.

— Tu veux dire que… tu n'as jamais… jamais voyagé à l'extérieur… que tu n'es jamais allée dans une autre ville, en province, ou dans un village ? Tu veux vraiment me faire croire que tu n'es jamais sortie de Montréal, Dorianne ?

— Je n'ai jamais quitté l'île de Montréal, précisa-t-elle, mortellement sérieuse.

— Mais Dorianne… Pourquoi ?

Elle claqua encore des dents, puis sourit platement et expliqua :

— C'est comme ça. Je n'ai jamais eu l'occasion, voilà

tout. En fait, la vérité, c'est que j'ai peur des ponts... Une peur bleue, même... Peur de ce qu'il y a dessous, surtout. N'oublie pas, ami, que je possède un tempérament suicidaire. J'ai un côté psychopatibulaire, je n'y peux rien.

— Une suicidaire, hein ?

Je ricanais sous cape. La mort des autres, on n'arrive à l'imaginer que sous forme de fausse représentation, au mieux, comme un test moral plus facultatif que décisif. Il n'y a que la sienne que l'on prenne vraiment au sérieux, parce qu'on est seul à pouvoir vivre dans l'intimité avec elle. La mort des autres a toujours l'air d'une fiction.

— Disons que tu serais peut-être même une véritable suicidée, Dorianne, renchéris-je. Tu sais, Hermann Hesse disait que les vrais suicidés ne sont pas morts. Les vrais suicidés sont ceux qui ont à vivre toute leur vie avec le suicide.

— Voilà, soupira-t-elle. Merci pour la mise en citation.

— Écoute, cessons ces sornettes. Peur des ponts ou pas, s'il fait beau en fin de semaine, on se sauve à la campagne, dans le Nord, bon Dieu ! Fais comme si c'était un conseil du médecin. Tu as besoin de couleurs...

Elle fit la grimace, puis eut un sourire rusé et demanda :

— Mais s'il fait très mauvais, alors, s'il pleut, mettons, avec du tonnerre et des éclairs, on n'y va pas ?

— Non, dus-je concéder. Mais ne t'en fais pas, je vais commander du beau temps...

— Et moi, répliqua-t-elle en regardant droit devant, je vais commander du mauvais temps.

* * *

Quand on se tient devant ce mur immense, on se croirait juste au pied d'une falaise escaladant le ciel. La surface en est abrupte et sans aspérité, comme polie par le passage des années. Au niveau des couches supérieures, les grillages ont l'éclat de la tôle bien lisse. Ça n'a pas l'air de receler de la vie et pourtant, là-dedans, au-dessus du gouffre au fond duquel nous levons les yeux, presque à portée de voix, des âmes d'humains crient au secours ou seulement *Fuck you !* Au sommet du sinistre donjon de la Sûreté du Québec, derrière les murailles suintantes de cette forteresse imprenable surgie des bas quartiers pour donner l'assaut aux nuages, les damnés du monde écoulent le temps en attendant leur jugement.

La tête renversée, les cheveux dégoulinant d'une eau écumante, fermant à demi les yeux pour éviter que les coulées tièdes ne les noient tout à fait, je regardais vers les rangées de cellules situées au faîte et j'étais saisi d'un frisson d'empathie. Quelle grande chose que le crime, qu'il faille un immeuble aussi impressionnant pour en décourager la commission ! Dorianne, à mes côtés, scrutait elle aussi la prison qui nous couvait de son aile de grand oiseau noir. Ah Dorianne… Tu n'étais à l'aise que dans ce temps-là, sous ces sautes de climat qui te battaient les flancs de leurs bourrasques acharnées, sous ces dégorgements de tout un ciel saturé qui se produisent parfois quand l'été en colère voudrait voir chacun répéter l'exploit du bonhomme Noé. En cas d'inondation du grand Montréal, tu savais aussi bien que moi, Dorianne, que c'est Parthenais qui serait partie à la dérive sur les flots montueux, emportant vers un improbable salut sa faune de la jungle urbaine dans un rugissement étouffé par les entrailles d'acier. Aux abords de la toiture où les gouttières pleines de craquements crachaient leur part du déluge, des éclairs zébraient ce firmament d'encre et entouraient l'édifice d'un réseau de zigzags lumineux, comme une vaste toile niellée de feu céleste, tissée par Thor à grands coups de tonnerre.

— Que c'est beau ! murmura Dorianne, les yeux écarquillés.

— Ouais, c'est beau, c'est beau. N'empêche que je commence à avoir hâte que ça se tasse. S'il pleut encore comme ça demain matin, notre fin de semaine dans le Nord est à l'eau, tu devrais le savoir.

— Il va pleuvoir encore, fit Dorianne sans baisser les yeux.

— C'est ce qu'ils ont dit à la télévision ?

— C'est ce que moi je dis, château !

J'allais objecter quelque remarque bien sentie mais le vent, soudain ravivé, nous décocha une bourrade qui désarticula mon propos.

— Je suis tout trempé, fis-je observer.

— J'adore les tempêtes, fut la seule phrase qui lui vint à l'esprit.

— Dis donc, si on allait faire une petite visite de courtoisie à Pierre et à Pietr ? Ça fait longtemps qu'on ne les a pas vus.

Je faisais preuve d'un entrain un peu forcé.

— D'accord. On pourra acheter du vin au dépanneur, en passant.

Elle allongeait déjà le pas dans la direction correspondante.

* * *

Nous passâmes par la cour arrière. Monsieur le mécanicien s'affairait toujours sous sa minoune, malgré le temps de chien. On ne voyait que ses pieds dépassant de la carrosserie. Il était bien à l'abri de la pluie là-dessous. Mais au moment où nous faisions résonner de notre pas mouillé la première volée de marches, il glissa la tête hors de son sarcophage bien bichonné et généreusement rincé par l'averse et il leva vers nous, pendant un bref instant, des yeux hallucinés que la foudre qui passait par là fit brasiller d'inquiétante façon. Le gars me parut maigre et affamé, les traces d'huile lui faisaient un camouflage de guerre dans la nuit de la ruelle. Je me tournai vers Dorianne qui s'était immobilisée aussi, au-dessus de moi, et je vis ce qui lui faisait sortir les yeux de la tête, à ce pauvre type. Ma délicieuse compagne avait enfilé, ce soir-là, un ample t-shirt blanc que la présente distribution d'eau acidulée collait vicieusement à ses chairs fermes apparues par transparence, mamelons sombres bien en évidence. Monsieur le mécanicien se croyait sans doute à un concours de *wet t-shirt* organisé spécialement pour lui, afin qu'il ne perde pas sa bagnole de vue.

Lorsque nous nous introduisîmes sans frapper dans la cuisine, un son insistant prit le relais de la pluie qui crépitait sourdement contre les toits. Une machine à écrire emplissait mon ancien appartement du chant saccadé de son labeur. Je songeai avec un pincement au cœur que ce n'était plus moi, cette fois, qui tenais le clavier.

Sur le divan du salon, Pietr était enfoncé jusqu'au cou

dans la peluche et il regardait la télé. Celle-ci, peut-être à cause de l'orage, ne laissait plus filtrer, à travers tout l'écran, qu'une bouillie de couleurs et de bruit ébranlée régulièrement par l'électricité d'en haut. Pietr semblait tenir au spectacle. En fait, il y avait plus que cela dans son attitude. Il paraissait très exactement s'accrocher à la télévision par pur réflexe de peur. Recroquevillé là dans une posture de défense ultime face à une agression généralisée, il ne voyait plus dans le poste dispensateur de faible clarté qu'un point d'ancrage contre le torrent furieux des forces du monde déchaînées au dehors, une certitude unique au milieu de l'opaque nuit de l'orage. J'ai déjà vu des chiens s'aplatir de cette façon, quand l'Inconnu tonitrue sur les têtes.

— Salut, mon Pietr, l'apostrophai-je avec jovialité, en m'ébrouant comme un cabot.

— Mmmmmh…

— Bonjour, petit Pietr, formula Dorianne de son côté.

Le Polonais lui lança un regard effaré et reporta aussitôt son attention sur les ondes turbulentes devant lui, comme par crainte de laisser échapper quelque chose. Il se tenait bien raide, anormalement tendu de tout son être. Déjà, Pierre accourait à nos devants, éclatant de santé et de belle humeur, comme à ses meilleurs jours. Ses grosses babines jouisseuses adoptèrent toutes les conformations de circonstance tandis qu'il multipliait les bonnes paroles en me serrant la main. À peine y eut-il une lueur libidineuse au fond de ses prunelles d'indécrottable coureur lorsqu'il se tourna vers Dorianne pour l'embrasser.

— Wow ! Tu as une mine superbe, chérie ! On dirait que tu rajeunis de jour en jour, ma parole ! Ah, quand tu auras vingt ans de nouveau, fais-moi signe, tu veux bien ?

Ah ! Ah ! Et toi, Vincent, comment se porte le Grand Roman Québécois ? Ne faites pas attention à Pietr, il fréquente avec assiduité le cloître de sa propre cervelle, ces temps-ci. Il passe plusieurs heures par jour avec une espèce de vieux prêcheur, un chef de secte qui lui a mis le grappin dessus et qui est en train de lui remplir la tête de toutes sortes de conneries du bon Dieu ! Et pour ça, je vous en passe un papier, il y a de la place en masse sous la voûte crânienne du petit Pietr !

— Mmmmmh...

— Ouais, le Grand Roman Québécois... commençai-je, gêné. Disons que j'ai quelques problèmes, pour l'instant, mais ça va s'arranger, j'en suis sûr. Il faut que je règle une certaine question relative à la narration, avant de continuer, parce que sinon, ça ne marche plus tellement...

Il parut désolé mais guère surpris.

— Mais toi, Pierre, intervint Dorianne avec une étincelle admirative dans le regard, on dirait que tu écris aussi, en ce moment, que tu fais de la créativité, si je puis dire...

— Mais oui, accorda-t-il avec un sourire modeste. Figurez-vous que j'ai lâché ma job, les amis ! Fini, le torchage de vieux culs, le retardement de la mort à doses massives de médicaments ! Un vieux Chinois qui fait de l'Alzheimer m'a presque emporté le doigt d'une malicieuse contraction des mâchoires, alors pendant que mon sang pissait, j'ai décidé que ça suffisait. Je me suis mis sur les prêts et bourses pour l'automne et puis, je ne sors presque plus. La nuit, au lieu de rôder, j'écris ! Il faudra que je te, que je vous montre ma nouvelle qui a pour thème l'élimination accidentelle de la mort dans la Nature. Je l'amplifie sans arrêt. Ça commence à ressembler drôlement à un roman... Attention, surveille tes arrières, mon Vincent ! Ah ! Ah ! J'en suis au point où le petit virus de synthèse qui a pris le large vient de subir une nouvelle mutation qui lui permet de régénérer les tissus chez les charognes qu'il infecte. Donc, non seulement les organismes cessent-ils de pourrir et, du moins en apparence, de mourir, mais ne voilà-t-il pas qu'ils se mettent à rajeunir ! Le temps biologique s'inverse, les cycles naturels se déglinguent, tout devient possible, la mort devient soudain une sorte de naissance, la naissance deviendra bientôt la mort...

— C'est passionnant ! s'exclama Dorianne ravie.

Moi-même, quoique de mauvais gré, je me rangeai à cet avis.

— Écoutez ! cria Pierre très fort en se frappant dans les mains. Je vois que vous avez apporté là une couple de bouteilles de bonne vinasse, en gens prévoyants. Ça tombe bien parce que moi, je dispose de forts beaux steaks en quantité gargantuesque, alors je vous propose un marché : la mise en commun de nos vivres ! Ah ! On va faire un repas du tonnerre !

Le ciel rageur, tel un augure favorable, ponctua cette prédiction d'un roulement de tambour. Au même moment, le logement, qui vibrait à l'unisson du coup de foudre, fut plongé dans l'obscurité. On entendit, venant du canapé, une sorte de court râle de dépit et d'angoisse qui instilla dans le salon son tremblé communicatif. On n'y voyait plus à trois pas et, cherchant Dorianne d'une main tâtonnante, je ne la trouvai pas. Je l'entendis seulement qui murmurait, rêveuse, simple voix immatérielle et immanente :

— Château !

Et, privé d'elle, j'étais pris de panique.

* * *

— Tu le veux comment, le tien, Dorianne ?

— Saignant ! prononça-t-elle avec un sourire ingénu.

Pierre avait empoigné les épaisses tranches de barbaque et les admirait en éployant largement ses narines tandis que le sang clair gouttait dans la poêle déjà brûlante posée sur le four à gaz.

— Des beaux steaks ! apprécia-t-il en connaisseur.

Je retrouvais, sur ses grosses lèvres plissées, cette moue sans équivoque qui voulait dire son envie de bouffer le monde entier, d'en jouir jusqu'à plus faim d'amour. Ces grandes lèvres là, quand elles n'embrassaient pas ou ne se vouaient pas avec une ferveur totale à la mastication, elles devaient remuer quand même, pétrir la parole sans fin. Dorianne, déjà un peu ivre, buvait son vin rouge à une allure effrénée, comme par une résolution lucide de se soûler à mort, et elle regardait Pierre avec ravissement, avec cette discrète vénération que le monde réserve aux forts, à ceux qui savent se tenir debout et défendre leur individualité contre la marée molle de la mélasse sociale. Dorianne avait quitté Pierre et Pierre s'était mis au travail. Sans le faire exprès, elle avait enfanté de bonnes résolutions, l'affirmation fragile de ce qui se voulait une vocation.

Assis docilement tout près, guettant le feu roulant que vomissait la belle gueule vociférante de mon ami, j'étais maintenant relégué parmi la cohorte des subornés anonymes, enrôlé par Dorianne dans l'obscure légion des hommes de son ombre. Le halo vacillant que les deux chandelles traçaient dans l'air moite écrasant la table suffisait tout juste à englober les figures de Dorianne et de Pierre, me refoulant malgré moi dans mon silence et dans la ténèbre environnante. Dorianne faisait de moi ce qu'elle voulait, encore une fois. Elle avait besoin d'un spectateur pour un morceau de séduction ? Je serais le témoin passif de la scène choisie. Un vrai boulevard ! Je me sanglais sur mon strapontin et j'attendais que ça tourne à la pantalonnade.

Son vin rouge de médiocre millésime me causait des brûlures amères, fomentait en moi des ulcères. J'étais déjà digéré par elle, presque assimilé. Il était normal après tout qu'elle se tournât vers une nouvelle proie. Pierre excellait à ce jeu-là, il était expert dans l'art d'imiter le gibier pour mieux se révéler chasseur. Tandis qu'il dansait autour de ma blonde tel un sauvage réducteur de têtes, je commençais à croire que mon amour n'avait peut-être pas existé exactement sous la forme que mes désirs embués avaient pris l'initiative de lui prêter.

— Dorianne, disait Pierre à mon adresse, comme si l'objet de sa dévorante curiosité avait été absent, Dorianne, c'est une quêteuse d'absolu, voilà tout ! Le vin rouge lui sert à nier le néant, c'est son présent divin, c'est sa vie, le vin, tu comprends, vieux Vincent ? Évidemment, c'est un vice qui rend la vie impossible aux autres, mais ça, ce n'est pas son problème à elle, si tu veux mon avis... J'ose prédire que le jour où notre petite Dorianne à nous comprendra qu'il n'y aucun absolu à viser en ce bas monde, aucune valeur sûre, et que l'amour n'est qu'une fonction destinée à nous rendre l'existence un tant soit peu supportable, et qu'elle aurait, la Dodo, tout intérêt à avoir l'amour joyeux au lieu de l'avoir triste, ce jour-là, Vincent, tu m'écoutes ? ce jour-là, notre Dorianne n'aura même plus besoin de sa béquille liquide. Ah, Dorianne impossible ! s'exclama-t-il en lui prenant la main, reste que c'est une belle chimère que cette union parfaite, absolue, cette fusion sublime de deux corps comblés à laquelle tu aspires en secret. Et au moins, quand ça ne marche pas, tu peux en rejeter la faute sur l'autre, la responsabilité incombe aux deux, c'est plus confortable !

— Ha ! Ha ! Ha ! fit Dorianne de bonne grâce.

Je savais à quel point il disait vrai, à quel point Dorianne avait besoin de mêler les autres à sa tourmente intérieure. Elle ne pouvait pas supporter que l'on soit différent d'elle, et surtout que l'on puisse se permettre de brandir cette différence comme un bouclier. Dorianne n'acceptait, en fait d'hypothèse de bonheur, que le vaste nivellement d'un univers noyé par elle et en elle.

— Tu veux un steak, Pietr ? hurla Pierre à travers les deux pièces. Un grommellement à peine perceptible lui répondit. Depuis le début de la panne de courant, Pietr n'avait pas bougé, on ne l'avait pas entendu remuer le petit doigt. Il était figé sur place.

— Et puis, poursuivit le maître-queux avec un clin d'œil qui perça l'obscurité en direction de Dorianne, qu'est-ce que tu fais là dans le noir, tout seul, espèce de petit cochon ? Hein ? Tu es sourd ou quoi, Pietr ? Ah ! Ah ! Hi ! Ah !

— Ça le changera de ses pogos, opina-t-il pour nous seuls. Oui, les amis, le régime alimentaire de notre petit Polonais est d'une bien désolante uniformité : son trou de cul ne voit passer que des féculents ! Refaçonnés par le côlon, s'entend ! Vous savez, on sent bien que ce gars-là ne bouffe pas par plaisir, que son idéal, au fond, ce serait plutôt la simple sustentation. Si ses pilules blanches étaient suffisamment nutritives, je suis sûr qu'il se contenterait de ça, de les gober chaque jour comme un automate, rien d'autre !

Pierre s'interrompit et, penché sur la flamme circulaire d'un bleu cérémonieux qui léchait de nouveau les parois de la poêle, il observa avec emphase, en croquant dans chaque syllabe :

— Gaz naturel ! Grâce au gaz naturel, vous allez survivre un soir de plus, mes amis ! Ah, je sais bien que cette flamme ectoplasmique n'a surtout pas l'air naturel, mais alors, pourquoi cette appellation ? Les mots ne mentent pas, mes amis, il n'y a que les gens qui sachent faire cela.

Sans transition, après avoir plongé une autre tranche bien grasse dans la friture fumante, il revint vers nous et continua :

— Oui, il m'inquiète, le petit Pietr. Vous avez vu comme il est maigre ? Il a toujours été un peu parano, tu le sais, Vincent, mais depuis que les prédicateurs lui ont planté cette notion de pureté dans les sillons du cerveau, son cortex est en train de germer comme une patate, parole, et ça donne des fruits plutôt inquiétants, je dois dire ! Il s'est mis en tête d'appliquer leurs enseignements avec un zèle un tantinet abusif, je trouve, il les interprète même à la lettre, voyez le genre ? Savez-vous que notre ami Pietr prend souvent des douches qui durent une heure bien comptée ? Enfin, jusqu'à ce que l'eau chaude vienne à manquer. Et il répète l'opération dès que possible ! Je le trouve bien assez pâle comme ça, s'il faut qu'il persiste à se laver sans relâche en plus, comme si un simple savon allait pouvoir le purger de tous les péchés de la chrétienté ! Mais voici le pire : pas plus tard qu'hier, il m'a affirmé sans broncher qu'un micro était caché dans le pommeau de la douche, vous vous imaginez ? Je l'ai rassuré en lui faisant valoir qu'il n'a jamais été un grand ténor des salles de bain : si vraiment ses séances de rabotage épidermique font l'objet d'écoute électronique, il sera facilement, hi hi, blanchi, lavé de tout soupçon, vous saisissez l'astuce ?

— Hi ! Hi ! fit Dorianne.

Moi aussi, je voyais le genre.

La lumière revint d'un seul coup et nos yeux douloureux se drapèrent de nos paupières. Lorsque nous les rouvrîmes, le Pietr en question s'encastrait dans l'entrée de la cuisine et on ne distinguait pas plus d'expression à la surface de ses globes oculaires qu'au creux de ses narines. Il était émacié au possible, le Pietr, Pierre avait raison. Il fondait sur pied, il était blanc comme une hostie et avait, de cette espèce de l'eucharistie, le même air fragile, facile à faire craquer.

— Bonjour, petit Pietr, lui lança Dorianne qui tentait tant bien que mal d'habituer ses yeux à la vive clarté tombant du plafonnier.

Elle leva sa coupe en direction du nouveau venu et celui-ci hocha la tête.

— Alors, comment ça va, ton livre sur Solidarité, demandai-je pour le mettre à l'aise.

Il haussa les épaules et ce fut Pierre qui répondit à sa place :

— Il n'a pas écrit une seule ligne depuis le début de l'année. Je suis le seul à travailler, ici. En fait, je pense que Pietr a développé une théorie assez originale sur le régime du général Jaruzelski, et il vous en parlerait peut-être si Dorianne ne le gênait pas tant. Mais le vrai problème, je crois, c'est que notre ami est si intimement convaincu du caractère révolutionnaire de son futur bouquin qu'il s'est, parallèlement, persuadé que l'œuvre serait saisie avant même que la première page n'ait été complétée. Pietr n'a pas l'angoisse de la page blanche, voyez-vous, il a l'angoisse, plus rare, de la disparition de la page !

Pietr hochait doucement la tête, imperméable aux flèches.

— Mais peut-être bien, après tout, que le vide vaut mieux. À la rigueur, on pourrait soutenir que toute écriture est souillure, pas vrai, Pietr ?

C'est moi qui avais parlé, avec une gravité pénétrée. À demi tourné vers Dorianne, je caressais le dessein plus ou moins avoué de me faire valoir d'elle, en même temps que je lui adressais un reproche voilé.

— Et toi, vieux Vincent, tu as lâché ton Grand Roman Québécois ? attaqua Pierre en mimant habilement l'indignation. Quel crime contre l'humanité et contre notre littérature !

Il voulait plaisanter, mais je ne sus que dire. J'étais tout bonnement penaud et le joug de la fatigue, de toutes les fatigues accumulées, physique, mentale, morale et mortelle, revint s'ajuster à mes épaules affaissées, carcan resserré d'un cran. Il y eut un lourd silence. Pietr observait sévèrement Dorianne qui plissait les paupières et clignait toujours des yeux. Une mouche alla se poser à la frange du gras très blanc qui bardait la pièce de viande destinée à Pietr. D'un geste théâtral, Pierre chargea en direction de la cuisinière en brandissant une énorme fourchette. Manquant de peu la mouche, il embrocha la tranche crépitante et, la soulevant dans les airs pour la retourner, énonça avec importance :

— Ça, mes amis, ce n'est pas la littérature qui met ça dans votre assiette ! La littérature ne connaît pas la rouge carnation des choses vivantes ! Il faudrait écrire en lettres de sang !

— En lettres de sang, reprit Dorianne, perdue dans une attitude d'abandon.

Sa voix trahissait une grande attirance.

Pierre, sans quitter ses mines de conquérant, s'empara des contenants d'épices et entreprit un saupoudrage à toute volée.

— À propos, annonça-t-il à brûle-pourpoint, mon petit Pietr, je te préviens tout de suite que l'ail ne figure pas sur la liste des aromates, ce soir. Il n'en reste plus, j'ai regardé dans toutes les armoires, et tu sais bien que nous sommes trop fauchés pour pouvoir improviser *in extremis* une expédition de ravitaillement. Il va falloir te contenter de poivre noir et compagnie, comme nous autres.

Pietr haussa les épaules, pencha davantage la tête en signe d'impuissance et murmura d'une voix blanche :

— C'est pas grave. De toute façon, j'ai pas tellement faim.

Et il tourna le dos sans plus accorder d'attention au sujet.

— Tu ne veux pas un bout de pain sec, au moins ? lui cria Pierre, déconcerté, en lui jetant un quignon qu'il attrapa au vol.

— Hmmmm...

Quelques instants plus tard, nous entendîmes l'averse très localisée qui, sous la pomme de douche, faisait chanter l'émail de la baignoire sous une grenaille de gouttes.

* * *

Tu m'auras fait souffrir dans ma chienne de vie, dans ce petit bout de chienne de vie que je t'ai abandonné comme un os à gruger et dans lequel tu as si innocemment planté tes dents pour me secouer comme un jouet, Dorianne.

Il pleuvait encore des hallebardes. La prison Parthenais, étouffée sous l'épais rideau des éléments déchaînés, surplombait de toute sa masse mon visage noyé de larmes vineuses. Cette bastille à pic me paraissait, dans sa satanique splendeur, le réceptacle idéal de mon âme malade, de mon âme à enfermer au plus sacrant pour la soustraire aux rigueurs du dehors et aux ailes de la liberté et à celles de l'amour. La liberté sexuelle, ils étaient garantis de ça, en dedans. Mon âme de criminel était encore inapte à articuler son premier cri. Parthenais m'écrasait comme un destin.

J'aimais trop pour ne pas me complaire dans l'ignorance. L'amour repousse toujours la lucidité à grands coups de faux. Mais la vérité peut aussi n'être que ce qu'on voit. Le désir de Pierre, diagnostique et navré, semblait se buter à la surface de Dorianne, refusant d'interroger les espaces inconnus circonscrits par sa flamme. Il limitait sa volonté de possession au confortable paquet de viscères et d'organes vers lequel le poussait bien haut son aiguillon.

Pietr, par contre, paraissait nourrir des intuitions pas mal plus précises, mine de rien. Son idée était visiblement arrêtée depuis longtemps, au brave Polonais, et déjà ficelée, prête à déballer, mécanique comme une prière. Son regard ne cherchait en Dorianne que la confirmation de faits déjà prouvés sur le papier. On le sentait pourtant capable de percer la façade des tissus, de s'enfoncer avec effort dans les profondeurs glauques, comme un poisson blanc aux yeux globuleux, pour y fouiller les anfractuosités interdites et y dérober les secrets les mieux gardés, habilité par quelque mystagogue d'opérette à déjouer les dragons et cerbères de ce trésor de toutes les ivresses.

Et la façon dont Pierre l'avait touchée devant moi, et la façon dont Pietr l'avait guignée, tout cela me troublait, me forçait vers l'extérieur de leur triangle magique pour me réduire au rôle de planton devant la prison ruisselante de pluie, dans le noir du haut mur et le noir broyé par mon âme et pulvérisé sur toutes les parties de mon être.

Quand cette station debout, à force de se prolonger, m'eut bien convaincu que nul prisonnier, nul prévenu, nul locataire des étages supérieurs du donjon ne saurait se trouver plus malheureux que moi en ce moment, parce que ma prison à moi était faite de cette même denrée qui leur était systématiquement refusée et que j'avais ainsi perdu jusqu'au privilège de l'illusion, je poursuivis ma déambulation plus loin, en direction du fleuve fondu dans l'obscurité. Le pont Jacques-Cartier coiffait le cours d'eau d'un heaume ouvert à tous vents. Braillant comme un veau espagnol mal sevré, je grimpai à un grillage, sautai la clôture et m'étendis de tout mon long de l'autre côté. Relevé, je trébuchai encore entre les rails luisants qui sabraient dans le flanc de la ville et coupaient celle-ci de sa source historique, puis je me tins debout devant les hauts terris de mâchefer qui dressaient leurs profils tourmentés non loin des piliers du pont, forteresses de vieux fer tordu rescapées de tout un glorieux passé d'industries vaillantes et de progrès triomphants, ligne de fortifications qui ne défendait plus que l'image de sa propre décrépitude, la ruine des eaux et la vétusté des wagons immobiles, écrasant à jamais ma personnalité d'avorton d'une ère nouvelle.

J'étais content d'arriver là, à l'ombre des installations portuaires obsolètes et des usines aux carreaux fracassés. Je me sentais soulagé, en phase avec tous ces rejets du siècle suintant de suie qui s'achevait. Je sus sur-le-champ, avec une extraordinaire acuité, que j'appartenais à l'âge du Mâchefer et que les manufactures abandonnées avaient définitivement remplacé les grottes matricielles et les châteaux médiévaux. Compte tenu du décor, je ne fus pas vraiment surpris de voir apparaître Dorianne au milieu de la tempête et des gifles de pluie m'aveuglant à moitié, de la voir se détacher d'un volute de brouillard en train de se déchirer à la pointe d'une poutre de métal rouillé. Elle s'incarna là, au sortir de ce banc de brume posé comme un bloc de marbre en partie effrité sur la montagne de mâchefer fuligineuse. Comment avait-elle fait pour grimper là-haut ? Avec Dorianne, j'apprenais à ne plus poser de questions.

C'était un bel endroit pour se planter un clou dans le pied, pour se taillader une cheville, pour se taper, est-ce que je sais, moi ? un magistral empoisonnement du sang, le tétanos ! Je faillis lui crier de faire attention mais je fus effleuré par la vague conviction que Dorianne se trouvait au-dessus de tout cela. Illuminée par les éclairs squelettiques qui martelaient tout le faubourg de leur cadence macabre, elle se tenait là, perchée comme un oiseau de proie sur le tas de débris, et les pans de son sinistre paletot, enflés par le vent qui sifflait dans son dos, lui faisaient des ailes déchiquetées se découpant à peine contre le ciel de charbon. Elle était là et ça, ça me dépassait. Je n'y pouvais rien. Elle était là et ne s'en irait pas, n'avait nulle part où aller, ne sauterait pas, ne franchirait jamais ce fleuve dont l'écume traçait des sentes phosphorescentes dans l'ombre des quais, non, Montréal était sa ville et moi j'étais son homme et elle était ma bête noire et mon dieu, mon ange gardien et le garde-chiourme luciférien de toute cette galère incroyable.

* * *

Ma passion exclusive me coupait progressivement de toutes mes relations ordinaires, de ces amis d'enfance ou collègues d'un semestre avec qui j'avais pris l'habitude de tenir des sessions de pourparlers à bâtons rompus à la terrasse du coin, devant un bock et des bretzels, occasions de rivaliser d'esprit et de science, d'idées et d'expériences, évitant d'élever le ton, cependant, car tout discours un tant soit peu intellectuel, entendu si près de la rue, prend malgré lui des accents péjoratifs. On se culpabilise du mieux qu'on peut.

Du côté de la famille, le même phénomène se produisait en parallèle : Dorianne tranchait joyeusement dans les liens du sang, faisait le vide à grands coups d'insinuations persifleuses et de scandales judicieux. Elle savait l'art de préparer des cocktails caractériels détonnants. On ne pouvait la mettre en présence de personne impunément. Elle ne tolérait que la compagnie des individus de sexe opposé bien disposés envers elle. Comme je répondais évidemment à cette dernière définition, elle me tolérait, de la même façon qu'elle tolérait le vin : passé un certain seuil, on assistait à l'apparition des symptômes morbides.

D'autre part, Dorianne s'arrangeait pour garder, grâce à ses inépuisables réserves de mépris naturel, toutes les autres filles à bonne distance de l'appartement de la rue De Lorimier. Il me suffisait de prononcer un prénom à consonance vaguement féminine pour déclencher les pires colères. Le résultat de cette mécanique impitoyable fut la rigoureuse absence d'autres éléments féminins dans ma vie de cette époque.

Il fallait être fou pour aimer cette fille. Or, les fous n'ont jamais manqué, leur nombre relativement élevé offre même l'une des rares constantes de l'histoire de l'humanité. Mais tous ceux qui n'étaient pas toqués ne pouvaient que détester cordialement ma Dorianne adorée, abhorrer d'emblée sa voix douce et haïssable, sa manière chafouine de rabaisser ses interlocuteurs ou de les aguicher habilement pour se défiler devant toute forme de remontrance. À l'état sobre, elle éveillait déjà la méfiance. Sous l'empire du vin, sa seule proximité suffisait à faire jaillir étincelles et flammèches et les plus introvertis se montraient prêts à s'ouvrir les tripes pour en découdre. Il fallait aimer Dorianne ou aimer le monde, il n'y avait pas de place pour les deux dans un cœur humain. Si jamais l'amour-haine, de par le monde entier et les millénaires passés, requiert des témoignages irréfutables, je nous cite tous les deux à comparaître, sans l'ombre d'une hésitation.

J'avais réussi jusqu'à ce jour, parmi la liste restreinte

des principes gouvernant ma vie, à tenir dans une indifférence béate tout sentiment pouvant toucher de près ou de loin à la jalousie. Cette rature en règle était l'aboutissement d'un apprentissage en bonne et due forme mais, avec Dorianne, il me devint impossible de persévérer le long de cette voie bénie. Dans l'espèce d'étroite communion qui nous soudait ensemble autour de la table de la cuisine, à l'heure du souper, ou au salon, plus tard, au milieu du mobilier centenaire écrasé par la poussière et la passivité des velours mauves, à mesure que nous emplissions et vidions les verres de vin rouge, plongés dans une fascination rituelle qui nous rapprochait tellement l'un de l'autre que j'en vins à voir dans la bouteille une sorte d'excroissance de vitre opérant notre jonction à la façon des points de contact de deux jumeaux siamois, il était déjà passé tant de moi à elle que lorsqu'elle finissait par m'abandonner, au mitan de la nuit, pour la promiscuité d'un portefeuille plus avantageux, je me sentais volé, je ne pouvais plus que me révolter contre cette ablation intime, abjecte. Quand elle me faussait compagnie, je perdais mon image dans le miroir.

Alors je m'accrochais. Je m'agrippais à elle comme au timon d'un bateau ivre et nous nous dandinions entre les hautes lames luisantes des gratte-ciel. Nous nous engouffrions dans un taxi, vers dix ou onze heures, quittant les bouteilles domiciliaires vides pour leurs jumelles identiques pleines qui se dresseraient à notre rencontre, écueils souhaités au creux des îles de la ville, dans le repli brûlé des ailes de ma vocation qui s'engloutissait tranquillement. C'était comme ça.

Lors d'une soirée typique, Dorianne faisait d'abord

l'essai de ses charmes sur la vulnérable personne du chauffeur de taxi. Les voitures étaient à ses yeux des endroits privilégiés pour éprouver les limites de la patience humaine. Elle demandait tout de suite, les lèvres arrondies par une mimique qui pouvait encore passer pour aimable :

— Mettez de la musique... Plus fort, la radio, monsieur !... Château ! On n'entend rien !...

De caprice en caprice, elle lui faisait faire le tour des stations radiophoniques, en une valse d'ondes endiablée, cherchant avec une application dédaigneuse le son qui donnerait le ton à sa soirée. Lorsqu'elle tombait en arrêt sur quelque chose de criard et de musclé à son goût, elle imposait une ultime hausse de volume au chauffeur qui conservait encore l'illusion, le pauvre, de pouvoir contenter à si peu de frais ce spécimen de clientèle jamais mentionné dans les manuels d'instructions. Ah ça, pour mettre quelqu'un hors de soi, Dorianne n'avait pas son pareil. Hors de moi, pour ma part, j'y étais depuis longtemps et je ne voyais pas encore le bout de cet ailleurs interminable où nous entraînait le roulement excédé des taxis.

Une fois le conducteur passé indemne et imperturbable à travers l'épreuve des questions personnelles (Quel âge avez-vous ? Êtes-vous marié ? Quel âge a votre femme ? Est-ce qu'elle est belle ? Est-ce que vous l'aimez encore ?), Dorianne sautait à l'étape suivante : le coup de la séduction, sans aucun égard à la condition physique du bonhomme (seuls les immigrés au volant la rebutaient ; sur ces trières folles que constituaient nos épopées nocturnes, ses préjugés aristocratiques restaient bien arrimés). Elle se penchait au-dessus de la banquette avant, touchait le bras ou le genou de l'homme ramassé devant son tableau de bord, promenait sa main dans des cheveux souvent grisonnants et raréfiés, rectifiait le port de la casquette du brave gars, multipliait les chatteries et les minauderies, plus osées si le type était jeune, plus tendres s'il s'avérait d'âge à être son père, sans jamais tenir compte de ma présence indéfectible dont le chauffeur tenait à s'assurer, à répétition, en dirigeant un coup d'œil gêné et incrédule vers l'arrière. Pour le rassurer et ne pas compromettre la sécurité de l'équipée, je lui disais, presque protecteur :

— Il ne faut pas vous en faire, allez… Elle est comme ça… Pas dangereuse.

Mise au point qui suscitait invariablement une réplique cinglante de la partie féminine :

— Ne l'écoutez pas, lui ! D'abord, ce n'est même pas mon ami ! Ce l'était, mais c'est fini ! Et puis, tiens, arrêtez ! Moi je descends ! Arrêtez, je vous dis !

— Elle parle drôle, elle a un drôle d'accent, me disait le conducteur en me cherchant des yeux.

Il ne trouvait rien de drôle dans tout le reste.

Elle lui prenait le bras et tirait, essayait d'imprimer des secousses au volant, se jetait entre les sièges pour tenter de mettre la main sur le frein d'urgence au fond de la voiture, sans cesser de crier au chauffeur d'arrêter, d'arrêter. Le bonhomme s'efforçait de la repousser, se retournait à moitié pour se colleter à elle, au risque de caramboler tout ce qui le précédait sur le chemin, puis fixait le rétroviseur pour tâcher de deviner la prochaine manœuvre de la passagère. Ce n'était pas de tout repos d'avoir Dorianne sur le dos.

— Qu'est-ce que je fais ? finissait-il par demander d'une voix lamentable.

Lorsque le véhicule s'immobilisait enfin, Dorianne faisait soudain volte-face et décidait :

— Non, c'est lui qui descend ! Moi, je continue ! Je ne veux plus le voir !

— Il va falloir payer avant, me prévenait le chauffeur, sympathique.

Et tout à coup, rebondissement, Dorianne, déjà dehors, s'esquivait par une venelle et je déboursais le prix de l'errance tandis que l'homme du taxi secouait la tête avec commisération, ému d'avoir rencontré un autre martyr de l'aventure conjugale et m'accordant les yeux fermés son suffrage pour le jour où mon procès en canonisation commencerait. Je m'éjectais de là sitôt le pourboire accepté et je me coulais dans la nuit venteuse et, alors, c'était comme un rêve, tout se passait à peu près comme dans ce cauchemar que je fis vers cette époque et dans lequel Dorianne, après moult péripéties sociales, me plaquait pour le premier venu, ayant pris soin cependant, avant de disparaître, de laisser planer sur moi un regard éperdu contrastant avec la cruauté fortuite de ses traits et gestes, et je savais qu'elle voulait dire, tandis que son corps l'emmenait à la dérive, à la renverse : *Oh mais toi, amour, ne me laisse pas. Eux, ce sont les autres, mais toi, tu n'es plus un autre.* Et, en finale de cette surdose d'angoisse qui m'avait fait suer de longues secondes, je me lançais sur ses traces, sur ses talons littéralement, en criant DORIANNE DORIANNE ! mais le sol formait à ce moment une pente de plus en plus prononcée que bientôt il me fallait carrément grimper, le sol devenait un mur haut et noir et je grimpais à quatre pattes en me hissant à l'aide des aspérités tandis que Dorianne, hors de portée au-dessus de moi, était suspendue par les pieds, accrochée au mur comme sur le point de chuter et de m'entraîner avec elle mais restant collée là, plaquée contre le mur, la tête en bas, et elle pleurait *Bouh bouh* et elle avait peur de tomber *Bouh bouh* et moi je disais, je criais DORIANNE DORIANNE ! Mais du fond de la ruelle, à mon réveil, il n'y avait plus qu'un vieux chien qui, la corde au cou, me répondait.

* * *

Par une belle fin d'après-midi du début d'août, échoué sur une terrasse offrant comme de coutume deux bières pour le prix d'une, en plein naufrage mental, je résolus de me soûler froidement, seul, afin d'assumer l'ivresse comme une responsabilité, cette fois, plutôt que comme composante de l'esclavage amoureux. Un peu plus tôt, nous avions échangé des mots vifs à propos d'une peccadille et un cendrier étincelant, laissant dans son sillage une traînée de particules semblable à la queue d'une comète, avait tracé dans l'air gris de la chambre une courbe gracieuse pour venir, en éclatant à proximité de mon nez, me signifier la fin de l'entretien. Je n'avais pu faire autrement que d'inhaler toute cette cendre. Elle avait le goût de notre amour.

Donc : terrasse, groupes bruyants, rires gras, grappillage d'amabilités banales, sociabilité, séduction, sexe en bout de ligne de coke, appâts, piège, poison. Tout le paradigme irrépressible de l'anéantissement par coït ininterrompu. Moi : deux bières dansant sur ma table, posant aux monuments d'ambre élevés à l'oubli. Je n'écrivais plus. Je ne vivais plus. Il ne me restait que lui : l'Oubli. Que la vie pouvait donc m'oublier, comme tous ces gens m'entourant gaiement, m'oubliant pour ne m'avoir jamais connu ! Oublier Dorianne ! Ne jamais nous connaître, revenir en arrière, redevenir anonymes l'un pour l'autre, inoffensifs comme l'inconnu. Comment tous ces buveurs heureux pouvaient-ils donc continuer à ignorer obstinément l'existence de ma compagne ? Il y avait de l'insouciance là-dedans.

Mais la mémoire, chose vivante, possède des membres et des extrémités sensibles. Justement, je vis venir à moi mes deux larrons de jadis, tout imprégnés de notre passé commun : Pierre le prédateur, et petit Pietr le Polonais avec l'éternelle théorie de ses appréhensions vissée dans son esprit tortu. En plein ceux que j'avais besoin de voir ! Ils furent affables, comme je m'y attendais. Fauché, Pierre m'emprunta cinq dollars. Pietr décida qu'il boirait peut-être une bière.

— Ce vieux Vincent ! me lança Pierre avec, quasiment, de la tendresse. Décidément, tu as l'air de mener une vraie vie de patachon, hein, mon gaillard ? Tu brûles ta chandelle par les deux bouts, Vincent ! Et c'est moi qui suis en train de te sermonner, tu te rends compte ? Ça doit être la fréquentation de Pietr qui me fait de l'effet. Mais, ma parole, tu es devenu aussi pâle que notre Pietr national, nationalisé, je veux dire naturalisé, plutôt, dans le sens d'empaillé, il va de soi, mon vieux, ce qui n'est pas banal, sauf que lui, c'est de ne pas sortir assez qui lui fait cet effet-là !

— Ouais, fis-je.

— Hmmmm… fit Pietr le petit Polonais.

En grande forme, le Pierre.

— Pietr, poursuivait-il, il sort tellement peu que, hier, n'en pouvant plus de le voir là, je l'ai entraîné de force, toute une partie de la nuit. Il faut dire qu'à moi aussi, ça commençait à manquer, le petit miracle de la multiplication des pattes. Ces derniers temps, j'ai presque atteint le même point que toi à tes meilleurs jours, mon vieux Vincent, c'est tout dire. Je noircis du papier en quantités industrielles, des rames et des rames, toujours cette même nouvelle qui s'amplifie, tu te souviens ? Maintenant, mon virus inventé en est rendu à s'attaquer aux fœtus, je ne t'en dis pas plus. Bref, pour revenir à hier, en bons hiboux, nous nous tapons la tournée des grands ducs, je suis accueilli partout comme un grand ressuscité, pour ne pas dire un revenant, je présente des filles à Pietr mais tu le connais : dégourdi comme un dindon, notre ami ! Aux petites heures, toujours pas d'âme sœur pour le petit Polonais ! Et moi, investissant charitablement toutes mes énergies dans sa quête à lui, je ne suis pas mieux servi. Ça leur fait peur, un gars qui se met à vous parler sans prévenir des prophéties funestes du grand Je-Ne-Sais-Pas-Trop-Qui. Alors tu sais ce qu'on fait ? Revenus chez nous, je téléphone (Pietr il est trop gêné, ou brouillon, enfin…) à une de ces agences qui vous envoient une danseuse directement à domicile, dans ta chambre si tu veux mon vieux, et tu peux même aller plus loin, moyennant un léger supplément il va sans dire. Donc la fille s'amène, commence à se mettre à poil dans le salon, imagine-toi notre petit Pietr comme ça le changeait de la tévé ! Mais bon, à un moment donné, il faut compter les sous, et il constate qu'il n'a plus un rond, moi non plus, je l'ai prévenu, je suis cassé comme un clou, alors c'est la panique, la fille renfile les pelures qu'elle avait entrepris d'éparpiller un peu partout et se met à nous gueuler après, elle voulait être payée, naturellement (mais pas en nature, malheureusement), on lui donne tout ce qu'on a, à deux, mais ce n'est pas assez pour la calmer. Ce n'est pas riche, notre affaire. Elle menace de faire monter le gorille qui attend en bas dans l'auto, mais elle finit par partir en lâchant tous les gros mots qu'elle sait et qui font trembler le crucifix qui monte la garde devant la chambre de Pietr. Nous, on n'était pas gros. Petit Pietr en a été quitte pour se passer un coup de poignet en privé et moi, pour passer un coup de fil, il me restait quelques numéros de téléphone encore inexploités, inexplorés, comme tu voudras, mais c'est qu'il se faisait tard...

Pietr termina sa bière, bâilla et exprima le souhait de prendre congé de nous.

— Mais Pietr, protesta Pierre avec entrain, regarde toutes les filles plantureuses qui gravitent autour d'ici ! Allez, vas-y, fais-leur ta belle gueule de marin d'eau salée en bordée, tu vas les faire tomber comme des mouches à miel, leurs jambes vont te serrer les ouïes comme des pinces d'or !

— Tu déconnes, Pierre...

C'est moi qui avais parlé. Pietr, lui, haussa les épaules, juste un peu triste, et il s'en alla. Je me montrai sévère avec l'ami Pierre :

— Tu n'es pas très drôle, je trouve.

Pierre rejeta le blâme en usant de son arrogance coutumière. Il possédait ce don tranquille qu'ont certains individus de toujours paraître en pleine possession de la vérité.

Plus exactement, il s'arrangeait en général pour faire briller sa propre petite vérité d'un éclat supérieur à celle du voisin. Quelle que soit la situation, Pierre se faisait fort d'en annexer toutes les circonstances à l'exercice de son bon droit. Ça lui donnait de l'assurance, dans la vie.

— Écoute bien ce que je vais te dire, Vincent! entonna-t-il sur une note vibrante. Personne sur cette terre ne fait plus que moi pour le petit Pietr ! Je suis son grand frère, rien de moins, et il le sait ! Un grand frère, c'est baveux mais c'est toujours là quand il le faut ! Quand j'ai rencontré Pietr, j'étais le premier habitant du Canada à lui adresser la parole. Il venait de débarquer, c'était le bordel dans son pays, l'armée dans les rues, on aurait dit qu'il était tombé de la lune. D'accord, il est aussi différent de moi qu'il est possible de l'être, mais je me suis fendu en quatre pour lui faciliter les choses. Voyons, Vincent, regarde-moi aller : je suis le vrai Canayen de souche, le chasseur de fourrures qui ne s'est pas encore habitué à ne pas dépenser toute sa paye dans la même soirée ! Tout m'éloigne du petit Polonais, de sa vieille Europe fatiguée, de son Église croulante ! Tout ! N'empêche que sans moi, sa paranoïa galopante lui vaudrait une belle petite cellule capitonnée. Tiens, en passant, il a changé d'idée, à propos du pommeau de la douche. Maintenant, il croit que c'est une caméra qu'ils ont installée là. Bientôt, tu vas voir, il va prendre sa douche tout habillé. Pietr, c'est mon petit frère, tu vois ? Je ne désespère pas de jeter un pont entre lui et moi, un jour. Je ne sais même pas pourquoi je fais tout ça. J'ai même réussi à lui faire diminuer sa ration de pilules quotidienne...

— Alors, reprit-il après une pause, mon vieux Vincent, avant de jeter la première pierre à ton ami Pierre, demande-toi donc, en toute conscience, ce que toi tu peux faire pour le petit Pietr, et si tu l'as fait, et si…

Il avait réussi à m'amadouer. Je fis, plus conciliant :

— Je sais, Pierre. Mais c'est la façon dont tu lui parles. Tu es… tellement dur… cruel…

— Ouais, je sais, reconnut-il rêveusement. Mais peut-être que les adeptes de la douceur n'ont pas le monopole de l'entraide universelle, après tout.

Après un nouveau silence, il ajouta :

— C'est les mots contre la mort, la grosse game. Mais comment parler à Pietr, ce macchabée mental, comment le faire parler ? Il est si différent, le petit Pietr.

— En tout cas, j'espère, grand frère Pierre, que tu as l'intention d'occuper cette soirée à prendre soin de ton autre petit frère, ou demi-frère, ou whatever ! Je sens que je vais partir sur une balloune terrible, camarade, mes pieds ne portent déjà plus à terre.

Il se leva, un air de ferme renoncement plaqué sur ses grosses babines.

— Nenni, mon ami ! Je dirais même plus : honni soit qui mal y pense ! Il se trouve que j'ai du travail, ce soir ! Je dois encore polir ma nouvelle, la polir jusqu'à ce qu'elle soit bien brillante, transparente dans tous les sens !

— C'est le monde à l'envers, ne pus-je m'empêcher d'observer, médusé. C'est moi qui sors dans les bars, c'est toi qui écris, et c'est Dorianne qui nous a fait tout ça. Parce que c'est bien pour la reconquérir que tu t'es mis sérieusement à la littérature, hein, Pierre ? Parce que l'amour tout seul, ça ne suffisait pas à la garder, pas vrai ? Elle, il lui faut les mots en plus.

— Mais non, se défendit-il maladroitement.

Dorianne, c'est toi. Je veux dire, c'est la tienne. C'est juste que j'en avais assez du night life, du nowhere perpétuel, tu comprends ?

— Ouais.

Comme il allait partir, j'ajoutai à la hâte :

— Quand tu parles d'un pont entre Pietr et toi, Pierre, tu penses peut-être à Dorianne ?

— Qu'est-ce que tu racontes ?

Il était déjà parti.

* * *

J'en vins à croire que la seule chose qui pourrait ultimement la sauver, ce serait d'atteindre au plus vite à l'amour ou à la mort, à l'un ou l'autre de ces deux pôles de la géographie individuelle. Elle ne pouvait plus continuer à se tenir entre les deux, en proie au grand vertige, à ne pas savoir aimer et à ignorer encore comment crever. Ce n'était pas faute de vouloir. La façon tragique et mécanique qu'elle avait de courir à la catastrophe avait quelque chose de merveilleux, de surnaturel. Même après que je l'eusse quittée pour de bon, et quitté le vaste appartement de la rue De Lorimier pour que l'automne recouvre une nouvelle fois ma vie, il suffisait que le téléphone sonnât et que la voix oppressée de Dorianne collât ses lèvres mouillées au récepteur pour que l'endroit où je me trouvais s'enveloppât aussitôt d'un délicieux climat d'angoisse. Alors, je savais que tout redevenait possible, je guettais le crissement de pneus des voitures, le claquement de chaque portière dans le crépuscule et le moindre éclat de voix arraché à la rumeur urbaine : par là pouvait revenir le malheur chéri.

Dorianne était un pantin pantelant entre les mains du sort. Sa faiblesse était devenue la mienne, mon faix, ma croix, et j'avais l'impression de foncer contre un mur, de m'y frapper la tête nuit après nuit. Gouverné par ma fascination, je m'étais laissé entraîner dans le tourbillon de sa chute. Le point de non-retour à ma table de travail approchait à grands pas. Mais Dorianne, elle, semblait revivre. Son état de santé suivait une courbe curieusement proportionnelle à mon dépérissement. Elle était plus belle que jamais, en ces jours de feu au goût de décadence. Ses lèvres vermeilles, ses pommettes saillantes et reluisantes, son nez crochu qui projetait sa morgue sur quiconque osait lui faire face, et ce teint d'une pâleur de cire sur lequel le rouge inquiétant des yeux et des joues se détachait, jurant contre la carnation du corps : elle irradiait.

Elle m'expliqua un jour qu'elle souffrait d'anémie. La lumière vive lui écorchait cruellement la vue. Sous le stéthoscope sans complaisance d'un omnipraticien, sa condition aurait sûrement été qualifiée de maladive. Mais, le soir venu, elle se remettait à resplendir, sa vigueur éclatait, neuve, à la mesure d'une autre nuit. Elle brillait de l'intérieur, diaphane foyer d'incendie. C'est sans doute ce qui la faisait tenir bon, ce paquet de paradoxes à affronter, cette obligation de toujours se cimenter contre un ennemi bien intégré à sa petite personne.

À la fin du jour, Dorianne ressortait de notre chambre jonchée de mégots et de taches de vin et de cendre et de poussière, elle ouvrait une nouvelle bouteille, buvait de nouveau et bientôt braillait comme un veau et puis retournait hanter la ville, rôder dans l'univers pulsionnel des hommes frôlés dans l'ombre par les pans noirs de son ensorcelant paletot. Durant de longues semaines, elle ne paraissait subsister que de vin rouge, toujours plus de vin rouge. Je ne la voyais jamais manger, jamais se faire griller ne serait-ce qu'une tranche de pain lorsqu'elle rentrait au petit matin, une expression de contentement brut peinte sur ses traits déformés. Elle ne commandait jamais rien, pas même des frites, lorsque je réussissais à la traîner de force, le temps d'avaler un hamburger et un Coke, dans un de ces fast food où elle ne prisait guère la puissance policière de la lumière blanche. Dorianne professait un mépris souverain pour toute nourriture solide. Un jour, ayant pu me défaire de son emprise assez longtemps pour aller assister à un repas chez mes parents, j'en rapportai une superbe miche de pain frais cuit à la maison par ma bonne mère et orné d'une irrésistible croûte odorante et dorée à point. Dorianne jeta sur cette offrande un regard de répulsion contenue et dédaigna de toucher à une seule miette de mon festin.

— Je n'ai pas faim… qu'elle répétait avec entêtement.

Son sommeil diurne avait la profondeur d'une narcose et je commençais à croire qu'elle partirait comme cela, au seuil d'un soir prochain, incapable de se relever, bienheureuse dans l'anesthésie totale et définitive. Mais, pour me faire mentir, elle prospérait insolemment, buvant et cuvant sans cesse son soleil en bouteille et n'affichant que moquerie lorsque j'essayais d'attirer son attention sur l'affaiblissement grandissant, la déchéance morale et le délabrement mental qui me gagnaient un peu plus à chaque minute de ma vie avec elle.

Lors de mes rares apparitions à la table de travail, je me jugeais stupide, c'était irréversible. Les idées me désertaient. Ma mémoire était une passoire par laquelle mes grands mots se glissaient en ne laissant derrière eux que leur sens vacant, flottant, fluide impossible à saisir. Déjà visible dans son aspect physique, ma décrépitude me préoccupait davantage dans son extension intellectuelle. En fait, c'est l'ensemble de mon système de valeurs qui était en train de prendre une débarque. Dorianne et moi étions unis pour le malheur et pour le pire.

Contrastant avec ses airs de reine en exil et ses ridicules de grande dame disgraciée, son petit côté peuple, après m'avoir agacé au début, prenait maintenant tant de place dans nos conversations que c'est l'intégrité même de ma pensée que je voyais menacée d'infiltration. L'apparition du boudin au menu et les railleries réservées au jardin communautaire avaient constitué de sérieux avertissements. Quand elle se tenait devant la fenêtre de mon bureau, dominant outrageusement, les poings sur les hanches, le minuscule édifice de ma machine à écrire, elle laissait des regards sarcastiques se perdre au dehors et des remarques acrimonieuses fuser de sa belle bouche si agréable à baiser.

— Les gens sont débiles ! Pourquoi sont-ils cons comme ça, donc ? Ce n'est pas normal, ami, de parler tout seul dans la rue.

— C'est la pollution, tout ce qu'il y a dans notre eau potable, dis-je sombrement. On assiste au déclin de l'espèce, ma chère, ceux-là ne sont que les précurseurs. Pense aux Romains, le plomb au fond de leurs plats. Festoyaient, ouais... Le cerveau festonné de poison, déjà. Est-ce que tu serais en faveur de l'euthanasie de masse à la mode de Hitler, par hasard ?

— C'est si beau, la mort, c'est si dommage qu'il faille la mériter, énonça-t-elle avec un accent bizarre.

Elle reprit, à peine moins sérieuse :

— Ton explication, en tout cas, me conforte dans mon abhorration de l'eau du robinet.

— Bah ! le vin, Dorianne, ils lui font franchir l'Atlantique par superpétrolier, dans des réservoirs enduits de mazout. Peut-être que bientôt, il y aura une *marée* rouge, un désastre écologique, tous les poissons de l'océan seront soûls.

— Franchir l'océan à fond de cale… Je serais bien, moi, dans tout ce vin… Hi ! Hi !

— Et puis, il y a eu le scandale de l'antigel ! Remarque, ce serait peut-être bon pour toi, quelques gouttes dans les veines. Ah ! Ah !… Mais c'était dans le vin blanc, je crois.

Sa position à l'égard des immigrés manquait elle aussi de compassion. La plupart des jardinets qui occupaient le terrain voué par décret municipal aux joies de l'horticulture étaient entretenus par des familles de souche étrangère qui venaient religieusement, le dimanche matin, jouer du râteau et de la binette.

— Tu trouves que c'est sain, toi ? s'exclamait-elle furibonde. Ah, je te vois venir, mon ami : le jardin d'Éden, la pureté ! Parlons-en de la pureté ! Adam et Ève, eux, n'avaient pas de problèmes de races ou de racines. Mais eux autres, là, regarde-moi ce mélange de peuples ! Ils retournent la terre, ils plantent, ils sèment, ils font pousser des affaires ! Qu'ils retournent donc la terre chez eux ! C'est une vraie invasion, la seule différence, c'est qu'ils sont armés d'instruments aratoires au lieu de fusils... Ce sont des vulgaires paysans, conclut-elle d'une petite voix fate.

Dans sa bouche, le mot paysan avait une saveur empruntée aux siècles passés.

— Émouvant petit couplet sur les pères défricheurs du pays, prononçai-je en me composant une docte attitude. Mais j'ai bien envie, ma fille, de t'agiter ta propre origine sous le nez : il me semble avoir entendu dire, quelque part entre les branches de ton arbre généalogique, que ton père a touché terre ici pour fuir une invasion de barbares communistes. Tu es un peu fille d'immigrant, chérie, ton attachement au terreau natal, d'ailleurs, n'en est que plus admirable ! Songe que la terre qui a collé aux semelles de botte de ton paternel, la terre qui s'est mêlée au sol québécois quand il s'est secoué les pieds en débarquant, c'est de la bonne terre de Hongrie !

— Je t'ai dit que ce n'était pas mon vrai père, fit-elle d'une voix suppliante.

— C'est quoi un vrai père, Dorianne ?

— Celui dont je tire mon sang... tout simplement...

Elle avait dit cela sur un ton grave. Puis, étrangement attendrie, elle se coula contre moi et me mordilla la peau du cou en disant :

— Que tu parles bien, amour ! Comme on dit : tu causes comme un livre.

Plein de regrets, les yeux sur la machine à écrire tout près, je répondis :

— Ouais, à défaut de l'écrire. Mais je n'ai plus la force de coucher tout ça sur le papier.

Pour me taquiner, comme elle aimait à me traiter en

doyen fatigué, elle murmura malicieusement en me tirant par la manche :

— Viens te coucher toi-même, son père.

* * *

Oui, j'avoue : j'en étais fou. Je n'avais jamais le temps de faire ouf. L'idylle se prolongeait, chaotique, hoquetante. Mais c'était trop sporadique pour pouvoir ressembler à du bonheur, ça versait un peu trop facilement dans l'horreur. Je n'étais plus capable de la suivre chaque nuit, de me livrer à elle corps et âme liés, de remplir de bonne foi ce rôle de simple spectateur qu'elle me proposait pendant que, son verre rempli par un autre, elle rayonnait tous azimuts dans les bars, au bout des amarres tendues vers les passagers de l'amour.

Je restais chez nous, étendu, longtemps après que la télé s'était tue, sur le divan rigide où avaient siégé son père et sa mère. Ce meuble, j'avais fini par lui trouver le confort d'un échafaud. Je souffrais tant, et pourtant, du fond de ma conscience qui conservait parfois quelque clarté, une petite voix me criait que cette souffrance-là était en soi une chose vaste et belle, noble jusque dans sa perversité, que cette souffrance-là servirait un jour une fin encore inimaginable qui se révélerait alors dans toute sa splendeur désolée. Cette misérable rengaine était devenue l'unique raison valable de m'accrocher à l'épave de ma propre existence. J'entrevoyais au loin la chance d'un salut caché, d'un sens à découvrir fatalement à tout cela, et seule une question de priorité m'empêchait encore d'y croire. Pour me sauver, il fallait d'abord survivre. Faire servir la souffrance ne serait possible que dans une vie qui n'aurait plus rien de commun avec celle-ci et qui ne pourrait donc pas de sitôt apparaître sous une forme pensable.

Si Dorianne était capable de me voler ma vitalité sans vergogne, de piller mes ressources spirituelles et de saccager mon ego, je comprenais confusément que je devrais me hisser sur un autre plan pour déjouer ses entreprises, pour lui rendre la pareille, à ma manière. Drainé biologiquement, je combattrais le dragon sur mon terrain à moi, à la grandeur d'un feuillet couvert de caractères. Mais d'abord, de toute urgence, il fallait reprendre le contrôle de mes moyens, arracher mon existence à l'emprise de cette femme qui semblait parfois n'en avoir aucune à soi. Dorianne se répandait dans toutes les directions comme si une certaine unité de base lui avait fait défaut.

Les petites heures du matin jamais ne me parurent plus longues qu'à cette époque, quand je les écoulais les yeux au plafond et les mains jointes sur ma poitrine, tout mon être rempli de ce que Dorianne y avait injecté de viduité. Avant le jour, elle revenait, titubante. Je n'entendais pas claquer la porte, je ne percevais aucun des bruits caractéristiques d'un retour de virée en mauvaise et due forme. Je m'étais assoupi un moment, sans doute, et le flou temporel nécessaire à mon réveil avait dû absorber le fracas de sa rentrée. Pourtant, j'étais bien sûr d'avoir verrouillé avant de m'allonger, par un mesquin petit besoin de vengeance bien compréhensible. Mais, peu importe la solution de l'énigme, toujours aux prises avec les écheveaux emmêlés du rêve et de la réalité, j'avais du mal à me défendre d'une inquiétante constatation : si aucune porte ne pouvait empêcher Dorianne de sortir, aucune ne pouvait l'empêcher de rentrer.

Sitôt qu'elle était là, le bal se déchaînait. Elle commençait par crier un peu, en m'apercevant, et par casser quelque chose pour me secouer un tantinet. Puis elle me réclamait une somme d'argent dans le but de régler le taxi qui, m'apprenait-elle sans ménagement, attendait en bas. Afin d'éviter qu'elle ne profitât de cette attribution de fonds pour disparaître de nouveau, soit à l'intérieur de ce même taxi (dans l'hypothèse improbable où le conducteur n'aurait pas encore craqué), soit en levant son pouce d'impératrice au hasard d'une errance piétonne entre le trottoir et la ligne blanche, il était préférable de descendre moi-même acquitter le montant souvent effarant que le compteur du véhicule indiquait fidèlement. Une bonne partie de mes maigres économies de ce temps-là visita les goussets des chauffeurs de taxi affectés au quart de nuit.

D'autres fois, après un court raffut destiné à mettre en pièces la belle indifférence dont, me mentant plus qu'à elle, j'avais revêtu le manteau dans l'espoir de lui faire comprendre que son sort ne me concernait plus, ne m'émouvait plus une miette, ne me perforait plus le plexus solaire jusqu'au fin fond où l'être n'est plus que vide interstitiel, elle me mettait au fait, presque calmement, de la présence d'un honnête gars qui battait la semelle sur le balcon en soupirant et en pensant à elle, et qu'elle avait cru bon faire patienter, ne sachant plus comment remplir la promesse floue que la nécessité d'un instant l'avait forcée à lui faire miroiter. Elle me mandait alors auprès du type pour parlementer en son nom et lui faire savoir que, oui, la grande

Dorianne s'était divertie de bonne grâce en sa compagnie, qu'elle avait même momentanément réussi à oublier sa pauvre et folle condition ordinaire et qu'elle tenait avec insistance à lui faire part de ses remerciements empressés pour la bienveillante escorte motorisée dont le jeune homme avait consenti à la faire bénéficier mais que maintenant, merde, le jour allait se lever et il serait de bon ton que tout le monde rentre se coucher, non ?

La jalousie est un poison protéiforme qui emprunte parfois des voies impénétrables. J'étais surpris de ne point me précipiter sur l'intrus pour le bousculer dans les règles et lui faire savoir dare-dare que ça prenait un désagréable et culotté petit saligaud pour oser se présenter sous nos murs avec des prétentions que je regardais encore avec naïveté comme relevant du domaine exclusif de mes compétences. Non, après les angoisses d'une nuit à travers laquelle Dorianne, par ses allées, venues et avanies multiples, avait donné à l'ennemi les dimensions de toute une ville, la présence bien physique de cet autre gars plus ébahi que véritablement hargneux m'était rassurante et presque douce. C'était enfin sur un objet à ma taille que je pouvais diriger les lambeaux d'émotions essorés que j'avais traînés par terre au long des heures. Le trompé, c'était lui autant que moi, c'était toute la gent mâle, éternellement dupe de notre Dodo bien-aimée. Nous étions, en un sens, des frères de misère, j'étais tenté de lui tapoter l'épaule, de le consoler, ce mal éconduit à qui la brise aérait gentiment le cerveau, juste assez pour qu'il puisse se rendre compte de l'incongruité de mes gestes d'amitié et offres de sympathie.

— Elle ne m'avait même pas dit qu'elle restait avec un gars ! lâchait-il au bout de sa surprise, dépité.

— Dorianne dit à peu près tout sauf ce genre de choses…

Je jouais à l'expert, j'étais bien fier. À force d'être inoculé sans consultation, j'avais acquis une sorte d'immunité contre ces irruptions routinières. Ma disposition d'esprit ressemblait fort à de la sérénité quand je devais croiser le fer, sans témoins, avec ces rivaux désarçonnés avant même le premier choc de nos mots. Je profitais de la situation, je savourais la possibilité de discuter du cas Dorianne avec un non-initié. Je prenais plaisir à comparer ses commentaires livrés sur le vif avec ce que je croyais moi-même connaître sur le sujet. Et, après avoir confronté la leçon de ses péripéties avec mes embryons de théorie, le gars finissait toujours par conclure :

— En tout cas, elle est pas normale.

Ce avec quoi j'étais on ne peut plus d'accord.

* * *

Le mont Royal dominait Montréal. Aux angles sévères de Parthenais, la montagne, de l'autre côté de la ville, opposait les lignes fuyantes de ses faîtes. Près de la croix lumineuse, l'antenne tricuspide se dressait en l'air comme une fourche du diable. La forêt nous enveloppa de ses frondaisons froufroutantes et nous entreprîmes l'ascension du seul clocher montréalais qui soit fait de fibre végétale à cent pour cent, ou presque. On aurait dit que nous cherchions un théâtre à notre pauvre tragédie. Et nous avions du vin pour aller jusque-là, et pour gratter le vernis des menteries.

— Oh ! regarde, s'exclama Dorianne avec, déjà, une nuance de griserie dans la voix. Un loup !

— C'est un chat énorme, répondis-je. Non, attends, c'est un chat sauvage, un raton laveur.

— Oui, mais regarde : il a un loup noir sur les yeux, il est déguisé en loup ! Allô, mon beau loup !

— Ouais, avec un peu d'imagination… concédai-je. Mais on pourrait arguer qu'il ne s'agit pas vraiment d'un masque, puisque l'animal naît avec ça autour des yeux. Plutôt une tache, je dirais…

— C'est un masque de naissance… Regarde, il vient quand je l'appelle !

La grasse bête à fourrure se dandinait comiquement en tentant d'évaluer le danger que nous représentions pour l'intégrité de ses réserves de lard. Le raton hésitait tout en hérissant son long poil et les minauderies de Dorianne ne le laissaient visiblement pas indifférent. Il finit par se glisser dans une cavité qui dessinait une bouche noire à un arbre.

— C'est ça, attends-moi là ! lui fit promettre Dorianne en tapant de la paume contre le tronc, tout en donnant au sac de papier brun qu'elle tenait dans l'autre main, près de sa bouche, une inclinaison favorable à l'écoulement du liquide.

J'aurais voulu parler de choses sérieuses mais, chaque fois que je me décidais enfin à aborder le sujet de notre déchirure en train de se concrétiser, une motte de désespoir remontait se mettre en travers de ma gorge. Seul le vin, je le savais, possédait la vertu de dissoudre ce genre de blocage là. J'en connaissais déjà pas mal sur ces haut-le-cœur de l'amour.

Dorianne avait le vin gai, ça faisait changement. Elle n'avait pas encore compris, de toute évidence, que cette fois ça y était, c'était fini mon kiki, irréversible comme un cancer du cœur. Sa dernière sortie, qui avait duré trois jours et qui s'était conclue sur un esclandre rien moins que burlesque, m'avait dessillé les yeux. Il ne restait plus qu'à nous payer une apothéose. Les érables de la montagne, quel que fût l'angle sous lequel ils se présentaient, m'apparaissaient tous hideusement chancreux, bossus comme des quasimodos, taillés dans le bois dont on fait les vilains. Nous gravîmes le sentier, puis les escaliers incrustés dans le flanc frémissant de la montagne et nous étions très graves, recueillis, enfin.

— Tiens, dit Dorianne.

Elle me passa la bouteille, et elle était triste.

Des bouteilles, il y en avait eu d'autres, beaucoup d'autres, leur succession indécise avait jalonné le noir étalement de notre romantisme et broyé le squelette de cette aventure. Des bouteilles, nous en avions vidé trois depuis le début de cette nuit de fin d'été où le goût de maturation organique était partout présent, imprégnant l'air déjà frileux. Mais je m'y accrochais, à cette bouteille-là, à celle-là en particulier, je m'y accrochais comme un perdu à son nord, comme un pendu à sa hart. Je m'y accrochais parce que Dorianne ne me tendait pas la main et elle n'avait pas tort, car elle aurait probablement rencontré mon poing.

Nous avons joué à la bascule dans l'herbe froide. C'était facile : on se laissait tomber. On tombait. On se relevait. On se laissait retomber. On retombait. Je n'avais jamais rien vu d'aussi facile. J'aurais voulu, à défaut de la campagne lointaine qu'elle avait refusé de visiter, que la bonne haleine tiède de cet humus encerclé par la ville suffise à rendre Dorianne heureuse pour une seconde, une heure, une éternité. Mais c'était ce genre d'espoir aussitôt démenti, vite évanoui.

Je bus une dernière lampée de vin et fus pris d'un tel besoin de lui faire l'amour que ça me fit mal partout, et ce n'était pas seulement la faute de toutes ces chutes qui nous faisaient connaître à répétition le contact de la terre fraîche toujours si proche. J'étais allongé sur le dos, avec toute la dureté du monde contre mes omoplates, et je me mis à gémir, en même temps qu'un renvoi acide me mettait une grimace sur la bouche :

— Dorianne, viens ! S'il te plaît ! Aimons-nous au moins une fois. Je veux dire : en pensant à rien d'autre. Rien d'autre n'est important. Prenons le temps !

— Oh amour… !

Elle se pencha lentement sur moi, visage blafard voluptueusement découpé sur ce ciel qui n'arrivait pas à se noircir assez à cause de la ville courant à sa rencontre, chevelure de comète qui fondait sur moi, divisée en deux grandes ailes de nuit, et les lèvres de Dorianne s'entrouvrirent, rouges de sang sombre, elle dit encore *Amour amour* comme une incantation, comme l'appel d'une impossible incarnation. Elle avala une dernière rasade de vin avant de goûter le baiser dont chaque pouce d'air embaumé la rapprochait tandis qu'elle se laissait aller contre moi, contre moi que le sommeil gagnait de plus en plus, provoqué par toute cette maudite fatigue accumulée depuis des mois, et une ultime goutte de vin rouge perla, bombée et brillante, au coin de sa lippe parée d'une paire de canines qui luisaient comme pierres précieuses d'une blancheur bleutée.

Alors, je remarquai que la lune était pleine et que sa circonférence laiteuse et orangée entourait d'un halo somptueux la tête sur le point de se couler contre la mienne et je soupirai de bonheur anticipé. Je sentis un grand frisson me parcourir, une excitation irrépressible dont déjà mon abandon au travail patient du sommeil rendait la satisfaction problématique… Toute cette maudite fatigue accumulée, des mois… Je voulus encore dire : Dorianne, aime-moi, mais les mots devinrent des rêves avant de pouvoir jaillir à l'air libre et c'est en un songe troublant que le majestueux drainage de l'épuisement me plongea dans l'étreinte d'elle, dans cette bouche douloureuse qui me liquéfiait entièrement.

À mon réveil, je sursautai, comme c'est la coutume en ces cas-là, et ne mis pas longtemps à constater la disparition de ma partenaire. Je ressentais une immense faiblesse et pourtant, un rapide examen de conscience m'en convainquit sur-le-champ, nous n'avions pas, à ma connaissance, commis ce qu'on appelle l'acte. Couplée à mon éreintement chronique, l'ivresse m'avait dérobé au dernier moment le fruit en instance d'être accordé. Merde, pour une fois que nous étions en veine de…

Je parvins à me remettre sur pied, m'efforçant entretemps de procéder à l'analyse du mauvais goût qui s'attachait à mes régions papilleuses. Combien de temps avais-je dormi ainsi ? Toute une lune ? L'orbe bien rond et un peu gris planait juste au-dessus de la montagne enténébrée et, pour un peu, j'aurais pu croire que c'était cette grosse montgolfière de roche inutile qui cognait contre mes tempes. Je me sentais vide comme un cruchon de vin entre les mains d'un régiment de Polonais, que Pietr me pardonne ! Je me mis à errer au hasard, la gorge soudain serrée, non pas tant par le sentiment aigu de ma solitude en voie de confirmation que par la réapparition d'une anxiété bien familière que j'avais presque appris à aimer : celle que me procurait Dorianne quand elle ne se trouvait pas à portée immédiate de mes regards.

Je marchai en automate sur un mont Royal désert et m'immobilisai, après avoir franchi une étendue de pavage humide, devant un enclos où un cheval bai donna, en me voyant, libre cours à sa panique. Je tentai de le rassurer, lui tendis une main amicale et lui adressai des mots doux, mais ce fut peine perdue. Il s'entêtait à faire le tour de son petit manège au grand galop, en hennissant furieusement. Près de là, venus des écuries de la Gendarmerie royale, des renâclements affolés faisaient écho à cet emballement inexplicable. Je m'approchai et, jetant un coup d'œil furtif dans l'unique allée du bâtiment, je vis les croupes alertes qui ondulaient nerveusement et ruaient dans la lumière bistre, au-dessus d'un tas de crottin encore fumant. L'autre, derrière moi, galopait toujours selon sa course elliptique, comme un astre déboussolé.

— Grand émoi chez les canassons, fut ma principale constatation.

En furetant un peu plus loin, toujours à la recherche de ma copine qui ne pouvait quand même pas être allée au bout de la terre, je découvris une brèche dans la clôture qui s'élevait à cet endroit pour faire respecter le repos des décédés de ce monde et je me glissai par là. Heureusement qu'une ouverture béait à cette hauteur, d'ailleurs, car en passant la paume de ma main droite sur la pointe des piquets métalliques et en palpant leur effilement, je ne pus m'empêcher de frémir : on aurait parfaitement pu s'y empaler.

Je mis les pieds dans le cimetière Côte-des-Neiges, prodigieuse accumulation de nos viandes pourries, pitance de tous les vers de la ville, et comme rien ne pressait, j'y fis une petite visite.

* * *

Vers la fin août, ma délicieuse concubine permit à un grand gars très certainement trisomique de s'enticher d'elle. Cette fois, incapable de réparer les dégâts à l'amiable, je me butai à un épais mur de muscles qui observa, tandis que je tâchais de lui faire entendre raison, un mutisme n'augurant rien de bon. Quelques grognements réprobateurs tinrent lieu de réplique aux arguments pondérés que je tentais d'aligner comme des fortifications pour démarquer nos deux positions. Redoutant de brusquer cette force de la nature qui me cachait, de la masse de ses épaules, tout le mont Royal, y compris la petite croix lumineuse coiffant celui-ci, je préférai retourner prendre conseil auprès de Dorianne.

— Ouais, lui lançai-je avec humeur, je trouve que tu commences à appliquer des critères douteux dans le choix de tes partenaires ! Veux-tu bien me dire ce que tu fais avec cette maudite montagne de mauvaise volonté ? Il a l'air aussi intelligent qu'un mulet, et muet comme une carpe avec ça ! Un bel hybride, oui ma fille ! Avec lui, en tout cas, tu ne pourras pas faire le coup du Parle-moi-S'il-Te-Plaît-Je-T'en-Prie !

— Il me suit partout, geignit-elle en tombant à la renverse, écrasant dans sa chute une bonne partie de notre magnétophone qui n'avait pourtant pas besoin d'un tel traitement pour se mettre à râler.

— Bon, bien, je vais te laisser lui signifier toi-même son congé, ça promet d'être du sport. Et puis, tu peux bien monter à califourchon sur son dos, faire l'amazone érogène tant que tu voudras et qu'il t'emmène chez le diable ! Moi, c'est fini, effifiennini !

J'étais furieux, mais la colère ne fut jamais arme à brandir au nez de Dorianne. Elle se releva en fulminant, marcha sur moi et me cracha comme un naja sa dose de venin à la figure. Je ne pus placer un mot à travers cette trame bien serrée, ça m'enveloppait et c'était gluant, ça me collait à la peau et me faisait captif. Je compris alors que la seule chose qui nous retenait encore l'un à l'autre, c'était la haine. Son amour à elle avait été la haine de ce que je voulais devenir et mon amour à moi avait été le dégoût fasciné, à peine atténué par la pitié, de ce que je la voyais devenir sous mes yeux, cette image hideusement déformée qui était notre futur commun et qu'elle me tendait comme un miroir chaque matin, exact revers de la splendeur de ses nuits.

Elle se mit à casser toutes sortes de trucs en me criant des insultes à peine intelligibles, des blasphèmes bredouillés, filtrés par ses lèvres baveuses où les deux canines mordaient rageusement. Elle sortit tout ce qu'elle avait sur le cœur, déploya toute sa bile, me reprocha tous les travers, inventa une tromperie pour chaque occasion où elle m'avait surpris à regarder une fille de biais et une félonie pour chaque voix féminine qui avait tenté de me joindre au téléphone, me compara à un rat, à un monstre et à un moins que rien, entre autres. Elle m'accusa de tous les maux, de tous les défauts, et finalement, botte imparable, elle diagnostiqua chez moi la plus grave de toutes les déficiences : je ne l'aimais pas. Sa plus grande peur, dans la vie, c'était de ne pas être apte à inspirer un amour qui irait au bout de tout. Et c'est cela seulement qui me permet de croire que cette histoire fut malgré tout une histoire d'amour.

Cette nuit-là, je commençai à entretenir des doutes sérieux au sujet de sa nature. Une telle créature, après tout, ne pouvait logiquement pas se mouvoir selon les lois qui gouvernent la majorité. Dorianne était bel et bien impossible, la démonstration irréfutable m'en était assenée quotidiennement. Pourtant, elle persévérait, elle sévissait, sensible comme une brûlée vive, réelle et râlante et, preuve concrète, capable de tout casser dans notre appartement. Vrai, seul l'amour aurait pu la sauver, mais le problème, c'est que pour moi, elle était déjà devenue une fiction.

J'essayai de me coucher et de ne plus penser à rien. Cette obsession du sommeil ! C'était devenu le pain quotidien de mon angoisse native. On ne peut pas dormir quand on est un docteur devant le mal. Auprès de ce cas critique, de l'urgence existentielle que Dorianne faisait culminer en une crise constante, un ictus de fin du monde, je devenais le médecin impuissant qui, en l'absence de remède, ne peut arriver à faire taire sa conscience. Elle venait à moi comme pour me déchiqueter mais je comprenais enfin que c'était réciproque et que ce qui me forçait à tenir bon, c'était, grandissant, un formidable désir de la détruire, de la soigner par l'anéantissement rêvé.

Allongé sur ma moitié de notre couche, le souffle rauque et sifflant, je guettais son prochain mouvement de l'autre côté de la cloison. La fréquence nocturne de mes symptômes bronchiques s'accroissait sans cesse. Quand ça se produisait, la paix du sommeil se défilait derrière des idées de mort, au milieu de constructions mentales en train de s'écrouler.

J'avais refermé la porte de la chambre, mais c'était inutile. Elle passa au travers d'un coup d'épaule et vint s'asseoir sur le lit, balançant à bout de bras une bouteille à demi pleine dont elle utilisait parfois le goulot comme cendrier avant de continuer à y puiser avec ferveur. Elle ouvrit la télévision qui expectora un gros glaviot de gris, puis retourna au salon pour brutaliser le stéréo disloqué et le faire vomir plus fort sa bouillie de hargne en notes, trouvant le temps, tout le temps qu'elle s'activait en vacillant, de m'invectiver. Enfin, elle revint s'écraser sur notre couche dont les ressorts hurlèrent des insanités à mon oreille. Après avoir démantibulé un nombre considérable d'objets en tous genres, elle finit par se radoucir un peu. Mais sa douceur, elle aussi, était impitoyable. Elle voulait encore entendre des histoires, des histoires pour m'empêcher de m'endormir, des histoires à me faire dormir debout. Je me serais bien passé de cet altruisme tordu.

— Parle-moi, château ! Raconte-moi quelque chose, veux-tu un peu de vin ?

Ces exhortations ne cessèrent qu'au moment où, nerveusement épuisé, j'ouvrais la bouche pour céder. Mais je me rendis compte aussitôt que je n'avais strictement rien à dire à mon auditrice acharnée. Pas une miette de mot à tirer de ce Moi mourant, au bord du basculement dans la folie. Tout ce qui émergea de ma glotte, cette nuit-là, fut un long sanglot qui me secoua en entier et ébranla la base même de ma vie. Dorianne se tut après avoir discrètement hoqueté. Cette reddition morale complète sembla enfin lui convenir. Elle eut même la gentillesse de me caresser la nuque du bout des doigts. Elle prononça des paroles apaisantes à voix basse. Si je vins près une seule fois de l'attendrir, ce doit être celle-là.

En dépit de mes prévisions pas très optimistes, le grand mongol qui faisait antichambre devant l'entrée n'enfonça pas la porte et ne fit voler aucun carreau en éclats. Il ne fit pas s'effondrer sur nous, comme une autre maison Usher, ce vieil appartement dissimulant à toute la ville, huis-clos sordide, la ruine irréparable de notre amour. N'empêche, cette dernière conquête à carrure de lutteur, ce fut la fameuse goutte qu'il faut toujours pour que la coupe soit bien pleine. Sans contredit, la mesure cette fois était comble.

— Tu es un monstre, dis-je à Dorianne dès que ma voix eut recouvré son équilibre sur mes cordes vocales mouillées.

— Je sais, amour, je sais, répondit-elle.

— Tu sais, si ça continue, il va falloir que je t'assassine. Dans notre relation, je sens vraiment la semence d'un crime passionnel. Mais qu'est-ce que mes amis vont dire de moi, quand ils verront ma photo dans les pages les plus crapuleuses du *Journal de Montréal* !

— Mais tu n'as pas d'amis, amour.

Je finis par dormir un peu ce matin-là. J'eus vaguement conscience des déplacements de Dorianne qui n'arrivait pas à sombrer tout à fait dans son sommeil à elle. Un orage terrible se déclara au dehors et je fus réveillé par un éclair grésillant qui déclencha sans transition un coup de tonnerre assourdissant. J'entendis les murmures ravis de Dorianne, dans le noir, et je marmottai à son intention :

— Ça, c'était proche, hein ? Je suis sûr que c'est tombé sur la prison...

Puis :

— Dorianne ? Ils vont me mettre à Parthenais, hein ?

— C'est comme si tu y étais déjà, assura-t-elle distraitement.

* * *

Le grand sous-doué s'avéra appartenir au genre patient. Il n'avait pas donné l'assaut durant la nuit mais, jonglant avec ses notions de poliorcétique intuitives, il entreprit carrément le siège de notre logis. Quand j'allai, le matin venu, contempler ma machine à écrire (je la voyais maintenant comme une vieillerie dont on a écarté à jamais tout projet fonctionnel, une pièce de musée), je l'aperçus par la croisée, le gros sot, assis en Indien sur la plate-bande qui s'étendait entre la rue et le jardin communautaire. Il levait la tête et regardait avec une obstination perplexe en direction de la plaque portant notre numéro civique.

— Manquait plus que ça, maugréai-je pour mon seul profit. Le Grand Mongol lui-même qui nous assiège ! Quoi d'autre ? Gengis Khan ? Une invasion barbare en règle ? Bouh, il n'est pas bien beau, le bonhomme !

Je n'allais quand même pas être jaloux. Sexuellement,

les frasques de Dorianne ne menaçaient guère mon monopole. Lorsqu'elle rentrait au terme d'une de ses fameuses virées en compagnie d'éléments mâles hétérogènes, elle mettait toujours une application pathétique à m'assurer qu'il ne s'était rien passé. Sa grande passivité, en ce domaine, et son manque d'enthousiasme évident pour les sollicitations de la chair me poussaient malgré moi à accorder un certain crédit à ces dénégations. Je feignais de juger irrecevables ces explications compliquées et de m'en foutre royalement de toute façon mais, perversement, je me surprenais à prêter foi à des propos qui paraissaient pourtant façonnés de toutes pièces dans le moule classique du mensonge amoureux.

Le vin était sa seule dilection, sa direction unique, sa délectation finale. Quand elle avait tenu son bout de la bouteille, épuisé son homme à force de gymnastique du coude toujours plus haut et siphonné tout l'argent liquide qui lui pesait dans les poches d'autrui, elle avait eu ce qu'elle voulait et pouvait passer à autre chose, penser à la prochaine journée de léthargie qui serait nécessaire à la résurgence de la soif.

Ce matin-là, les yeux petits, je pénétrai dans la chambre et entrepris de la tirer de tout ce sommeil qui s'était appesanti sur ses poumons. Ses membres étaient de marbre sous ma main. Elle était froide comme une dalle et aucun souffle n'était perceptible sous l'arche délicate de ses narines. J'eus soudain peur lorsque je la pinçai pour constater qu'aucune réaction n'était acheminée le long de ce corps à l'abandon. Je fus saisi d'une terreur superstitieuse qui me conseillait de me sauver au plus vite, de fuir à toutes jambes ou alors d'en finir, là, tout de suite, en plongeant quelque chose de pointu dans la poitrine offerte, réconciliant ainsi l'être profond qui était prostré là avec les apparences qu'il me présentait. J'étais frappé par la perfection de sa peau que pas une ride, pas une ridule ne parcheminait. Dorianne brûlait sa vie par les deux bouts mais sa physiologie tenait plus du lampion que de la chandelle. Elle se consumait à la manière d'un soleil inépuisable et c'étaient les phalènes, les sphinx et autres papillons de lampadaires comme moi qui s'y calcinaient les organes.

Je finis par l'arracher à sa torpeur et, raide et silencieuse, elle me suivit à la cuisine où je lui fis prendre place en face de moi. J'avais décidé de tirer mes dernières fusées éclairantes.

— Dorianne, dis-je posément, parlons sans feinte, comme dirait l'autre…

— Tu veux que je consulte un spécialiste ? chuchota-t-elle sur un ton qui tenait de l'automatisme. Un psychomonologue ? Je ne suis pas…

— Pas alcoolique, je sais. Alors quoi ? Œnolique ? Tu aimes le vin plus que tout, pas vrai ?

— Le vin rouge, précisa-t-elle modestement.

— En fait, tu es dipsomaniaque, ma douce. Tu ne bois que par accès et avec excès. C'est la définition qui te colle le mieux à la peau, ma chère innommable.

— Dips… commença-t-elle avec ravissement.

Elle suçait cette syllabe initiale comme si c'avait été de la glace fondante au seuil d'une gorge en feu.

— Dipsomaniaque, martelai-je avec la sérénité scrupuleuse d'un juge prononçant une sanction.

— Dipsom…

Ça me faisait du bien d'avoir réussi à épingler un mot

sur ce qui m'échappait en elle. J'avais l'impression d'avoir touché à tâtons une parcelle infime de ce qu'elle était pour vrai, absolument, au-delà de tous mes mensonges d'homme qui ne fait que le possible.

— Dorianne, la vie avec toi, ça ne marche pas, il faut que je parte.

— Bouh, fit-elle simplement.

Comme un lien des lèvres entre la peur et les pleurs.

— Bouh!...

Le fard noir qui avait collé au pourtour de ses yeux lui faisait des larmes opaques traçant dans leur lente descente d'immatériels barreaux, de haut en bas sur le beau visage. Jusqu'à ce jour, je ne l'avais vu verser que des larmes d'ivrognesse, de celles qui se mêlent, amères mais nécessaires, à la prochaine gorgée, s'y noient avec tout souvenir et ne font plus de mal à personne. Cette fois, elle était sobre. Je la regardai de plus près et il me sembla que la seule perspective de mon départ décomposait déjà ces traits si habitués à fondre sur mon cœur pour se refermer sur lui comme des serres.

Ma préoccupation principale, c'était de sauver ma peau.

— Bouh...

— Tu devrais essayer quelque chose, les A.A. peut-être, suggérai-je sans illusion.

— J'ai déjà essayé, tu sais, renifla-t-elle. Mais eux, il sont pires que Pietr : c'est une légion religieuse, il faut croire en Dieu pour être sauvé, ils te font réciter la prière primale et toute la patente du pataclan...

— Est-ce que tu crois en quelque chose, Dorianne?

Elle secoua la tête résolument.

— En rien.

— Pas même en toi. Je veux dire, au sens où moi, par exemple, je crois en moi ? Au sens propre comme au figuré, mettons…

— Je ne crois surtout pas en moi.

— Mais tu as des certitudes, un minimum vital, non ? Tu ne peux pas ne pas croire en la réalité !

— Non… Oui, je veux dire… En rien ! s'obstina-t-elle héroïquement.

Par la suite, je douterais toujours plus d'elle, des événements ayant entouré notre cohabitation, de ceux ayant précédé celle-ci et de ceux l'ayant suivie. Dorianne me déjouerait toujours comme un brouillard quand je pressurerais mon cerveau en quête d'éléments de preuve sûrs. Le fardeau de l'épreuve reposait sur mes épaules. Pas étonnant, dans ces conditions, que j'aie décidé de la transformer en germe d'art, en chair à crayon. Mon Grand Roman Québécois était loin, désormais. C'est Dorianne elle-même que je désirais faire revivre, vivre, rendre plus-que-vivante. J'étais en train d'accoucher de ma survie.

* * *

J'avais passé toute la soirée et le début de la nuit à boire dans un bar. J'étais complètement soûl et je n'étais pas pressé de retourner chez nous. Quand j'essayais de penser à mon problème de relocalisation, la tête voulait me péter. J'avais depuis longtemps perdu Dorianne de vue. Quelques jours au moins, peut-être plus. À l'heure de la fermeture, pendant que je m'efforçais de rassembler mes sens en pleine déroute et mettais à rude épreuve la patience du personnel, je vis ma chère noiraude défiler dehors au bras d'un autre, et cet autre, je reconnus avec une sorte d'effroi que c'était Pietr le petit Polonais, vacillant sur ses jambes et faisant pendant à la titubation grandiose de son escorte. La baie vitrée qui me séparait d'eux réfléchissait faiblement mon image qui s'ajoutait ainsi, par superposition, à celle de cet improbable couple flou. La distance se creusant m'a paru intolérable tout à coup. Alors je me suis élancé en criant et j'ai réduit en fragments meurtriers la vitrine à mesure que je passais à travers au ralenti. Sur le trottoir, les fiers-à-bras m'ont mis la main dessus et m'ont réexpédié en-dedans tandis que, K.-O., je percevais un murmure lointain dans mon dos. Je n'avais pas fière allure et j'étais un peu sanguinolent quand j'ai demandé un verre d'eau à la serveuse méfiante et apitoyée pendant que l'on m'arrachait une sorte de promesse de paiement à acquitter sans faute lorsque le vitrier qui fut là très vite enverrait sa facture. Sinon, c'était la police, précisa poliment le gérant, un bon grand garçon qui partait bientôt faire du vélo dans l'Himalaya et qui se montra tout disposé à se laisser attendrir par mes menues difficultés. Lorsque j'y repensai, par la suite, cela m'amusa d'être venu si près de coucher à Parthenais.

III

La nuit de l'Halloween

J'écrirai : le général Jaruzelski en est un. Je le crierai. Le général Jaruzelski en est un. Et ce sera une théorie révolutionnaire et personne ne voudra me croire. Personne ne voudra me croire quand je dirai qu'ils sont partout et que le général Jaruzelski en est un et qu'on les retrouve même à la Maison-Blanche. J'écrirai que j'ai lu cela dans cette revue dont j'aime mieux ne pas parler. J'écrirai qu'ils sont en train de s'assurer tranquillement le contrôle de la terre, de s'installer aux commandes de l'éternité. J'écrirai, je crierai tout cela. Je décrirai sa paire de grosses lunettes noires qui garde les ténèbres collées à ses yeux, et il sera évident à tous qu'il en est un. J'affirmerai qu'il est facile de ne pas les reconnaître, qu'il faut savoir lire les signes. Je répéterai autant de fois qu'il sera nécessaire qu'il faut être capable de lire les signes. J'écrirai qu'ils craignent la croix et la fuient, et qu'ils craignent la foi et la fuient, et les signes de la foi, et j'écrirai qu'ils trembleront toujours devant la Toute-Puissante Église de la Pologne, qu'ils trembleront toujours plus devant le Très-Saint-Père qui trône à Rome et qui leur brandira bientôt toutes les croix du monde à la face. J'écrirai que nous n'aurons jamais de preuves irréfutables de leur existence. J'écrirai qu'il faut croire. J'écrirai qu'il faut croire et que pour les détruire il faudra croire encore plus. J'apprendrai au monde qu'ils ne sont pas morts, qu'ils ne meurent jamais et que la tyrannie ne meurt jamais. J'écrirai que le général en est un et qu'il saignera la Pologne éternelle à blanc et que la Maison-Blanche ne fera rien parce qu'elle en est elle-même infestée. Et qu'ils s'entendront entre eux sur le sort des mortels. Quand je commencerai, j'écrirai tout cela, et d'abord que le général Jaruzelski en est un et ses semblables aussi. J'écrirai qu'ils ont été l'aristocratie de ces pays et qu'ils sont devenus une nouvelle aristocratie. J'écrirai que le sang qui coule n'a pas de classe. Je dirai que cette aristocratie est née du peuple et qu'au commencement il n'y aura toujours que le peuple, l'égalité des galeux. Et j'affirmerai que c'est là leur véritable idéal : ressemblez-vous les uns les autres, tous égaux devant et dans la mort abolie. Tous frères dans le sang versé. Je rappellerai qu'ils ont rejeté l'âme et qu'il n'ont plus que le corps, et qu'ils ne croient qu'au corps. J'écrirai, je crierai que Christ fut leur première victime Ceci est mon sang consentant et que ça n'a jamais arrêté depuis et que ça n'arrêtera plus jamais. Je répéterai encore et encore qu'ils contrôlent la Maison-Blanche, c'est un spécialiste américain qui le dit dans cette revue américaine dont j'aime mieux ne pas parler, et que leur idéal, ce sera toujours le melting-pot. Je l'affirmerai, je l'assènerai. J'écrirai que l'empire soviétique craquera le jour où son sang cessera de couler. J'écrirai que le Saint-Père-Pape protégera la Pologne et j'écrirai, je crierai : le général Jaruzelski en est un.

* * *

J'habitais une chambre meublée qui ressemblait à une mansarde. Au penchant du plafond, prévu par les plans, le bois avait ajouté son propre travail. Les murs, le plancher, le mobilier minable, les portes, les chambranles soumis aux pressions paresseuses du matériau : tout était croche, tout ployait sous le poids du ciel, comme en constante dislocation. Mon nouveau nid sentait le moisi à plein nez et les araignées, dans les recoins, colmataient les fuites à grands coups d'étalages cotonneux. Cette architecture en dents de scie me plaisait. Lorsque je me laissais tomber sur la chaise face à ma machine à écrire, la déclivité de la pièce était si accusée qu'il me fallait quasiment me cramponner au rebord de la table de travail instable pour éviter de basculer corps et biens vers l'arrière. J'avais l'impression de retrouver devant moi, faisant partie du geste même d'écrire, une longue côte à grimper. La surface lisse entourant mon Olympia, ainsi inclinée, avait tendance à rejeter mes feuilles de papier comme des organes impropres, comme des ornements superflus. Lorsque j'écrivais, la gîte semblait encore s'accentuer, la table se changeait en chevalet prêt à ruer, pressé d'éjecter ce manteau de mots que je m'entêtais à lui mettre sur le dos.

J'avais la tête contre les toits. À travers les faîtières, je jouissais d'une vue imprenable sur la prison Parthenais qui s'élevait toute noire dans le ciel venteux du début de l'automne. Mon nouvel emménagement, en effet, m'avait rapproché de ce donjon fantasmé. La pente qui, à partir de la rue Sherbrooke, faisait dégringoler les rues de l'axe nord-sud vers le bas de la ville, me perchait à une hauteur relative au-dessus du fleuve invisible. Je pouvais contempler, planant à un niveau à peine supérieur à celui des combles sous lesquelles j'étais coincé, les rangées de cellules ceignant de leurs barreaux chromés le sommet du dantesque édifice. J'avais pignon sur la rue de la prison et je me sentais l'âme d'un captif depuis que j'avais pris la décision de quitter Dorianne. J'étais coupé en deux, malheureux comme une ville avec un rideau de fer au milieu. Je tournais en rond, j'arpentais mon galetas de long en large, je n'étais plus bon à rien.

Je retournai visiter mon ancienne moitié environ trois jours après mon départ définitif du grand appartement sombre de la rue De Lorimier. Elle avait délaissé le vin et s'adonnait à la bière avec une sorte d'indifférence sordide et de négligé dans la tenue qui la faisait ressembler à une emblématique bonne femme abonnée au Bien-être social à vie. Elle avait subitement pris un coup de vieux, ma Dorianne. Ses cheveux tout de travers avaient perdu leur lustre et paraissaient un peu gris, fanés. Je distinguai de fins faisceaux de rides au coin de ses yeux maintenant creusés par un cerne bleuté. En filigrane, la torpeur dessinait sur son visage le sceau de l'inexorable.

Son emploi du temps, durant cette période, pouvait se résumer comme suit : elle entamait la matinée par un coup de téléphone au dépanneur du coin, à qui elle commandait une caisse de vingt-quatre, peu importait la marque, et un gros sac de chips (des *Ruffles* ou rien). C'étaient ses provisions pour la journée. Le gamin qui assurait les livraisons enfourchait alors sa grosse bicyclette noire et pelée, évocatrice des canaux d'Amsterdam, qui brinquebalait dans un bruit de ferraille à l'envers du trafic. Il gravissait l'escalier de fer forgé aux rampes toutes chantournées et sonnait gaiement. Lorsque Dorianne venait ouvrir, elle avait passé une vieille chemise tachée de vin, trouée par le feu des cigarettes, effilochée et boutonnée à la diable et elle présentait ainsi au commis, en plus de son visage défait, le bonus-malus de ses deux seins blancs ballottant sans entrave dans la vaste échancrure du vêtement. Si le petit gars avait le cran de baisser les yeux un peu plus, le triangle crépu du pubis de sa cliente s'offrait parfois à la vue, en toute simplicité, entre les pans flottants de la pauvre chemise. Cependant, toute réaction libidineuse explicite de sa part se serait heurtée, chez la Dorianne de ces mornes matins-là à une expression de béat renoncement à tout plaisir terrestre. Après quelques bières, elle se recouchait. Je ne fus pas surpris de trouver la vitre de la porte arrière en mille morceaux que personne n'avait pris la peine de ramasser sur le plancher de la cuisine. L'auteur de cette effraction était assis au salon, paisible comme un pépère, et il regardait droit devant lui. Il me fit penser à un gros chien de garde paresseux. Pour réveiller Dorianne, il me fallut la secouer et la pincer tant et si fort que je fus persuadé, pendant un instant, qu'elle avait sombré dans un coma sans retour. Le Prince Charmant en personne, même muni d'un diplôme de réanimation, n'aurait pas eu plus de succès. Lorsqu'elle recouvra enfin un semblant d'état de veille, elle ne me reconnut pas tout de suite. Il était clair qu'elle revenait de bien plus loin que du fin fond de nulle part.

Mais j'avais touché à sa chair glacée et cet innocent sacrilège suffit à mettre en branle un mécanisme de protection dont les grincements primaires me parvinrent bientôt en provenance du salon. Le grand gars simplet avait mis sa masse corporelle en mouvement et il vint l'immobiliser à deux doigts de ma petite personne, de manière à la menacer d'écrasement immédiat. C'est Dorianne qui le calma, d'une voix brumeuse, encore étourdie par le contact des choses.

— Ho ! Eh ! Ami ! Ne lui fais pas mal ! C'est mon ami lui aussi ! Tranquille ! Tiens-toi tranquille, O.K. ?

Le gentleman en question recula d'un pas et prit une pose qu'il serait exagéré de qualifier de pensive. Il attendit là, observant chacun de mes gestes. La possibilité du coup de poing qui réduirait mon être à un état analogue à celui de la vitre de la cuisine avait diminué suffisamment pour que je puisse me permettre de respirer un peu.

— Il est encore là, celui-là ? grondai-je de colère. Encore là et même bien plus près de son but, maintenant ! Est-ce qu'il a porté la main sur toi, Dorianne ? Il t'a baisée ? C'est mon remplaçant officiel ?

— Je ne sais pas… Peut-être… répliqua la voix distante. Ça ne fait rien, ça ne me ferait rien, de toute façon. Il est gentil. Il a déjà fait de la prison, deux ans. En tout cas, il est moins compliqué que toi.

Nous le regardâmes tous les deux. Il venait, d'une main leste, de ramasser un débris de verre par terre et il se l'était fourré dans la bouche. Ça ne lui demanda pas beaucoup de mastication.

— Moins compliqué que ça, on les envoie au zoo, maugréai-je pour moi-même.

— En fait, il est peut-être un peu bête, concéda Dorianne. C'est difficile à dire, parfois… Prison ou asile, où est-on le mieux ?

— En tout cas, pour ce qui est du menu, il pourrait s'accommoder de pas mal d'endroits.

— Oh ami !…

Elle était triste, ma Dorianne, et pathétique et poignante, et la grandeur remplaçait avantageusement la beauté dans cette agression sauvage de sa propre personne contre elle-même, dans cette autodestruction consciente dont la nécessité avait été décrétée par quelque rouage détraqué de la reproduction de l'espèce. Elle était triste mais n'avait plus la force d'être malheureuse. Le gros rigolo, là, il représentait sa dernière carte, une sorte de S.O.S. à mon adresse, c'était clair comme de l'eau de caniveau. Ah, l'arracher à cette vie qui la tuait !

À ce moment précis, hélas, je n'étais pas capable de me sentir autrement qu'amer et méchant, alors j'ai continué dans la même veine.

— À propos de fréquentations douteuses, qu'est-ce que tu faisais avec Pietr, le soir de la fameuse vitrine ? Remarque que c'est peut-être préférable de ne pas en parler…

Elle eut un sourire fugitif. Une bouffée de joie rétrospective venait de la frôler.

— Oh, avec Pietr, c'était très correct, mon cher ! C'est moi qui l'ai débauché, tu comprends ? Je l'ai fait boire, rien de plus, il n'aurait pas voulu. Enfin, je ne me souviens plus très bien. Je l'ai vu passer sur la rue, vers la fin de l'après-midi. Ça tombait bien, il était en foison, il avait les poches pleines, je l'ai intercepté au passage, il s'en allait à la Caisse populaire. Il bougeait les lèvres et il branlait la tête, tu sais, comme les vieux vaccinateurs de la rue Ontario.

— Vaticinateurs, Dorianne.

— Vaticinérateurs, bon, alors je l'ai pris par le bras et je l'ai entraîné, exactement comme une péripatricienne.

— Péripa…

— Bon, alors Pietr a bu en ma compagnie, toute la soirée. Il en avait bien besoin. Je l'ai reconduit chez lui, je pense. On n'a même pas fait l'amour, ami… Je me suis endormie là-bas, dans l'appartement où je t'ai connu, snif, tu te souviens ? J'ai eu un trou noir. Le lendemain, Pierre était là, il mangeait dans la cuisine.

Après une pause, elle reprit :

— Qu'est-ce que tu vas faire, maintenant, Vincent ?

— Je vais écrire.

— Ah, soupira-t-elle en se renversant sur ses oreillers. Moi aussi, j'aimerais ça, tu sais, comment dire, crayonner de la création.

Elle resta songeuse un instant, puis :

— Veux-tu entendre ce que Pierre m'a dit ?

Elle se rengorgea et, après un autre silence stratégique, ajouta en gloussant, sans plus attendre de réponse :

— Il a dit que moi, c'est ma vie qui est une œuvre d'art…

Je jetai un rapide coup d'œil circulaire à la chambre crasseuse, à son sol tapissé de cendre, de croustilles écrasées, de tessons de verre et de l'omniprésente poussière, et je répondis :

— Wow ! C'est bien parti, Dorianne.

* * *

Elle ne m'aura plus. Elle ne m'aura plus. Non, on ne m'y reprendra plus. Elle ne m'empêchera pas d'écrire le grand livre de la Pologne saignée à blanc, le grand livre de la Solidarité sanglante. Le général Jaruzelski ne m'empêchera pas de l'écrire et la Maison-Blanche ne m'empêchera pas de l'écrire. Mais je sais qu'elle reviendra. Je sais qu'elle essaiera. Elle essaiera de me faire boire, elle fera sauter le bouchon d'une bouteille et elle m'offrira son maudit vin rouge en partage. Elle le fera. Elle fera comme avec Vincent, elle s'assiéra sur mes genoux, sur mes genoux… Elle essaiera de m'empêcher d'écrire le grand livre de la Pologne de Solidarité comme elle a empêché Vincent d'écrire le Grand Roman Québécois. Elle essaiera de faire ça. Elle reviendra et elle essaiera d'attirer Pierre hors de sa chambre où il reste maintenant tout le temps et où il n'amène plus les tas de filles qu'il draguait avant, et il ne pourra plus continuer à écrire studieusement comme il fait en ce moment et comme je ferai moi aussi quand j'écrirai : le général Jaruzelski en est un. Ce sera la première phrase. Ensuite, je parlerai de ses lunettes noires qui collent les ténèbres à ses yeux et ensuite j'écrirai, je crierai qu'ils sont partout et qu'il faut croire non pas en leur réalité mais en eux. On verra. On verra ce que j'écrirai. Ce sera dérangeant mais je l'écrirai, et j'écrirai que le général Jaruzelski en est un. Et j'écrirai aussi, j'écrirai et je crierai et je clamerai bien haut que cette fille-là en est un aussi. Quand elle reviendra, on le verra. Car elle reviendra. Elle reviendra la nuit, c'est à ce moment-là qu'elle vit et c'est à ce moment-là qu'elle reviendra. Elle viendra me voir alors que j'aurai les yeux ouverts dans le noir, je ne pourrai pas dormir parce que je penserai à trop de choses et parce que je penserai au grand livre de la Pologne sacrifiée et saignée à blanc qu'elle essaiera de m'empêcher d'écrire parce qu'elle en est un et parce qu'ils sont partout et parce qu'elle voudra suivre le régime du général Jaruzelski et blanchir la Maison-Blanche. Elle viendra me voir dans le noir et m'offrira à boire de son vin rouge qui ne goûte pas bon, de son vin rouge qui sera rouge comme du sang et elle se mettra les lèvres et les dents là-dedans. Elle dira : Tu es vert, bois un verre, ça va te mettre des couleurs. Elle voudra que je sois en santé. J'écrirai qu'ils recherchent les gens qui sont en santé, que les couleurs aux joues les attirent. Je serai trop pâle pour lui plaire, ma meilleure chance de salut résidera dans ma pâleur et dans ma mauvaise santé. Je prendrai mes pilules et j'essaierai de dormir. Elle n'osera pas franchir la porte de ma chambre, pas tant que Christ le Protecteur de toute la Pologne sera planté là sur les ordres du Très-Saint-Père-Pape. Mais Pierre dit souvent qu'il enlèvera Christ de là, une bonne fois, à cause du ridicule qui tue. Pierre ne comprendra jamais. Oh Pierre ne comprendra pas et déboulonnera Christ en croix qui tombera par terre et elle viendra me voir et elle essaiera de m'empêcher d'écrire que le général Jaruzelski en est un et que la Maison-Blanche en est pleine. Je resterai là dans le noir et je penserai à la Pologne Promise, et je pense que je prierai.

* * *

Je m'enfermai dans mon réduit et me découvris une inclination au labeur toute neuve. Ma dernière visite à Dorianne m'avait définitivement dissuadé de tenter de remettre en place quelque chose entre nous. Car ce quelque chose qui aurait dû être de l'amour, avec Dorianne je ne pourrais jamais le nommer, il luisait d'un éclat trop inquiétant et à la longue c'était tuant. Je déclarai l'épisode officiellement clos et m'absorbai dans la préparation de ma vendetta littéraire. Ma machine à écrire se mit à cliqueter, à crépiter comme au bon vieux temps. Je ne faisais plus qu'un avec elle, j'enfonçais les touches avec une espèce de rage à l'idée de tout ce temps perdu, de toutes les énergies gaspillées. J'en voulais éperdument à ma muse déchue et je possédais désormais les moyens de lui faire payer ce damné pacte de cohabitation dont la rançon avait failli être ma peau d'écorché vif. J'avais en tête de brosser un portrait d'elle, un roman, une nouvelle, n'importe quoi qui puisse capter, canaliser et contenir son être, une histoire qui ne serait que du papier et qui serait sa vie.

Pendant des jours, j'écrivis frénétiquement du matin au soir et, parfois, luttant contre l'épuisement, jusque fort tard dans la nuit. Elle m'avait appris à me passer de sommeil, elle en subirait les conséquences. Le café me soutenait dans cette claustration rigoriste et une farouche volonté de dire la vérité de notre liaison me tenaillait. La mémoire me faisait mal. Je raturais en râlant, je jetais au loin les feuillets à peine entamés, je déchirais furieusement des esquisses trop timides, des ébauches trop honteuses, ne conservant en fin de journée, à bout de jet, sans joie, que quelques pages pouvant passer pour prometteuses, arrachées comme des étincelles du feu prométhéen à une souffrance à laquelle je disputais ma pitance comme un vautour. Je travaillai jusqu'à l'exténuation, retravaillai jusqu'à la torture, critiquant impitoyablement tous mes tics, toute cette verbosité gratuite et cette complexité qui semblait pourtant si nécessaire à mon projet de rendre tangible au monde entier ne serait-ce que la plus infime fraction de la douleur reçue, donnée, par amour, toujours.

Vers le milieu de septembre, convaincu d'avoir produit un chef-d'œuvre, je pus me séparer de mon coup de papier à la postérité et prendre une vraie nuit de repos. Je pensais à ma défonce stylistique comme à un exploit : j'avais réussi à immortaliser les contours indéfinis d'une personne humaine à qui la prêtraille avait un jour apposé le prénom de Dorianne et à qui moi, je venais d'opposer une débauche nominative, un emportement de tout ce que ses baisers avaient amené sur le bout de ma langue.

Ensuite, ensuite seulement, après un tour d'horloge comme je ne croyais plus jamais en effectuer, je relus le tout d'une traite, qui s'intitulait simplement *Portrait de Dorianne grisée*. Un désespoir terrible m'inonda alors. Je n'avais pas été assez fort pour la démolir. Je vénérais encore trop celle qui émergeait de ce montage de mots échafaudé autour de son ombre, je ne pouvais me défendre de *l'admirer dans sa jupe de cuir serrée sur les cuisses, sa veste idoine découvrant une bande de peau blanchâtre sous le nombril et faisant naître, au-dessus de la généreuse échancrure du vêtement, son visage comme une coulée de cire irradiante mêlée à la masse noire des cheveux.*

Je n'avais pas su décrire la dernière version vue par mes yeux désabusés. C'est la fille splendide des nuits jamais finies qui était sortie de mon encre, comme un mauvais génie de sa bouteille, celle que j'avais adorée, la statue têtue sur laquelle s'étaient brisés tous mes arguments, tous mes raisonnements, la mémoire incarnée de mon Montréal à moi.

Je lançai l'ex-chef-d'œuvre à l'autre bout de l'appartement et hurlai, hors de moi :

— C'est ça ! C'est ça ! Tu gagnes encore, hein, Dorianne ? Tu gagnes même quand on ne joue plus ! C'est pas juste !...

Ma vocation étouffait de rage. Alors je décidai, tout penaud, de sortir un peu, de prendre l'air et des nouvelles du monde, des amis, de la famille. Ce qu'on appelle la vie.

* * *

Vincent viendra me voir et je lui dirai. Je lui dirai que le général en est un, et je lui dirai que Dorianne en est un. Je lui dirai que la Maison-Blanche en est pleine et que l'Apocalypse s'en vient. Je lui dirai que les signes le disent. Je lui parlerai des signes. Je lui dirai que je vais écrire sur les signes. Vincent viendra me voir, il aura l'air malheureux, comme moi, et ça lui fera du bien de voir quelqu'un qui est toujours malheureux, comme moi. Vincent dira, demandera : Qu'est-ce que tu penses de Dorianne, Pietr ? et moi je lui dirai, je lui dirai qu'elle en est un, comme le général Jaruzelski, et que la Maison-Blanche en est pleine et que l'Apocalypse s'en vient. Je dirai à Vincent qu'elle est venue ici et que je l'ai repoussée et que je la repousserai toujours, et qu'il devra la repousser aussi. Je lui dirai : il devra toujours y avoir loin de la coupe de Dorianne aux lèvres de Vincent. Je dirai à Vincent : elle ne passera pas le seuil de ma porte et Vincent lèvera la tête et Vincent saura pourquoi. Je lui dirai qu'elle a parlé à Pierre, et je verrai ses sourcils froncés par le souci. Et le pape, le Très-Saint-Père-Pape brandira toutes les croix du monde à leur face livide et impie, et il protégera la Pologne Promise, et je dirai à Vincent : regarde le petit crucifix au bout de ce jaseran, je le garde toujours autour de mon cou, et je ne boirai plus que de l'eau et cela sera bien ainsi, et je ne mangerai plus que du pain blanc, avec parfois encore un pogo de temps en temps, mais je ne mangerai que la pâte du pogo, et tout le reste du temps, du pain blanc et des pilules et je ne boirai plus que de l'eau, et cela sera bien ainsi. Alors Vincent demandera, car il sera fatigué de me voir planté là devant le poste de télé avec une image qui saute tout le temps, Vincent demandera à petit Pietr le Polonais : Est-ce que Pierre est là ? Et petit Pietr le Polonais devra lui répondre : Pierre est parti. Il est sorti avec Dorianne. Je le dirai à Vincent et Vincent froncera les sourcils et Vincent demandera : Est-ce que Pierre a terminé sa nouvelle fantastique, celle qui parlait d'un microbe miraculeux capable d'enrayer la corruption des cadavres partout sur la terre ? Vincent parlera comme ça et il demandera : Comment ça va finir, son histoire, à ton avis, Pietr ? et moi je dirai à Vincent : Dorianne en est un et le général Jaruzelski en est un, et quand l'Apocalypse ne sera pas loin, la mort deviendra la vie, la vieillesse deviendra la jeunesse, le tombeau deviendra le berceau et la Maison-Blanche en est pleine et le général Jaruzelski en est un et tous les généraux et tous les militaires de toutes les guerres de toute la terre en sont peut-être, et la tête me tournera et l'Apocalypse ne sera pas loin.

* * *

Sur une terrasse de la rue Saint-Denis qu'embrasaient les derniers feux de septembre, je retrouvai par hasard, un jeudi après-midi, le Pierre exubérant des beaux jours. Il parvint, tandis que le général Septentrion complétait sa manœuvre d'encerclement de la ville, à me submerger d'une vague de nostalgie qui amena les larmes d'un bonheur déjà ancien tout près de mes yeux. Elle paraissait loin, l'époque de la vache enragée, du diable tiré par la queue, du partage de tout à trois (sauf les femmes, Pierre baisant comme quatre), et de l'invention orale des grands livres qui envahiraient la cité, pas de quartier ! Avec le recul, notre trio fragmenté me présentait de nouvelles facettes où chacun semblait capable, sur le vaisseau démâté de nos aspirations, de conjuguer le verbe aimer à sa façon.

— Eh oui, mon vieux ! Dorianne et moi, c'est reparti comme en 46 !

— Je croyais, Pierre, que tu avais horreur, et j'utilise le mot horreur dans toute l'acception du terme, des filles soûles en général, et des filles alcooliques en particulier, et de Dorianne en…

— Ah mais oui mais je sais mais, c'est que, vois-tu, mon petit Vincent, Dorianne ne boit plus, c'est aussi simple que ça !

— Ah ah.

Il s'entêta.

— Depuis que vous vous êtes quittés, vieux, elle n'absorbe plus la moindre goutte d'alcool.

— Pierre ! Te rends-tu compte de l'énormité, de… l'anormalité d'une affirmation comme celle-là !

Je m'étais à moitié redressé sur ma chaise et j'avais crié cette phrase en balançant les bras de tous les bords tandis que les regards, des autres tables, convergeaient vers le foyer de notre conversation. Pierre s'efforça de me calmer.

— Mais oui, mais oui, je sais bien, vieux Vincent. Mais vient un moment où il faut se mouiller, tu comprends ? J'ai décidé d'aider Dorianne à se sortir de son marasme. Quand Pietr l'a ramenée chez nous l'autre fois, comme un cadeau empoisonné, pendant que je m'échinais sur ma maudite nouvelle, elle était tellement paf qu'elle a dormi sur le tapis du salon, comme un petit chien. Je suis resté là longtemps, jusqu'au matin, juste à côté, à la regarder cuver son vin, et je te jure que ça m'a fait quelque chose, mon vieux Vincent. Je ne l'avais jamais sentie si proche, si enfantine, si démunie devant toute la vie. Dans son sommeil, elle n'était plus soûle… Simplement humaine et toute seule, et j'ai bien vu qu'elle était ma sœur de sang. Dorianne avait besoin de moi, Vincent. Sa tête avait besoin d'une épaule secourable pour tenir le coup après ton départ. C'est là que le docteur qui dort en moi est intervenu : je lui ai prescrit ma cure spéciale : garder le lit et beaucoup d'amour. Et je lui en mets toute une dose, mon vieux.

— Et son gorille, lui, qu'est-ce que tu en fais ? Tu ne vas quand même pas me raconter que tu lui as rivé les épaules au plancher pour le compte ?

— Non, Vincent, répondit Pierre patiemment. J'ai trouvé une ruse pour éloigner la grosse brute, c'est tout. Mais pour combien de temps ? Je suis sûr qu'il est dangereux, l'animal. Il va continuer à tourner autour d'elle, à faire le pied de grue devant l'appartement. Dorianne n'est plus en sécurité, Vincent. Alors, c'est décidé : je vais m'installer avec elle.

Mes épaules s'affaissèrent sous le choc.

— En voilà un revirement, tiens ! Te rappelles-tu, mon brave, le temps pas si lointain où tu me mettais en garde avec bienveillance contre les conséquences d'une entreprise exactement semblable ? Mon Dieu, j'ai quasiment le vertige… Ça veut dire que tu vas laisser notre petit Pietr tout seul ? Tu vas faire ça, Pierre ?

Il balaya toutes mes réserves du revers de la main.

— D'abord, je t'assure que c'est sérieux, la sobriété de Dorianne…

— Ouais.

— Quant au camarade Pietr, eh bien, j'ai pensé, mon vieux Vincent, que tu pourrais te dévouer de temps en temps et passer le voir, juste question de prendre le pouls, si tu vois ce que je veux dire, ça m'inquiète vraiment, tu sais, cette pharmacie qu'il garde sous clé dans sa chambre, et puis, tâcher de lui remonter le moral, de le faire sortir quand il fait beau, peut-être ? Qu'est-ce que tu en dis ?

— Bref, résumai-je non sans ironie, tu comptes sur moi pour me comporter en parfait petit préposé aux bénéficiaires ! Pendant que j'y pense, est-ce que la liste des services essentiels comprend les visites à domicile des stripteaseuses qui peuvent aller plus loin pour un léger supplément ?

— Très drôle, apprécia-t-il en se levant.

— Où tu vas comme ça, mon Pierre ? J'espère que tu vas me faire l'honneur, et j'utilise le mot honneur dans toute l'acception du terme, de te cuiter avec moi ce soir ?

— Écoute, non, je ne peux pas, oui, peut-être bien, mais il faut que je passe un coup de fil à Dorianne. Imagine-toi qu'elle se trouve là-bas, à l'appartement, en train de m'attendre sagement. Sobrement…

— Dorianne… Incroyable. Non, incroyable n'est pas le mot. Mais c'est émouvant, tu as peut-être raison.

Quand il revint, ses fortes mâchoires étaient solidement contractées et ses grosses babines se refermaient sur l'objet d'une préoccupation si grande qu'il en oubliait de décocher l'habituel coup d'œil coulis à quelque fille jugée potable qu'il frôlait en passant.

— Ça ne va pas, Pierre ? Tu es tout pâle et ce n'est pas ton genre, mon gars.

Il ne prit pas la peine de se rasseoir.

— C'est Dorianne. Tu sais la voix qu'elle a quand elle a bu ? C'est cette voix-là que je viens d'entendre, en fait, je viens d'entendre un fantôme. Il faut faire vite. Elle m'a dit que son grand ami l'idiot criminel se trouvait sur les lieux et qu'il l'avait un peu frappée. Ils sont en train de se chicaner, shit !

— J'y vais avec toi, décidai-je en sautant sur mes pieds.

C'était sorti tout seul. En lui emboîtant le pas, je ne tentai même pas de faire cul sec avec ma consommation.

* * *

Vincent viendra et je lui dirai : elle en est un, Vincent, comme le général Jaruzelski. Et la Maison-Blanche en est pleine et ils seront toujours plus blancs et c'est pourquoi ils réclameront toujours plus de sang. Et je lui dirai : tu vieilliras, Vincent, mais elle ne vieillira pas. Elle ne vieillira pas. Je lui demanderai s'il a vu le rouge de ses yeux. Je lui dirai : le général Jaruzelski en est un et il porte des lunettes noires, et la Maison-Blanche en est infestée. Je dirai à Vincent : elle n'a jamais traversé un cours d'eau. Elle ne traversera jamais un cours d'eau. Je dirai à Vincent qu'elle en est un et qu'elle ne viendra pas dans mon lit et qu'elle ne viendra pas dans ma chambre. Je montrerai à Vincent pourquoi. Je lui dirai que le locataire précédent a accroché le crucifix et que je ne l'ai pas enlevé, que je ne l'enlèverai jamais. Je dirai à Vincent que je ne bois que de l'eau et que cela est bien, que je ne mange que du pain blanc et la pâte des pogos et que cela aussi est bien. Vincent me répondra que si je ne bois que de l'eau, j'ajoute beaucoup de pilules pour la faire passer. Vincent dira : Écoute, Pietr, mon ami, je pense vraiment que tu en prends trop, de ces machins-là. Il dira : Tu n'as pas l'air dans ton assiette, Pietr. Il dira : Je sais que tu as des prescriptions, mais ce sont des prescriptions bidon. Il dira : Tu devrais écouter Pierre quand il te fait des reproches. Il sait de quoi il parle, à cause de tous les vieux qu'il a vu crever. Il dira : Regarde-toi dans le miroir, Pietr. Tu as le visage bouffi, les yeux dans le beurre. Il dira : Secoue-toi, bon Dieu, tu ne trouveras pas ton âme sur l'écran de la télévision. Il demandera : Qu'est-ce que tu prends ? Des calmants, des anti-dépresseurs, des anxiolitiques, des somnifères, des valiums, du lithium, des stimulants, des euphorisants, tout ça en même temps ? Il dira : Pietr, seigneur, tu n'as plus une seule idée, une seule humeur qui t'appartiennent en propre ! Il dira : Ta vie est devenue une pharmacie, Pietr, tes états d'âme tiennent dans des petites bouteilles. Et moi, petit Pietr le Polonais, je répondrai à Vincent que je préfère les petites bouteilles à la Bouteille. Et je dirai à Vincent que seule la vie spirituelle, que seule la mort m'intéressent. Et je dirai à Vincent : quand le Christ reviendra, il jouera la dernière cène avec des pilules à la place des hosties, et la religion sera la drogue du peuple. Je dirai à Vincent que mes petites pilules blanches sont des hosties. Je lui dirai que je vais écrire le grand livre de la Pologne Promise, le grand livre de la Solidarité Papiste, et je dirai à Vincent que Jean-Paul Sartre se bourrait de pilules pour écrire, et je lui dirai qu'il écrivait beaucoup et je lui dirai qu'il était athée mais qu'il aurait compris, lui, que le général Jaruzelski en est un et que la Maison-Blanche en est pleine, et je lui dirai que Jean-Paul Sartre était athée et qu'il buvait beaucoup de vin et qu'il était écrivain et que, peut-être, Jean-Paul Sartre en était un aussi. Je dirai à Vincent que leurs victimes en deviennent aussi. Je dirai à Vincent que je n'ai encore rien écrit et que mes petites pilules sont des hosties.

* * *

La grosse brute était en train de lui taper dessus avec une application si soigneuse qu'on eût dit la démonstration de quelque robuste mécanique conçue pour laminer aveuglément un matériau. Elle se laissait tapocher tout plein, totalement abandonnée aux forces hostiles incarnées de façon exemplaire par ce grand gars grimaçant.

Côté muscle, cependant, notre petite Dorianne recelait des capacités surprenantes. Après avoir encaissé un nombre suffisant de coups, comme si elle avait secrètement tenu la comptabilité de son châtiment, elle battit notre intervention de vitesse et décocha une bourrade aux allures de simple geste d'agacement qui envoya le gras-double valser plus loin en soulevant la poussière du plancher. Il valsa d'ailleurs d'une manière assez peu harmonieuse et tenta de conclure sur une figure de ballet mais, ne pouvant, en raison de ses proportions anatomiques, se tenir longtemps sur la pointe des pieds, il ne tarda pas à s'écraser de tout son long, événement qui fut à l'origine d'un tintamarre considérable.

Dorianne était sérieusement contusionnée. Les ecchymoses se pressaient contre la peau, gros nuages noirs s'épaississant de minute en minute, comme si l'organisme avait dû concentrer, en quelques points précis de l'épiderme, le peu de sang contenu dans ce corps. Il n'en coulait nulle part, néanmoins. On ne voyait partout que des larmes et du vin, et la propriétaire de cette chair pâlotte et dévastée fut contente de nous voir.

— Eh, amis, fit-elle avec un geste empreint de lasse innocence. Vous êtes venus, mes deux amours ! Mes trois amours, plutôt : l'ancien qui devient le nouveau et celui qui se trouve entre les deux, mon Vincent adoré... Oh, Pierre !

Je me cantonnai au creux d'un recoin, nullement disposé à m'ingérer dans les affaires intérieures d'un couple constitué en bonne et due forme. Je m'assignai pour mission de surveiller, du coin de l'œil, le gros tas que Pierre était en train d'enjamber ou plutôt, pardon, il lui posait carrément le pied dessus, un pied plein de mépris qui devait peser pas loin d'une tonne. L'autre n'émit qu'un souffle et, dans un curieux sursaut de raison, décida que le sol représentait, somme toute, un endroit plutôt confortable pour écouler les prochaines minutes.

La scène qui suivit fut pathétique à souhait. Pierre, pénétré d'un sérieux morbide que je ne lui avais jamais connu, se tenait bien droit devant une Dorianne qui lui souriait d'un sourire à la fois abruti, gêné et consciemment mais sombrement triomphant. Cette scène, je pourrais l'intituler *La Rechute* sans courir grand risque de passer à côté du sujet. J'étais sûr que Pierre sentait, à ce moment-là, dans la cale de quelle galère il venait de se rembarquer. Or, il s'avérait, évidence éclatante, que les mises en garde d'autrui, dans ces cas-là, ne servent pas à grand-chose de plus qu'à griffonner quelques notes au dos de la fatalité.

Je revis Dorianne deux semaines plus tard lors d'une promenade crépusculaire au parc La Fontaine. Les feuilles d'octobre sacraient leur camp par terre dans un tourbillon d'or et un flamboiement ultime tandis que le soleil dégringolait derrière les étendues bleutées du mont Royal, touché à mort par un avion qui, ténu comme une mèche au bout du cierge blanc formé par son sillage, passait par là. Je trouvai Dorianne assise par terre sur un tapis de feuilles mortes atterries en douceur entre l'étang, couvert de leurs consœurs comme d'une dorure, et le ruban d'asphalte, plus haut, que piétinaient avec une fébrilité lunatique les flâneurs aux instincts en éveil. Elle avait dissimulé sa bouteille de vin rouge dans un sac de papier brun, le truc classique, et elle embouchait, de temps en temps, le goulot dépassant de cette cagoule aveugle. Elle était seule mais, déjà, les éclairs mourants jetés par la sphère rouge révélaient, au fond de mâles prunelles disposées en un réseau plus ou moins circulaire alentour, les ombres jamais entièrement trahies, les absences jamais complètement avouées du désir.

Aussi bien que ce soit moi, me dis-je en me laissant tomber, postérieur premier, sur le sol d'automne déjà durci près d'elle. Ah ma Dorianne ! Que n'aurais-je pas donné alors pour que tout redevienne comme à la minute inaugurale, quand le chemin que nous avions à parcourir ensemble s'étirait encore devant nos corps, vierge de tout empiétement nocif, quand il restait permis de voir dans tout ce vin rouge aux sombres reflets, entre tes doigts et entre tes lèvres, l'objet d'un culte voué au soleil et à la vie et non pas le véhicule velouté d'une course affolée à la mort se refusant, refluant à jamais devant toi à mesure que tu buvais, à mesure que tu trinquais à la démesure sans fin. Tu portais des verres teintés ce soir-là, Dorianne, mais oh, que le soleil était rendu loin, loin de nos terrestres positions.

— Bonjour, ami, me dit-elle tristement.

Je l'embrassai d'un regard seulement, et ce regard attendri la fit pénétrer en grande pompe, fraîche comme une rose, au sein de mon esprit avide de beauté. La cuite qui, selon tous les indices disponibles, n'avait pas cessé depuis trois jours, la volée de coups essuyée aux mains du malabar de la rue De Lorimier, aucun de ces avatars n'avait laissé de traces visibles sur sa complexion délicate. Était-ce le jeu de l'obscurité ? Bleus résorbés, beurre noir fondu comme par magie, elle était dans le coup comme jamais, indestructible. Les yeux, à peine cernés d'un peu d'ombre arrachée à la nuit tombante, étaient injectés de sang, si bien striés de minuscules vaisseaux éclatés que le reflet des prunelles avait pour ton dominant un rouge foncé, presque bourgogne, répondant, comme une paire de cataphotes, au trépas temporaire du soleil.

— Tu es très belle, Dorianne, ne pus-je m'empêcher de lui dire.

Clac, ses mâchoires se refermèrent d'un coup sec. Ses dents brillèrent en signe de satisfaction mêlée d'avidité et je savais que la lune se levait quelque part dans notre dos.

— Mais tu te maganes trop, repris-je. Et tu ne manges pas assez. Toujours la bouteille...

— Bouh, répondit-elle, comme butant sur la première syllabe de ce mot.

— Comment va Pierre ?

Elle éclata d'un rire grossier.

— Il est comme toi, il me fait la morale... Je vais finir par l'avoir, lui aussi. À l'usure.

Comme lors de nos précédentes promenades au parc, la petite chauve-souris brune vint tournoyer autour de nous un moment. Dorianne leva la tête et s'attacha à suivre sa trajectoire tourmentée.

— Il n'y a plus d'insectes, observa-t-elle en reportant ses regards sur l'étendue plate et plombée de l'étang, en contrebas.

— Ouais, fini les éphémères, murmurai-je doucement.

— Qu'est-ce qu'elle va faire ?

— Une éphémère, ça vit trois jours, continuai-je, et puis ça crève. Juste le temps d'une bonne bamboche, une cuite à tout casser…

L'erratique volatile avait disparu en direction de la ville. Je déclarai en faisant pivoter ma tête :

— Tu sais, je n'avais jamais fait le rapprochement entre ce nom : chauve-souris… et l'habitude qu'on leur prête de s'accrocher aux cheveux. Tu crois qu'il y a un rapport ?

— Toi et tes questions, soupira-t-elle, fatiguée.

— Toi et tes réponses…

Elle se leva, vacilla sur ses pieds, se rétablit d'un coup de reins et, me prenant par la main, voulut m'entraîner à sa suite.

— Viens, Vincent ! m'invita son souffle rauque.

Le contact de sa paume glacée créa un appel de chair qui me donna le vertige. J'étais terriblement attiré par la voluptueuse vacuité de ces veines qui voulaient s'enrouler comme de longs vers autour de mes membres. Je parvins tout de même à arracher ma main à sa prise suppliante et je pus dire simplement :

— Non, Dorianne.

— Bouh, fit-elle encore, mais sans verser de larmes, avant d'avaler une nouvelle rasade de vin. Bouh…

Je crus entendre une chouette qui, juchée derrière le rideau décharné d'un érable, lui faisait écho. Mais je n'en étais pas sûr. Et moi aussi, en retournant chez moi, je pleurais.

* * *

J'écrirai : la terre s'anéantira car les temps seront venus et les signes l'auront dit. Et les humains ne voudront pas lire les signes et ne voudront pas accepter la fin du monde, comme ils ne voudront jamais accepter leur mort d'humains. L'Occident disparaîtra et ce ne sera pas un accident, car la Maison-Blanche en est pleine et les pays de l'Est s'engloutiront, car le général Jaruzelski en est un. Le monde moderne sera anéanti aussi sûrement que le Mexique antique mais le Mexique antique acceptait la mort et savait verser le sang et le Mexique antique acceptera toujours la mort et le sang et la destruction et les Chicanos seront les nouveaux conquistadores du Nord, à la recherche du nouvel or du Nord. Parthénon et pyramides et Parthenais et tout ce qui est pierre durera toujours, et tout ce qui est signe durera toujours, mais les humains passeront sur terre et disparaîtront et les civilisations passeront sur terre et s'anéantiront, et la seule chance de survivre sera d'avoir une âme à sauver, et le Très-Saint-Père-Pape de toute la Pologne Promise saura préserver l'âme de la Pologne Profonde et saura laisser les plates-bandes de la politique au général qui en est un et à la Maison-Blanche qui en est pleine. L'univers entier s'anéantira parce que le sang ne pourra pas toujours couler en vain, toujours dans le même sens, et l'univers entier s'anéantira parce que les peuples ne pourront jamais être tous pareils ou proches parents. Moi, le petit Polonais apatride, je pleurerai ma Pologne Promise et prendrai mes pilules et prierai peut-être pour mon pauvre Pays Puni parce que le petit Pietr est une personne particulière, lui, et sera toujours une personne particulière, refusera toujours le métissage du monde. Le petit Polonais n'aura jamais de sang pur de type aryen mais il aura du sang propre et son sang sera à lui et à personne d'autre, et le petit Pietr ne s'assimilera jamais et ne voudra rien savoir de personne et il paranoïera. Alors il écrira : le général Jaruzelski en est plein et la Maison-Blanche en est un. Et ils anéantiront le monde parce qu'ils voudront que le monde soit partout pareil, tout mélangé, homogénéisé dans la communion du sang versé. Au fond, ils n'accepteront jamais la variété de la vie et ce qu'on appelle l'âme, et la mort du monde sera la seule façon pour eux de rendre tout le monde pareil à tout le monde. Et je l'écrirai, ça aussi.

* * *

C'était bizarre de composer ce numéro qui, maintenant, se posait en alignement de chiffres si éloigné de mon quotidien. Je m'attendais presque à entendre le son de ma propre voix à l'autre bout du fil. Dès que le timbre résonna, on décrocha là-bas.

La voix de Pierre était transformée, elle n'avait plus ce côté tranchant que confère l'assurance. Quelque chose s'était émoussé le long des fines lames lui tenant lieu de cordes vocales. Plus rien à voir avec le Pierre pétant de bonne humeur et éclaboussant de malice qui avait si bien imprégné de sa forte personnalité le tissu de nos relations.

— Je ne te réveille pas, j'espère ?

— Non, assura-t-il en poussant un bâillement d'avaleur de monde. Non, je ne dormais pas.

— Tu ne vas pas me dire que tu prends maintenant ton sommeil la nuit, comme tout le monde ?

— Non, ce n'est pas ça. En fait, la nuit, j'en ai tellement plein les bras avec Dorianne qu'il ne me reste pas beaucoup de temps pour faire autre chose. J'essaie dans la mesure du possible de l'empêcher de faire des folies, mais tu sais comme moi, mon gars, qu'avec elle, la mesure du possible déborde depuis pas mal de temps déjà. Tiens, cette nuit, en rentrant au bercail, elle sort sur le balcon, la coupe de vin à la main, pour porter un toast à la ville endormie, comme elle dit. Je la rejoins, elle enjambe la rampe de fer forgé et s'amuse à se laisser pendre au-dessus du vide, en me laissant sa main libre pour la retenir. Je te jure, vieux Vincent, que si j'avais lâché cette pauvre petite main là, notre Dorianne foutait le camp pour de bon, direction centre de la terre.

— Elle m'a déjà fait le coup aussi, confessai-je. C'est comme ça avec elle : elle a le don de nous mettre des responsabilités vraiment terrifiantes sur les épaules. Chaque geste devient une question de vie ou de mort.

— Très juste, vieux Vincent ! Très juste ! Je constate avec plaisir que la lucidité que je t'ai toujours enviée n'est pas trop délabrée. Moi, par contre, au niveau des facultés mentales, je suis en pleine déroute. La nuit, je ne ferme pas l'œil, je suis trop occupé à la surveiller, et le jour… Comment dire ? Dormir à côté d'elle, ça me donne froid dans le dos. D'ailleurs, je n'ai jamais aimé dormir avec une femme. Tu te rappelles ce que disait Kundera : le sommeil partagé, c'est le corps du délit de l'amour. Bouh, que c'est sinistre ! En fait, je ne dors presque plus, avoua-t-il piteusement.

— Est-ce que tu essaies de travailler un peu ?

— Je suis presque toujours trop fatigué, tu sais… Et puis, chaque fois que je me découvre un peu d'énergie que je crois pouvoir convertir en créativité, vlan, Dorianne survient dans mon dos et trouve le moyen de déclencher un autre affrontement. Mais l'instant d'avant, elle dormait comme une morte ou une marmotte. Comme si la moindre tentative d'écriture avait le pouvoir de la ressusciter tout de suite… drôle, hein ?

— Ouais, j'ai connu ça aussi, Pierre…

— Et puis, ses scènes de jalousie sont des chefs-d'œuvre, hein ! En termes d'adultération des faits, je veux dire. Avec moi, tu imagines un peu que ce ne sont pas les pièces à conviction qui manquent. Elle n'a qu'à feuilleter mon agenda une seconde pour qu'il lui vienne automatiquement une de ces envies de déchirer toutes les chairs cachées sous les noms et les numéros. Bref, tu comprends ce que je veux dire, Vincent : l'épuisement précède le travail au lieu de lui succéder. C'est pas normal. Et puis moi, tu sais, je n'ai pas une grosse expérience pour me pousser dans le dos, comme toi, pas de manuscrit d'une tonne qui traîne dans le tiroir en attendant de provoquer l'extase des préposés à la publication. Moi, j'ai les pieds en plein dedans, mon expérience, je n'en retire rien, je manque de recul. Tu sais bien, toi, mon vieux Vincent, que ce qui m'a toujours intéressé, dans la vie, c'est le cul bien plus que le recul.

— Ouais. Si je comprends bien, mon Pierre, le monde n'est pas à la veille de connaître le sort qui sera le sien le jour où un virus malin fera marcher la vie à l'envers.

— J'en ai bien peur, Vincent. J'en ai bien peur.

— Ouais.

— Tu sais, vieux Vincent, reprit-il après une hésitation, dans notre petit groupe, c'est probablement toi, le véritable écrivain. Moi, on dirait que je suis trop pris par la vie. Pietr, lui, il préfère remâcher son mysticisme de pacotille au lieu de rédiger son maudit essai politique. Et Dorianne, ah, Dorianne ! C'est elle, parmi nous, qui voulait le plus ! Tu l'aurais entendue, au début, quand je l'ai connue ! Elle ne parlait que de ça. Elle voulait connaître des vrais écrivains. Le plus drôle, c'est qu'elle ne lit presque jamais, à part ces minces compilations de nouvelles macabres qui ont des maquettes grotesques en page couverture… mais elle essaie quand même d'employer des mots longs comme ma queue !

— Tu exagères, Pierre.

— En tout cas, sa vie à elle ferait un assez beau conte d'épouvante. C'en est effrayant !

— Ouais.

Lorsque je fus sur le point de le quitter, Pierre me rappela, d'une voix où perçaient des accents de mauvaise conscience :

— N'oublie pas, Vincent, de passer voir Pietr, notre petit Polonais à nous. Moi, je ne m'en sens pas la force pour le moment. Je me demande ce qu'il devient. D'ailleurs, c'est plus près de chez vous que d'ici…

— Promis, Pierre, promis.

* * *

La Bête viendra. L'alcool rendra l'homme semblable à la Bête et la femme semblable à l'homme et la femme semblable à la Bête. La Bête viendra. Je le dirai, je le crierai, je l'écrirai : la Bête viendra. Les signes le diront, de plus en plus nombreux, et la Bête sera là. Vincent viendra aussi, et Pierre reviendra aussi, à son heure, mais Pierre ne saura jamais, lui. Pierre croira encore que la Bête peut être une bestiole innocente, un animal en cage, une victime qu'il est possible de délivrer autrement que par la mort, la vraie, le point final. Mais Vincent comprendra, lui. Il saura que la seule chose qui peut délivrer la victime de la vie et la victime de la non-mort, c'est la mort. Vincent comprendra qu'il ne faut pas confondre la victime avec la Bête, que la victime restera toujours innocente alors que la Bête ne sera jamais innocente. Vincent saura que pour chasser la Bête, il faut donner la mort à la victime, la lui offrir sur un plateau d'argent, et que pour sauver la victime il faudra délivrer la Bête. Vincent saura que la Bête incarne le paradoxe suprême, et que c'est pourquoi elle fera toujours trembler la terre. Il saura que la Bête prendra le monde entier à la gorge si on la laisse faire. Oui, Vincent reviendra pour être confronté à ça, à ce qui ne pourra jamais être une certitude mais deviendra bientôt plus que la peur irraisonnée d'un petit Polonais paniqué. La Bête reviendra et petit Pietr l'attendra. L'attendra de pied ferme, petit Pietr. La Bête reviendra et elle aura saisi Pierre à la gorge et vidé Vincent de ses forces et ils reviendront parce qu'ils appartiennent à la Bête. La Bête. Je l'écrirai. Le général Jaruzelski en est un et la Maison-Blanche en est pleine. Et moi, petit Pietr le Polo-

nais, serai là au jour dit, au jour décrit par les signes, et l'attendrai de pied ferme et elle aura asservi Vincent et sera en train de piller le cœur de Pierre mais Celui-qui-Va-à-Pied sera là et elle n'entrera pas dans la chambre sur laquelle veille le Très-Saint-Père-Pape-Tout-Puissant de la Pologne Promise, seul à pouvoir l'arrêter. La Bête viendra. La Bête viendra et petit Pietr se dressera en face d'elle, avec des prières et avec un pieu.

* * *

Galvanisé par l'intuition téléphonique de Pierre au sujet de mon avenir d'écrivain, je récupérai le manuscrit qui traînait dans un coin où il avait fait office de vadrouille et me remis à le feuilleter, stylo bien en main, prêt à abattre sur lui le fléau de la correction. J'émergeai de cette nouvelle lecture avec la pie-mère chatouillée par un doute : se promenant le long de mes pensées, ne reposant que sur une impression floue, le flottement de quelques détails peut-être, il y avait le très net sentiment que mon texte avait changé. Plus précisément : que ma tentative d'encadrement définitif de la personne de Dorianne avait subi de subtiles modifications depuis ma dernière révision. Je relus le tout une autre fois et le malaise se précisa.

Ses lèvres étaient pleines, gonflées de vie et arrogantes. Ses joues s'allumaient de miroitements rubis, de mille flambeaux ardents, sa chevelure avait le lustre d'une noire auréole de lumière autour de son front qui dévalait, pente de neige pure, jusqu'à la saillie du nez. De part et d'autre : la percée des yeux, magnifiques, veinulés de rose. Cette nuance nacarat dans le regard, qu'on ne pouvait déceler que de près, était le seul signe visible de la fatigue que tout ce physique livré à l'excès tenait enfermée dans une oubliette…

Comme si l'aura de perfection esthétique de mes descriptions initiales avait commencé à se ternir insensiblement. Jonglant avec mon imagination, j'essayais de mieux définir ma perception : une lézarde à la base de la construction ? Une fissure à la surface du tableau ?

Laissant retomber la pile de feuillets sur le sol, je me mis à réfléchir. Les mots eux-mêmes, pris dans leur fixité de signes, ne pouvaient avoir changé. Ils restaient suspendus aux lignes par leur vœu d'intemporalité. Il fallait donc que cela vînt de moi, de l'interaction entre ma mémoire et ce réseau de lettres, phrases, paragraphes et chapitres promis à l'inertie des choses inanimées. J'étais le seul responsable de cet abus de sens que me proposait mon propre texte. Oui, il fallait que ce soit moi. Alors, tirant les conséquences obvies de cette conclusion, je fus saisi d'un autre doute.

Tout le temps qu'avait duré ma cohabitation avec Dorianne, j'avais vécu loin des yeux du miroir. Ma brave amie ayant toujours manifesté une sainte horreur de ces plats objets, un de mes premiers soucis, lorsque j'avais emménagé rue Parthenais, avait eu trait à l'acquisition d'un de ces rectangles de tain glacé capable de capter le rayonnement de la figure. Je sentis soudain un pressant besoin de renflouer ma vanité et courus à travers l'étroit passage menant de mon cagibi de travail à la salle de bain. Là, planté en face de l'autre Moi ondulatoire qui m'y attendait anxieusement, un examen minutieux vint confirmer mes pires craintes. Des indices ténus, infimes et néanmoins rigoureusement éloquents, disséminés à ma surface comme des balises herméneutiques, trahissaient le cours implacable d'un processus connu. C'était un cheveu d'argent encastré là, au milieu de la mèche mordant à ma tempe (mon premier cheveu blanc) ; c'était le presque imperceptible fléchissement d'un trait autrefois coulé dans le mol béton de la chair, se traduisant par cette craquelure cutanée que nous appelons ride (ma première ride) ; c'était un afflux charbonneux en expansion au creux de mes orbites oculaires, littéralement sous mes yeux (mes premières poches sous les yeux). Je soupirai tout en pétrissant ma figure sans effet et compris confusément, en une seconde, que j'avais commencé à empiler les années dans la colonne creuse de mon corps.

Sautant sur le téléphone, je rappelai Pierre aussitôt et lui demandai des précisions sur le comportement de Dorianne.

— Oh, tu sais ce que c'est, la routine… répondit-il, excédé. J'émerge d'une cuite à enterrer un âne, mon vieux ! Je suis tout juste bon à ramasser à la petite cuillère, tu vois le genre ?… Dorianne ? Elle est couchée, elle ne remue pas un poil, pour le moment. Tu veux savoir de quoi elle a l'air ? Sacré Vincent ! Bon, attends… Pas de doute, elle passe le test, mon vieux. Pas la moindre petite bouffissure de la chair en vue ! Aussi irréprochable, physiquement, que la première fois que je l'ai connue, et conquise, et prise, parce que ça n'a pas traîné avec moi, tu me connais, hein, vieux Vincent ?

— Ouais, bon, bien, on se donne des nouvelles, Pierre. Salut.

J'en avais assez entendu. Il eut le temps de dire encore :

— Eh bien, comme on souhaite toujours aux autres ce dont on se trouve privé soi-même, je te dirai, mon vieux Vincent : dors sur tes deux oreilles.

— Pierre ?

— Oui ?

— J'aimerais bien que tu arrêtes de m'appeler *vieux Vincent*, tu veux ?

* * *

Vincent écrira. Petit Pietr, on verra. Pierre n'écrira pas, mais Vincent écrira. Je le lui dirai, quand il viendra. Vincent écrira. Petit Pietr, lui, n'écrira peut-être pas, mais il criera. Il criera que le général Jaruzelski en est un et que la Maison-Blanche en est infestée. Je le crierai. Quand Vincent viendra, petit Pietr le prophète lui dira : tu écriras, Vincent. Tu écriras mais, auparavant, il faudra te débarrasser de la Bête. Parce que tu l'auras toujours dans la peau, pauvre Vincent, tu l'auras toujours dans la peau et il y aura de moins en moins de toi sous ta propre peau, pauvre Vincent, et il y aura de plus en plus de la Bête prenant toute la place sous ta peau, et je dirai à Vincent : ce sera comme ça jusqu'à la fin des temps, mais à la fin des temps ils devront bien s'arrêter, tu vois, Vincent, parce qu'il n'y aura plus de vie et par conséquent plus de non-mort, la non-mort ne pourra pas survivre à la vie. Tu verras, Vincent. Mais tu écriras, et petit Pietr criera et notre ami Pierre dira tout ce qu'il voudra, et il faudra bien que tout cela soit avant la fin des temps, Vincent. Il faudra bien. Il faudra bien que tu comprennes enfin que quand la Bête viendra, il faudra se dresser sur son chemin, le pieu à la main, et lui offrir la mort comme un cadeau, Vincent. Il faudra bien que tu comprennes que la Bête en toi aspirera au repos, aspirera toujours au repos, et que la Bête en toi te refusera la mort si tu ne lui accordes pas le repos, et que le général Jaruzelski aspirera au repos lui aussi et que tous ceux de la Maison-Blanche aspireront au repos et que même le Très-Saint-Père-Pape-Protecteur de toute la Pologne Promise aspirera au repos et aspirera au cercueil et aspirera à l'accueil de la terre natale, au mélange rédempteur avec l'humus originel, ou peut-être l'enfouiront-ils sous la basilique Saint-Pierre, et pourquoi pas Saint-Pietr ? Où me mettront-ils, moi le petit Pietr, au jour de la grande délivrance ? Pourra-t-on piétiner le corps du petit Pietr la peau en paix dans sa douce patrie ? On verra. On verra, Vincent. On verra mais tant que tu ne te seras pas dressé devant la Bête, avec des prières et avec un pieu, tu ne connaîtras pas le repos, et tu auras la Bête dans la peau, et l'Apocalypse sur les lèvres et dans la peau.

* * *

Durant la seconde moitié d'octobre, j'entendais périodiquement des nouvelles de Dorianne, entre les branches comme on dit, et ça tombait bien : les branches étaient toutes dégarnies. Pierre ne fut pas mon seul agent de liaison. Un après-midi, étant parvenu à m'arracher à l'inféconde pénombre emplissant mes combles de la rue Parthenais, je rencontrai une fille que j'avais connue dans un cours de littérature, au temps où je rêvais déjà de faire une belle carrière au royaume des lettres. Plutôt jolie et pleine d'une pétulance dont elle n'avait de cesse de faire bénéficier la faune des bars, elle accepta avec un empressement convenable les avances que je lui fis sans tarder, tout à ma fierté un peu puérile de lui apprendre que, maritalement parlant, ma vie était finie et que, selon toutes les apparences, j'étais redevenu libre. Cependant, elle changea brusquement d'humeur lorsqu'elle comprit sur la couche de qui je m'étais ainsi compromis. Elle connaissait Dorianne de vue, et bien. En guise d'excuse, je lui affirmai que je l'avais aimée, je m'en confessais candidement. Dorianne avait été ma flamme avant d'être mon enfer. Mais l'autre fixa sur moi de grands yeux ronds de réprobation.

— Voyons, Vincent ! Tu ne la vois pas aller, quand elle se dandine dans les bars, ivre morte, avec une sorte de grimace épaisse en pleine face, devant les gars qui sont encore assis tout seuls parce qu'ils croient à l'âme sœur à trois heures du matin, et qui se demandent c'est quoi cette fille-là qui ne tient plus debout, mais évidemment pour ce qu'ils ont à faire, pas besoin de se tenir debout, et qui s'interrogent à savoir si elle n'est pas décidément *trop faite* pour fournir le minimum de satisfaction auquel ils sont en droit de s'attendre. La dame aux camélias, en comparaison de ta Dorianne, c'est une directrice d'œuvres de charité !

Quelle virulence, décidément. Pour endosser franchement la toge de l'avocat du diable, je rétorquai maladroitement :

— Ce que tu ignores, ma chère, c'est qu'elle rentrait tous les soirs, non, je veux dire tous les matins, comme une bonne petite fille sage. En fait, si Dorianne draguait tant, vois-tu, c'est qu'elle avait l'autobus et le métro en horreur, elle trouvait ça trop plébéien et puis, de toute façon, à cette heure-là, les transports en commun, hein, et elle était toujours trop fauchée pour se payer un taxi, alors elle s'arrangeait pour trouver une voiture qui pourrait la déposer à la porte, et là elle prenait congé du conducteur, je conviens que c'était un peu malhonnête, peut-être, comme tactique, abus de confiance et tout, mais au moins elle ne payait d'aucune façon, elle plantait le ou les gars là sur le perron et rentrait, enfin je pense, je veux dire la plupart du temps.

— Ouf. C'est compliqué, ton affaire.

Je ne l'avais guère convaincue. Et lorsque cette alléchante copine repoussa, quelques instants plus tard, des propositions plus élaborées, je sus que pesait sur moi un passé auquel je restais perversement attaché, un passé huileux, entaché, mêlé à la rumeur, du genre de ceux qu'on peut traîner dans la boue et dans les bars : une réputation. Je le sus encore mieux lorsque je me liai fugacement à une belle étrangère qui m'entraîna sur la piste de danse d'un établissement bien coté où je venais d'échouer devant un scotch sur glace, morne et songeur. Quand je me mis à dodeliner du chef, vers trois heures du matin, elle me lança sans pitié : *Alors, on s'endort déjà, le p'tit vieux?* Je me tus dignement, sûr de la futilité de toute réplique. J'aurais pourtant aimé lui répondre, battant lourdement des paupières devant elle, que j'avais déjà été empêché de dormir tout un printemps, moi, et tout un été, empêché de dormir ce qui m'avait en fait paru toute une vie, et qu'à cette heure, sombrer dans le sommeil pour ne plus jamais me réveiller n'aurait pas encore été assez. Certain qu'elle n'aurait pas compris ça.

Mais je me réveillais toujours. Et la plupart du temps, trop tôt. Ce n'était pas drôle, les réveils. Avec cette fille-là en particulier. Dans la chambre de mon infatigable danseuse où j'avais fini par obtenir la permission de m'allonger au matin, un rayon de soleil cruel filtra à travers les persiennes et me frappa en pleine figure. Ça me fit revenir à moi, d'un coup, et lorsque je parvins à ouvrir, puis à protéger mes yeux contre l'indiscrétion éclatante du grand jour, la fille était là, appuyée sur un coude, et me scrutait attentivement.

— Tu es moins beau que je pensais, déclara-t-elle avec dépit. Ah, rien de tel que l'obscurité des bars, pour quelqu'un qui veut cacher son âge, pas vrai ? Mon pauvre vieux, on dirait que tu as passé l'année en enfer.

— L'année, peut-être pas, mais au moins deux saisons, je dirais. Bah, ce serait trop long à t'expliquer…

— Oui, bien sûr. Vive le mystère, hein ? Et puis, du temps, tu n'en as plus tellement, devant toi !

Garce.

Lorsque je me rendis dans la chambre de bain proprette de son appartement, le miroir ne fut pas plus indulgent. Wow, j'étais fripé pas pour rire. De belles pattes-d'oie barbotaient dans l'étang de mes tempes, des cernes en forme de bourbier léchaient la racine de mes cils, de nouveaux fils d'argent trahissaient le travail incessant du Temps sur ma tête et toutes sortes de plissements inopinés faisaient de ma figure un paysage de moins en moins agréable à parcourir. Accablé par tout ce qui me sautait ainsi au visage, je fis, grinçant des dents comme une vieille poulie :

— Merde ! Dorianne doit encore avoir passé la nuit sur la corde à linge !

— Qui ? demanda l'autre d'une voix pointue, de la cuisine où elle s'affairait à préparer le café.

— Oh rien, répondis-je en sifflotant.

Et pour moi-même, je murmurai, amusé : Dorianne sur la corde à linge, c'est pas mal, comme idée, ça : si seulement je pouvais l'enlever de moi comme un vêtement et la mettre à sécher, plus blanche que blanche au grand vent !

J'en riais tout seul.

* * *

Elle sera là aussi. Elle reviendra, ils reviendront tous et moi, Pietr le petit Polonais, je n'aurai pas bougé et je serai là pour les accueillir. Petit Pietr n'aura pas encore écrit son grand livre sur la Pologne Promise et Solidaire et Soumise et Saignée à Blanc. Petit Pietr devra d'abord crier, et puis, surtout, il devra planter son pieu dans la poitrine qui empêche tout cri de sortir et tout écrit de sortir. Petit Pietr prendra encore des pilules mais cela ne voudra pas dire que petit Pietr sera patient. La patience de petit Pietr aura des limites et ce n'est pas lui qui sera patient. Vincent viendra et je dirai à Vincent : le général Jaruzelski en est un et la Maison-Blanche en est pleine, et la mort deviendra la vie et la vie deviendra la mort, et le monde entier sera mort-vivant et il te faudra, Vincent, la clouer à son lit et Vincent dira : Hum… plutôt phallique, comme image, Pietr. La clouer au lit, vraiment… Pierre, lui, aurait dit ça bien plus simplement. Vincent dira : Il aurait dit : la mettre au lit, non, il y a encore un double sens… Vincent dira : Il aurait dit : la planter, la fourrer, la manger, est-ce que je sais, moi ? Vincent dira : La métaphore, on n'y échappe pas, dès qu'il est question de cul. Et petit Pietr sourira et petit Pietr saura que Vincent s'empêtre dans ses mots en forme de cache-sexe, et que Pierre est dépassé avec ses expressions crues, et seul, j'aurai raison quand je dirai : il te faudra, Vincent, la clouer sur son lit de mort, et je dirai à Vincent : Vincent, tu n'oseras pas, il faudra que ton ami Pietr de Pologne le fasse pour toi, en prononçant des prières pour le Très-Saint-Père-Pape de toute la Pologne, en brandissant son Christ en Croix et en aspergeant toute la terre de son eau de source en bouteille garantie non polluée et ce sera bien ainsi et en rompant de ses mains la pâte des pogos, la pâte seulement, et en maudissant les politiques pro-prolétaires de sa Pologne Promise et il faudra bien que le petit Pietr se mette en travers du chemin de la Bête, le pieu à la main, et ce sera bien ainsi. Tout le monde sera mort pareil, tous les autres seront morts et semblables et sans âme sauf toi et moi, Vincent. Saufs. Je dirai à Vincent : toi et moi, Vincent, nous serons pareils, un jour, mais nous ne serons pas morts, nous serons morts en apparence mais nous serons bien vivants sous les apparences et alors tu comprendras enfin ce que je te dis, tu comprendras que petit Pietr le Polonais est promis à la prison et pas au retour dans sa Pologne Promise, petit Pietr qui prendra ses pilules et son pieu, mais jamais son pied, et toi, Vincent, tu voudras ressembler à Pierre parce que Pierre sera plus beau que jamais ce soir-là, Pierre en sera un et en le voyant tu comprendras tout ce que je te dis, Pierre sera pétant de sexualité, mais toi, Vincent, je te dis, Vincent : tu me ressembleras à moi, ce soir-là, tu seras pareil à Pietr le petit Polonais et tu prendras ton pieu et tu feras des prières, ou bien tu pleureras et en tout cas tu auras peur.

* * *

La machine à écrire ronronnait comme un gros chat. Si l'invention littéraire avait pu s'exprimer en câlins, ma brique aurait déjà été là, sortie de mon four intérieur et mise à refroidir à la faible lueur de la lampe de travail qui tordait son long cou au-dessus de mon épaule. Mon portrait de Dorianne reposait sur l'étroite table métallique faite pour supporter tous les soubresauts de la mise au monde des mots. J'évitais de le regarder. J'avais coincé une feuille blanche dans le tordeur de la machine et je m'efforçais de réfléchir. L'idée du gros chat ne me quittait pas, peut-être à cause de ce doux ronronnement que provoquait la simple pression du doigt sur le bouton approprié. Je m'imaginais en train d'enfoncer des touches mussées au creux d'une longue fourrure, incrustées dans de la chair brûlante, je me voyais écrivant à même le vivant. Écrire un chat au lieu d'un roman, fini les problèmes de langue ! Ensuite, je pourrais rédiger un chien, un ours, un lièvre, un oryctérope, un chacal, un coati, un échidné, me rendre au bout de la création en réinventant la vie à rabais, bercé par le vieux trip de Noé : mettre tout le monde dans le même bateau. En même temps que nous le déluge ! Pour tout dire, le papier vierge ne me paraissait pas assez chaud, cette nuit-là. Et pourtant, ce manuscrit que je frôlais parfois du coude en manœuvrant sans conviction pour produire une frappe, ne fluctuait-il pas, ne vibrait-il pas lorsque j'osais poser les yeux sur lui ? Ça me faisait peur. De me trouver fin seul dans le clair-obscur de mon attique n'arrangeait rien à l'atmosphère.

L'anémie de sa figure était soulignée par des cernes profonds qui recueillaient les rigoles de son rimmel en pleine débâcle. À travers le réseau formé par ce ruissellement charbonneux, de fines rides se lançaient déjà, à partir des yeux striés de sang, à l'assaut des courbes neigeuses de son visage. Seul signe de vitalité au milieu de ce début d'outrage, les lèvres, pleines et vermeilles, se retroussaient aux coins pour laisser saillir les dents.

Une sirène, loin dans la nuit, fendit une artère encombrée, toute hurlante de macabre nécessité. Un crissement de pneus se fit entendre ensuite, plus près, et la rare pilosité de mes avant-bras se hérissa tandis qu'un vaste courant me traversait entièrement. Mon cœur se mit à battre et une délicieuse angoisse inonda mes centres nerveux. Claquements de portière, engueulade rauque, aboiements lamentables du damné chien du voisin : la nuit vivait, la nuit était pleine de feu et elle coulait dans mes veines. La nuit était partout sauf à la surface de ce feuillet désespérément blanc qui dépassait de mon moulin à mots et qui ne demandait qu'à avoir la paix. Un autre freinage en catastrophe monta de l'asphalte brûlé juste devant chez moi. Cette fois, je reconnus l'ambiance de drame en perpétuelle gestation que Dorianne sécrétait toujours dans un appréciable rayon autour de sa personne. Dorianne ! Je murmurai son nom et courus au balcon. Dorianne, c'était le danger, un danger depuis longtemps bien identifié. Et le danger, c'était la vie. Un trouble parfum de délivrance flottait dans le souffle de brise qui balayait la petite cage formée par mon balcon, et cet air froid, capable de geler tout langage, colporta jusqu'à mon oreille tendue une musique que j'avais presque appris à apprécier : ces râles d'automobilistes furieux dont je devinais les poings menaçants agités au-dessus des vitres abaissées.

Je jetai un coup d'œil plus bas et ma douce appréhension fut confirmée d'emblée. Appuyée avec un air de nonchalance arrogante au capot d'un véhicule qui venait de laisser une considérable quantité de caoutchouc collé à la chaussée, Dorianne regardait un conducteur dans le blanc des yeux et l'invectivait en des termes choisis. Le type, ému, était sans doute en train de se composer une réplique d'une ligne, style : sors-tu à soir ? Je sifflai, fis un signe à Dorianne qui rompit alors le contact et se dirigea, suivant un parcours ayant très peu en commun avec la ligne droite, vers l'escalier menant chez moi. Il était temps : l'homme venait de s'extirper de sa possession et il en était encore, à court d'épithètes, à étudier le spectre des actions à entreprendre quand un autre utilisateur des voies urbaines, dévalant la rue en trombe, buta avec un grand bruit contre son coffre arrière. Le pauvre gars pouvait bien prendre son temps, maintenant. Moi, c'est ce que j'aimais avec Dorianne : dans son voisinage immédiat, il se passait toujours des choses.

Un sursaut de fierté me fit retourner à ma table de travail où j'attendis dignement la fin de la pénible ascension. J'avais des choses à prouver à ma visiteuse. Entre autres : qu'elle ne m'avait pas encore abattu, que je pouvais encore écrire, même le soir, même la nuit, même sur elle. Je portai la main au manuscrit de son portrait littéraire, comme pour simplement m'assurer de sa présence qui constituait aussi ma défense. Au moment où, tout mon être contracté, je m'apprêtais à dactylographier un mot indifférent, elle cogna à coups redoublés à la porte et, sans avoir besoin de l'invitation que j'allais formuler à haute voix, elle donna un bon coup d'épaule contre le panneau et franchit le seuil comme une bombe pour s'abattre en une masse confuse sur le plancher de mon bureau.

— Salut, Dorianne.

— Bonjour, amhic…

— Toujours la bamboche, hein ?

— Bambiche, boche, bof…

— Hum.

Je lui tournai le dos, dédaigneux, et m'absorbai dans ma frappe sans y penser, mécaniquement, juste pour faire semblant de travailler. L'effet fut électrique. Comme si un flux de vie venait d'être injecté dans son corps pantelant, Dorianne bondit sur ses pieds et poussa un cri animal où on pouvait déceler pas mal de haine et sûrement autre chose aussi. Elle vint s'interposer entre la machine à écrire et moi et, se penchant, elle arracha brutalement la feuille blanche maculée d'un unique mot.

Elle bouchonna cet objet de colère et allait le déchirer en mille fines lanières, mais je ne lui en laissai pas le temps. Je vis rouge instantanément, je me relevai et lui fis face en tremblant et alors, il devint très très clair entre nous deux que si jamais je devais mettre en application l'espèce de plan de destruction occulte que j'avais déjà arrêté inconsciemment, c'était là, en cet instant précis que ça devait se faire. Je comptabilisai en un éclair tous les maux dont je lui étais redevable et calculai qu'il n'y avait pas trente-six façons d'en finir. J'aurais juré qu'elle me suppliait même de l'aider à y arriver. En tout cas, c'était plus confortable de croire ça. Mais, jugeant encore trop mince cette accumulation insensée des prétextes, elle en rajouta. Avec Dorianne, il y avait toujours de la place pour plus. Tandis que je me tenais là frémissant, droit comme un pal, elle me contourna en titubant, s'empara du manuscrit du portrait, l'ouvrit au hasard et y laissa dériver ses regards.

— Dorianne, c'est…

— Aaaah…

— Dorianne…

— Ouuuh…

Aïe. Ouille. L'image qu'elle avait maintenant sous les yeux, c'était l'autre version d'elle-même, la victime ictérique de la malédiction du papier, déjà défraîchie comme une vieille nouvelle, une manchette en train de passer à l'Histoire. Elle n'allait pas supporter ça.

Ses deux mains se crispèrent sur la pile de papier, ses ongles mordirent dans la fibre et, soulevant le paquet entre nous, elle amorça le geste de déchirer le tout. Ce fut plus fort que moi. Ce ramassis de souvenirs friables comme la vie, je découvris que j'y tenais, cette fois.

Je hurlai un *nooon* pitoyable, fonçai dans la direction approximative de ce couple bizarre, œuvre et modèle, trébuchai contre le perchoir de la machine à écrire et refermai, pour rattraper mon équilibre, la main sur un petit contenant de plastique qui avait trépidé là sur place. Quand Dorianne entama, dans un craquement feutré, la résistance du papier, je lui décochai une grande baffe, un coup qui me parut faire tout le tour de la pièce avant d'enfin l'atteindre, ce qui, lorsque la chose eut lieu, envoya la cible revoler en direction du balcon. Elle resta là sur le dos, en travers de la porte restée ouverte, avec la brise qui soulevait sa chevelure par petites bouffées, et elle serrait maintenant le texte sur son cœur, comme si elle avait pu faire corps avec le résultat dérisoire de mon travail.

Elle ne saignait pas. Non, elle ne saignait pas. Un liquide visqueux s'épanchait en plusieurs traînées sur ses vêtements, mais ce ne pouvait être du sang. C'était blanc. Il y en avait aussi sur son visage et c'était très différent des larmes de suie que j'avais si souvent essuyées. Je me souvins alors du petit pot que j'avais continué de serrer au creux de ma main convertie pour la circonstance en poing, et je constatai que j'avais frappé Dorianne avec une bouteille de *liquid paper* au couvercle à demi descellé. Elle pleurnichait, entre-temps. Je l'avais copieusement éclaboussée.

— Je suis tachée, gémit-elle sans cesser de se cramponner au manuscrit.

— Ouais. Je m'excuse, pour la taloche…

— Bouh.

Lorsque je l'aidai à se relever, elle me rendit son portrait, résignée, disant seulement : *Après tout, tu peux écrire ce que tu veux.* Je compris une couple de choses, ce soir-là. Premièrement, que je l'aimais toujours, et que même la conflagration de tout l'enfer et le déchaînement de toutes les puissances ignivomes de l'univers ne réussiraient pas à souffler la flamme fluette qui s'était nichée au creux de mes veines. Ensuite, et le contact ferme et froid de son bras m'aida beaucoup dans la concoction de cette conclusion-là, je décidai qu'il n'était sans doute pas très sain de s'imaginer qu'on peut éliminer un être vivant de la surface de la terre aussi facilement qu'on corrige une faute dans un manuscrit.

* * *

Dimanche, j'irai à la messe. Dimanche, Pietr le petit Polonais ira à la grand-messe polonaise. Sur le coup de onze heures, il gravira les marches du perron sans parler à personne, il franchira le parvis encombré de fidèles Polonais venus aux nouvelles, Polonais exilés comme lui. Dimanche, petit Pietr ira à la grand-messe à l'église Notre-Dame-de-Czestochowa, au coin d'Hochelaga et Gascon. Je, Pietr, serai fidèle à la religion de mes pairs et me plierai encore et toujours à l'autorité du Très-Saint-Père-Pape de toute la Pologne Promise. Je, petit Pietr, prendrai place sur le dernier banc à droite, qui sera aussi le premier banc à droite en entrant, et je m'agenouillerai juste au bord de l'allée centrale. Et je me réciterai mentalement : les derniers seront les premiers, et je le croirai. Je verrai l'église se remplir progressivement, les vieux dévots et les vieilles dévotes entreront les premiers, et Pietr les verra passer, penchés, et se chercher une place d'où ils pourront adresser leurs prières à la Vierge Noire de Cracovie. Pietr sera là, immobile comme une statue, grattera ses boucles blondes et son nez busqué et se souviendra que Pierre lui a dit : Tu ressembles à un angelot, Pietr. Et Pietr sera d'accord, il accordera qu'il ressemble à un angelot. Une jeune fille viendra s'asseoir sur le même banc que moi, Pietr, mais à l'autre bout. Elle sera tout de blanc vêtue, avec des bas blancs et des souliers blancs et un nœud blanc dans les cheveux. Elle ne regardera pas le petit Pietr, mais elle se trémoussera sur le banc, sa robe blanche frottera contre le bois verni du banc. Pietr la regardera en coin, à la dérobée, et Pietr se sentira beau. Il ne bougera pas. À l'avant, le bedeau en robe noire s'activera sobrement et je, Pietr, le suivrai des yeux. Parfois, un enfant de chœur passera, et je, Pietr, le suivrai des yeux. Les fidèles continueront d'entrer, des murmures étouf-

fés parviendront aux oreilles de Pietr. Les premiers clients commenceront de faire la file devant le confessionnal, comme à l'entrée d'une boucherie polonaise. Chaque fois que la tenture noire bougera, un nouveau fidèle sortira du confessionnal, un nouveau fidèle entrera au confessionnal. Et petit Pietr songera, dira à part lui, tout bas : les Polonais iront toujours à confesse, les Polonais auront toujours des choses à confesser. Mais petit Pietr préférera quant à lui les psychiatres ou à tout le moins les psychologues. Petit Pietr verra alors d'autres filles passer, il suivra des yeux les croupes ondulantes qui remonteront l'allée, et petit Pietr saura ce qu'il faudra dire quand il ira lui-même se confesser, il devra dire au prêtre que s'il vient à la grand-messe du dimanche à l'église Notre-Dame-de-Czestochowa, coin Hochelaga et Gascon, ce n'est pas tellement pour adorer la Vierge Noire de charbon de Cracovie, c'est surtout pour voir les filles. Il devra dire au prêtre qu'il ne va jamais dans les bars, et que l'église de la Vierge Noire au coin d'Hochelaga et Gascon sera toujours le seul endroit où il pourra voir des filles. Mais je, petit Pietr, n'irai sans doute pas à confesse. L'église Notre-Dame-de-Czestochowa, coin d'Hochelaga et Gascon, se remplira tranquillement, dans un froissement feutré, petit Pietr devra se lever pour laisser d'autres gens passer et prendre place sur le même banc, et les gens prendront place entre petit Pietr et la fille en blanc qui a des bas blancs et des souliers blancs. Bientôt, toutes les places seront prises, les fidèles Polonais se tiendront debout à l'arrière de la nef, et bientôt même l'arrière de la nef de l'église Notre-Dame-de-Czestochowa sera rempli et on verra des fidèles se tenir debout le long des allées latérales, et ils s'appuieront à des colonnes quand ils seront fatigués. Durant presque toute la durée de l'office, les fidèles petits Polonais feront la file devant le confessionnal dont la tenture noire sera soulevée périodiquement, et Pietr pensera : les fils de Pologne auront toujours des choses à confesser. Il y aura des enfants dans l'allée, des chérubins se promèneront dans l'allée, une petite fille avec un sourire ravi sourira à l'ami Pietr, et l'ami Pietr regardera les filles, et l'ami Pietr fantasmera. Ce sera un drôle d'endroit pour fantasmer. Sa tête tournera malgré lui. Il y aura la grande tout de rose vêtue, pliée pour épouser le contour du banc de l'autre côté de l'allée, et Pietr fantasmera. Il y aura la femme plutôt mûre qui se laissera choir juste devant lui, lui tournant le dos non sans avoir posé un regard langoureux et triste sur lui, et Pietr fantasmera. Il y aura les deux copines apparemment inséparables qui s'installeront plus à l'avant, vers la droite, et qui auront des chevelures somptueuses, des vrais trésors culturels, et Pietr fantasmera. Une autre se tiendra debout à l'arrière, parce qu'il n'y aura plus de place, et ce ne sera même pas un jour de fête, ce sera simplement un dimanche ordinaire, une grand-messe à l'église Notre-Dame-de-Czestochowa, coin Hochelaga et Gascon, et elle se tiendra debout, elle aura des bas soyeux elle aussi, elle aura des jambes sans doute affriolantes mais Pietr ne sera pas trop sûr parce qu'il n'osera guère tourner la tête et regarder derrière, et Pietr fantasmera. Pietr songera : il ne manque plus qu'une jupe de cuir avec des bas résille, et voilà que son vœu sera exaucé : une créature de Dieu défilera dans l'allée, se déhanchera sous la houlette du Très-Saint-Père-Pape de toute la Pologne Promise, et elle aura une jupe courte et des bas résille, et les jambes comme des vitraux, et Pietr fantasmera. Plusieurs de ces fantastiques filles seront seules ou avec d'autres filles, et Pietr songera à la jeunesse étonnante de l'église polonaise réunie sous la houlette du Très-Saint-

Père-Pape de toute la Pologne Promise, et Pietr fantasmera. Il y aura aussi des couples, des jeunes couples, des jeunes enfants, mais il y aura surtout ces belles Polonaises seules et saines avec des hanches amples et souples que petit Pietr s'imaginera en train d'engrosser, et il fantasmera. Sur les gueules des autres gars, Pietr reconnaîtra ces traits tirés tout droit de son pays, assortis à sa patrie, il reconnaîtra le menton rond, le visage délicat, les boucles blondes comme les siennes, toujours bien coiffées, mais quand il pensera aux filles saines et seules il pensera aussi à d'autres parties. Et Pietr fantasmera. Pietr sera celui qui aura les cheveux les plus longs. À un moment donné, un autre gars viendra s'insérer dans l'espace laissé libre à la droite du petit Pietr, et l'autre gars regardera Pietr avec insistance, et Pietr se dira : peut-être un homosexuel, et Pietr ne fantasmera pas. Il y aura des pleurs d'enfants qui se jugeront abandonnés, comme il doit y en avoir dans tous les offices religieux, et Pietr songera à ces filles saines et seules et souples qu'il serait si bon d'engrosser, et il fantasmera. Puis le prêtre tout de vert vêtu s'avancera dans l'allée et se fera aller le goupillon, et il éclaboussera ses ouailles polonaises massées sous la voûte du temple, et lorsque le vert thuriféraire arrivera à portée du petit Pietr, le petit Pietr recevra une goutte d'eau bénite en plein dans l'œil, et il fera le signe de croix, et il aura envie de rire, mais des larmes impies ne devront pas profaner la goutte bénie. La célébration commencera et les Polonais chanteront, les Polonais chanteront à l'unisson. Sur le mur au fond de l'abside, un projecteur projettera un carré de lumière blanche et les paroles des psaumes apparaîtront sur ce carré de lumière blanche. Et les Polonais chanteront. En diagonale, à sa gauche, Pietr apercevra le dos d'un fidèle polonais qui sera vêtu d'une veste sport et qui portera des jeans et sur le dos de la veste, Pietr pourra lire : Spiritual Sportwear Company. Quand le prône du prêtre polonais commencera, petit Pietr n'écoutera pas beaucoup, car il sera trop occupé à fantasmer sur les filles saines et seules et souples aux amples hanches. Mais petit Pietr percevra tout de même la musique que le pasteur fera, comme un bruit de fond, et il se dira que ça, c'est un vrai sermon, et il se dira qu'un prêche devrait toujours s'entendre comme de la musique. Le sermon du prêtre en vert sera long, modulé comme une mélodie, ce sera un fascinant chef-d'œuvre d'intonations, d'exclamations et d'inflexions, ça deviendra parfois un doux murmure à peine audible, lent et caressant, puis la virulence envahira la voix, presque de la violence, ça montera tout en menaces dans la nef, et petit Pietr n'écoutera même pas ce qu'il dira, trop occupé à… mais il entendra soudain le mot Soviet et il sourira et pensera à ces prophètes itinérants, à ces starets qui voudraient le détourner du giron Tout-Puissant du Très-Saint-Père-Pape de toute la Pologne Promise et il voudra se lever pour crier au prêtre en vert que le général Jaruzelski en est un et que la Maison-Blanche en est pleine, et ce sera une drôle de musique pour accompagner son désir de filles, Panie, mój Boze, pospiesz mi z pomocà *et ce sera, à bien y penser, un drôle d'endroit pour venir draguer,* Całemu światu głoscie ewangelie *et Pietr imaginera Pierre assis à côté de lui, et Pierre ainsi imaginé n'hésitera pas, lui, à aborder la plus belle des filles seules et saines, il ira l'accoster jusqu'au seuil du confessionnal s'il le faut,* Ty, dobry Boze, biednego ochronisz *il la cueillera au retour de la communion s'il le faut, mais Pietr le petit Polonais ne sera jamais Pierre le beau grand Montréalais. Ensuite ils passeront pour la quête, tendront le panier à piastres et ils passeront deux fois plutôt qu'une, pour le cas où les fidèles petits Polonais en exil n'auraient pas porté la main à leur poche assez vite, ils passeront deux fois plutôt qu'une. La dernière personne à sortir du confessionnal sera une adolescente superbe au front ceint d'un diadème blanc, et elle n'aura sûrement pas manqué de délicieux péchés à confesser, et Pietr aura envie de l'engrosser. Sur une injonction du célébrant se mettra ensuite en branle le rituel de la solidarité, mon voisin de droite me tendra la main et je la serrerai sans chaleur, la femme mûre se retournera et me tendra sa paume moite et je la serrerai sans chaleur, son voisin de droite me tendra en croisé sa dextre molle que je serrerai sans chaleur, et la jeune fille en blanc avec des bas blancs et des souliers blancs sera trop loin, sa main et sa chaleur seront trop loin, la grande en rose sera trop loin et sa chaleur sera trop loin, et la chaleur de la jupe courte et des bas résille sera trop loin aussi, et la Pologne Promise, la Mère Patrie sera trop loin aussi et petit Pietr, après toutes ces poignées de main indifférentes, aura envie de pleurer et pas tellement envie de prier. Viendra le temps de la communion, le petit peuple de Pologne en exil se pressera vers l'avant, Pietr ira communier aussi, ira bouffer le plat morceau de pain blanc. Au coin de son œil, il sentira s'étirer la larme d'eau bénite. Peut-être, après tout, ira-t-il se confesser, petit Pietr, je, et alors il dira au prêtre que lui, moi, petit Pietr le Polonais, reviendrai encore à l'église Notre-Dame-de-Czestochowa, coin Hochelaga et Gascon, mais ce ne sera pas pour adorer la Vierge Noire de charbon de Cracovie, ce sera pour regarder les filles polonaises saines et seules et souples, aux amples hanches parties de son pays.*

* * *

Elle repartit le lendemain. D'épuisement, d'émotion, nous avions dormi ensemble, mais ça ne servait plus à rien. Après que le taxi l'eut emmenée pour de bon, quelques petits faits qui m'avaient échappé sur le moment eurent pour effet de me déchirer le cœur un peu plus. Ramassant mon manuscrit qu'elle avait laissé retomber dans la poussière, je découvris un bout de papier resté coincé entre deux pages. J'en parcourus le griffonnage d'un rapide coup d'œil et alors, ce fut une gifle, une de ces claques retentissantes qu'un amour déçu peut vous assener longtemps après que son objet s'est éloigné. Ça me rappelait simplement, dans la ferveur d'une écriture maladroite, une certaine promesse que j'avais faite, et paraphée, un soir de la fin du printemps dernier.

Il y avait là nos deux signatures, presque collées, comme réconciliées de leur propre initiative. Une ère géologique me séparait de ce semblant de contrat. Je savais qu'il était inutile de verser des larmes là-dessus. Dorianne avait dû fourrer ce billet dans la poche de son paletot avec l'intention de me remettre notre engagement solennel sous le nez à la première occasion. Je n'avais pas trouvé mieux, de mon côté, que de porter la main sur elle et c'est à ce moment-là, sans doute, que le fragile document s'était glissé dans mon manuscrit, intégré de force à ce tissu de vérité variable.

Je récupérai ensuite la feuille blanche sur laquelle j'avais machinalement tapé un mot pendant que Dorianne exécutait sa spectaculaire entrée. Ce mot, automatique, absurde, le seul à m'être venu sous les doigts tandis que l'intruse approchait dans mon dos, c'était, véritable interpellation, le mot Amour. Lorsque je le relus, médusé, c'est la voix de Dorianne qui le prononça dans ma tête, avec l'exacte nuance de tendresse ironique qu'elle prenait toujours quand elle me le disait. Autour des maigres traits à l'encre, un cerne cosmétique s'épanchait voluptueusement, en un large halo rouge, comme l'intervention très appuyée d'un correcteur qui aurait subitement succombé à la passion. En étudiant la texture et le coloris de la substance responsable, j'en vins à la conclusion que cette forme de ponctuation involontaire émanait du rouge à lèvres de Dorianne. Puis, ayant acquis, en promenant mon nez dessus, l'inébranlable conviction que la tache en question sentait le vin, j'eus besoin de m'asseoir. Pour un aspirant homme de lettres, cette concentration de signes était par trop fabuleuse. Ma relation avec Dorianne était intégralement contenue là, résumée de manière plus efficace que par tout ce que je pourrai jamais écrire de mes dix doigts.

Les jours suivants, je fus plongé dans une apathie proche de la pathologie. Dorianne prenait un coup, moi, je prenais un coup de vieux. Je n'avais plus besoin d'avoir de ses nouvelles, il me suffisait de débusquer mon manuscrit dans la poussière et la pénombre pleine de particules filtrées par les toiles d'araignées, à l'endroit où ma plus récente crise de dégoût l'avait relégué, de l'ouvrir au hasard et de poser les yeux sur certains passages pour comprendre que la quête nauséeuse se poursuivait. Le paragraphe, la page qui m'avaient naguère parlé d'une femme belle comme le jour et lumineuse comme la nuit me la montraient maintenant dans toute son horreur de noceuse déjà décatie, déjà la proie d'un passé la poussant en avant toujours plus vite en direction du gouffre. Ce passé encore récent, c'est mon texte qui le renfermait, c'est mon texte outragé qui se flétrissait et se dégradait tandis qu'elle, en aparté, vivait un présent éternel.

Une émanation froide saturait l'air vicié qu'elle expirait en même temps qu'une sinueuse bouffée de cigarette. Mariées en une moue mauvaise, ses lèvres pleines et boudeuses paraissaient frémir d'une terreur émerveillée à la vue du beau liquide rouge qui s'élevait dans la colonne de vitre vertigineuse posée sur la table.

Le récit ne me laissait ni indifférent, ni intact. Il exerçait sa sombre influence dès que j'abordais un mot enfoui en son milieu, un début de phrase diapré de tentations multiples. Je participais par procuration aux plaisirs de l'absente, la frénésie destructrice du personnage était communicative. Dorianne me faisait éprouver, par ce pont scripturaire en ruine qui représentait tout ce qui me restait de sa réalité, sa peur de la vie et sa peur de la mort annoncée, de la mort créée, criée sur tous les toits par sa voix de gosier, sa voix d'ego défoncé. Dorianne était une cause, j'étais la conséquence. Dorianne partait en virée, le lendemain j'avais mal à la tête. Dorianne vivait, je mourais à chaque minute et je faisais connaissance avec cette paresse progressive des passions qu'on appelle vieillir.

Lorsque je choisissais, parce que c'était infiniment plus commode, de m'estimer le jouet de mes sens et de ma subjectivité, je n'avais qu'à me lever pour aller confronter mon image de la veille avec celle que m'offrirait le miroir du matin. Là, je pouvais constater *de visu* qu'un lien organique passait bien par ce paquet de feuillets faisant un nœud entre nous. C'est par ce biais que je m'enfonçais dans le ralentissement des fonctions propre aux futurs défunts. Grotesque reflet, captif spéculaire, je m'imposai désormais une claustration totale. Je ne quittai plus mes combles crasseuses. J'avais l'intérieur du crâne délabré comme un grenier et je me sentais l'âge d'un portrait de famille couvert de moisi.

À la fin du mois, Pierre me donna un coup de fil. Pierre et le téléphone : ça, c'était une relation. Avec les filles, il avait toujours vu, dans les bontés du Bell, les prémices du plaisir. Appareil et fil tortillé n'existaient plus, la distance était abolie par la magie du père Graham, l'avouable objet du désir devenait proche, à portée de vœu ardent. Pierre embrassait alors les mots des autres comme si leur langue s'était effectivement trouvée là, tordue à l'intérieur du combiné. Autrefois, il avait eu l'habitude d'appeler son monde à toute heure du jour et de la nuit, parfois uniquement pour se parler tout seul, monologue machinal qu'il dispensait comme une faveur à tous vents, comme sa semence généreuse. Mais la réconciliation avec Dorianne, qui avait sabré sans vergogne dans son carnet d'adresses, était venue réduire à presque rien son réseau de liaisons.

— On ne te voit plus souvent, mon vieux Vincent ! Tu te caches, tu ne te trouves plus assez beau pour sortir ? Eh bien, qu'à cela ne tienne, vieux Vincent ! J'ai décidé d'organiser une petite soirée à laquelle tu pourras assister en restant caché, figure-toi ! Une soirée où tout le monde sans exception sera laid et repoussant, c'est pas merveilleux, ça ? Mais oui, vieux, c'est ça ! J'organise un party d'Halloween, demain soir, et tu ne devines pas où ? Je trouvais que le Plateau-Mont-Royal, c'était un peu trop beau, trop propre, pas assez pauvre et sinistre, pas assez épeurant, tu comprends, pour célébrer les ténèbres comme il faut, dans la grande tradition païenne. Alors je n'ai fait ni une ni deux, j'ai appelé notre brave petit Polonais de souche, notre ubuesque Pietr premier, et c'est entendu : ça se passera là-bas, à l'ombre des vieilles manufactures abandonnées et à l'ombre, surtout, de la sinistre prison Parthenais ! Formidable, non ?

J'en convins et n'eus plus qu'à m'enquérir des détails temporels et matériels concomitants à toute l'affaire.

— Tu sais, poursuivit Pierre, je trouve qu'on ne s'est pas assez vus, toi et moi, ces derniers temps. C'est vrai, on était comme des frères, avant ! Nous voilà dispersés par toute la ville, moi sur le Plateau, Pietr en bas près du fleuve et des ferrailles et toi juste entre les deux, en pleine côte. Eh bien, tu n'auras qu'à la descendre, la pente, mon vieux Vincent chéri ! Tout le monde va t'attendre, et tu vas enfin pouvoir renouer avec l'inquiétante étrangeté de notre petit Pietr à nous. Tu n'es pas allé le voir encore, renégat ? Pietr ne te veut que du bien, pourtant.

— Tu as l'air en forme, toi, fis-je remarquer d'une voix lasse. Ça va bien, avec Dorianne ?

— Un peu, mon neveu, que ça va bien ! canonna-t-il à pleins poumons, me faisant presque échapper le récepteur. Dorianne ? Un ange, mon cher, et ça dure depuis… depuis une grosse semaine au moins. Mais cette fois, c'est la bonne, mon vieux, c'est la conversion irréversible à l'eau du Saint-Laurent ! Elle m'a promis que, elle vivante, on ne la verrait plus toucher à une seule goutte d'alcool. Demain soir, c'est le premier test sérieux, le premier party : mais elle a juré sur la tête de son père, à propos, tu l'as vu, toi, ce vieux-là, quel birbe bizarre, tout de même, un front tout en sourcils, un cas comme ça vous ferait réclamer à grands cris un référendum sur l'euthanasie, enfin, bref, Dorianne m'a garanti un party d'Halloween sec, en ce qui la concerne. Elle va se mettre au jus de citrouille, hi hi hi !

— Tu es chanceux, Pierre, fis-je en composant avec le chatouillis d'un attendrissement soudain.

Puis, m'abandonnant à l'empire croissant de l'émotion, je dis encore :

— Tu sais, Pierre, c'est vrai que nous deux, c'est comme des frères. Quand on demeurait ensemble, tu ne le savais peut-être pas mais j'essayais de te ressembler, sans trop oser. Ouais, les filles et tout... Tu vivais tellement et je vivais si peu. Il a fallu Dorianne pour que je me décide à exister pour la peine. Mais alors là, quelle vie !

— C'est drôle, fit-il observer, moi c'est le contraire : je voulais écrire comme toi, comme un fou, mais je n'avais pas la discipline, ou le talent, je ne sais pas...

Après un silence embarrassé, il reprit :

— Mais l'important, c'est de ressembler à soi avant tout, tu ne penses pas, valeureux Vincent ? Nous sommes peut-être complémentaires, après tout ?

— En ce moment, mon pauvre Pierre, j'ai bien peur de me ressembler de moins en moins.

— En tout cas, demain, mon vieux, tu pourras ressembler à qui tu voudras ! En matière d'identité et d'empathie et de physionomies, tous les délires vont être permis !

— Ouais, prononçai-je sur un ton qui voulait faire contrepoids à toute cette excitation.

* * *

D'abord, c'est Pierre qui viendra. Elle sera avec lui. Pierre viendra et il sera plus exubérant que jamais, il aura ce pas tonnant que j'exécrerai toujours tant quand il montera l'escalier, et je haïrai ce pas tonnant dans l'escalier. Quand j'entendrai ce pas tonnant dans l'escalier, je me dirai : la joie de vivre en personne sera là dans un instant, devant moi, et il m'appellera son petit Pietr, son petit Poulounais, et sa grosse bouche rougeoyante fera comme une grotte avec un flambeau au fond, et Pierre dira : Tu as la figure comme une bouillabaisse, tu as encore pris des cochonneries, Pietr ? et Pierre dira : Tu as besoin de te trouver un bon déguisement, mon Pietr, parce qu'il va en falloir, des fourniments de vieilles fripes, pour dissimuler ta vilaine figure ! et Pierre dira encore autre chose, et Pierre sera encore méchant, et Pierre croira que l'amitié peut se cacher sous ces mots-là, et le pire, c'est que Pierre aura peut-être raison. Mais il y aura toujours cette distance abyssale des mots entre Pierre et Pietr, et Pietr le petit Polonais poli ne dira rien, ne répondra rien, et il sourira et prendra ses pilules. Pierre viendra et en apparence il en sera un, il sera habillé comme l'un d'eux, il sera exactement comme l'un d'eux, comme un acteur ressemble au personnage qu'il interprète, mais il n'en sera pas un. Pierre viendra et sera habillé comme l'un d'eux, sera maquillé comme l'un d'eux, comme celui qu'on voit toujours au cinéma, mais il n'en sera pas un, alors que le général Jaruzelski avec des lunettes noires et un crâne presque chauve et des lèvres minces ne ressemblera jamais à l'un d'eux, mais on verra un jour que lui en est un et que la Maison-Blanche en est pleine. Pierre n'aura été que le précurseur, Pierre lui aura préparé le terrain. Il ressemblera à l'un d'eux mais n'en sera qu'une approximation, avec ses grosses babines de prédateur. Pierre le bouffeur ne sera jamais la Bête, il n'en sera que le prophète bavard comme petit Pietr en sera jusqu'à la fin des temps le prophète muet. Pierre ressemblera à l'un d'eux et cette nuit-là, beaucoup ressembleront à eux et n'en seront pas. Il faudra répéter jusqu'à la fin des temps que ceux qui leur ressembleront n'en seront pas toujours, et que ceux qui ne leur ressembleront pas en seront parfois. Elle, elle accompagnera Pierre, elle, elle sera là, et elle, elle ne sera pas habillée comme l'un d'eux, et ne sera pas maquillée comme l'un d'eux, elle ne sera pas déguisée mais elle en sera un. Elle, avec sa chair livide, ses yeux sanglants, son nez courbe, ses sourcils fournis et ses dents pointues et ses lèvres écarlates et humides, elle en sera un. Pierre sera habillé et maquillé comme l'un d'eux et elle, elle ne sera pas habillée et maquillée comme l'un d'eux, mais Pierre n'aura été que le précurseur, le présentateur de celle qui en sera toujours un et qui sera elle. Et elle ne dira rien, elle, elle sera sobre pour une fois, elle se tiendra tranquille et sera triste et vide tandis que la voix de celui qui ressemblera à l'un d'eux tonnera pour imposer sa volonté à tous, comme toujours, et Pierre ordonnera : Allez, Pietr, on va t'aider ! Mais il faut te lever et y mettre un peu du tien ! On va te trouver un costume, à toi aussi, mon pauvre petit Polonais à la personnalité perdue ! Pierre dira, et Pietr se lèvera, et marchera.

* * *

Au moment de partir pour le fameux party, je reçus un coup de téléphone de Pierre qui m'annonça, vibrant de fébrilité :

— Écoute, vieux, figure-toi que nous avons eu l'idée, Dorianne et moi, de déguiser Pietr en tu-ne-devineras-jamais-quoi ? Eh bien, en Monsieur la Mort, tout simplement ! Ton ami est présentement couvert d'une vaste cape noire munie d'un capuchon, comme une cuculle de moine, avec la silhouette d'un squelette tracée à la peinture blanche sur le tissu de sa houppelande, tu vois le genre ? Ferme les yeux et penses-y un peu : Pietr est parfait pour le rôle ! Nous en sommes à mettre la dernière main à son crâne de mort mais voilà, vois-tu, vieux Vincent, nous avons buté sur un problème majeur que je vais t'expliquer avec le sens aigu de la concision qui me caractérise : il nous faut une faux ! Une mort sans faux, ça serait quoi, ça ne ferait pas sérieux, pas vrai ? Alors j'ai pensé à une couple de grands bouts d'aluminium qui traînent dans la soupente, à l'appartement de la rue De Lorimier que tu connais si bien, vieux frère, d'ailleurs tu dois savoir ce que je veux dire. J'ai pensé que tu pourrais, en passant, parce que moi je n'ai pas le temps, en fait c'est un détour important pour toi aussi mais ça te ferait prendre l'air, vieux frère, tu dois être en manque, toi qui vis et verdis comme un moine ! Alors, si tu pouvais apporter un de ces grands bouts d'aluminium aux rebords effilés, je crois qu'on pourrait en tirer une faux fort convenable, qu'est-ce que tu en penses ?

J'obtins enfin la chance de placer un mot à travers ce déferlement. Je fis entendre une toux embarrassée.

— C'est que… vois-tu, Pierre, il aurait peut-être fallu un minimum de concertation… C'est drôle à dire, mais j'ai eu exactement la même idée, en fait de costume : je viens tout juste de compléter mon propre déguisement et je dois dire que je fais moi-même un Monsieur la Mort tout à fait acceptable, pour autant que la mort puisse être acceptable, bien entendu. Le pire, c'est que moi aussi, tu vois, j'en étais rendu à me chercher une faux...

Pierre ne fut désarçonné qu'un court instant. Il était vraiment du genre à toujours retomber sur ses pieds.

— Ah, s'écria-t-il, qu'est-ce qu'on rigole ! Deux morts ! Eh bien, j'espère que Pietr n'en sera pas trop offusqué, et que toi-même, tu n'iras pas commettre quelque impair irréparable ! Après tout, la Mort, ce n'est pas comme une robe chic ou un chapeau, la Mort, ça appartient à tout le monde, non ? Mais trêve de plaisanteries, le sujet ne s'y prête guère. Écoute, ça ne rend que plus urgente ta visite là-bas. Tu pourras en ramener non pas une, mais deux faux, et fais ça vite, mon vieux, sinon Pietr va te couper l'herbe sous le pied ! Ah ah ! Mais je te laisse à tes funestes préoccupations. À plus tard, n'oublie pas d'arriver comme un voleur et, ah, j'oubliais, Vincent : j'ai préparé une petite surprise, une sorte de spectacle qui sera sûrement le clou de cercueil de la soirée. Tu verras...

La nuit tombait maintenant plus tôt. Je m'en fus par les rues, traversant d'abord Sherbrooke puis obliquant vers De Lorimier qu'il me fallait remonter. Je pris par de petites artères, coupai par quelques venelles obscures, fouetté par l'air frais de la fin d'octobre qui s'installait et préparait le terrain au froid définitif. À mesure que je progressais, je sentis que quelque chose se mijotait autour de moi, comme une vaste machination en train de se tramer dans l'ombre. Une frénésie inhabituelle faisait vibrer les façades nimbées d'orange et vrombir cette ville s'allumant de tous ses feux. Le déclic se produisit lorsque je vis mes premiers petits fantômes, et des monstres froufroutants, et des créatures aux anatomies folles parcourant la nuit, la pénétrant de partout, faisant valser les feuilles mortes sous leurs pas, et c'était une grande danse macabre que mettait en scène, dans sa souveraineté d'un soir, le peuple des enfants.

C'était la première fois que j'écoulais l'automne au cœur de l'éparpillement urbain. Fort d'une expérience périphérique où le désert des barrières béait entre les bungalows, j'avais fini par croire que la fête de l'Halloween était tombée en disgrâce auprès des principaux intéressés, et que les esprits menaçants des premiers âges avaient cessé de frapper aux portes des adultes grassouillets bien murés dans leurs intérieurs douillets, leurs citrouilles creuses, leur trouille chronique et leurs grimaces ordinaires. J'avais fini par croire que la stricte observance du rituel païen n'était plus le fait que des anciens enfants comme moi, toujours prompts à dénicher un prétexte à l'enchaînement des libations et des célébrations.

J'avais fini par cesser de croire, tout simplement.

Mais Montréal me remettait cette marmaille masquée sous le nez, cette marmaille qui, à travers mille gueules grimées, me disait la même chose : c'est le soir où il faut croire.

J'aperçus même un père Noël qui, débonnaire et songeur, jouait au spectateur de la parade sur sa chaise berçante, du haut de son balcon.

Croire, c'est-à-dire avoir peur, froid dans le dos, et espérer sans fin l'ineffable cadeau.

Ils étaient là, les enfants, méconnaissables, monstrueux, avilis, avachis, dénaturés, obscènes, ricanants, chtoniens, un grouillement de puérilité pourrie, avec des gueules de gargouilles pissant le pus, des yeux sortis et des joues rentrées et des fronts défoncés et des cheveux en feu et de féroces déformations faciales, des peaux de plastique pendouillant de têtes déchiquetées et hérissées de crocs venimeux, et des parties sexuelles affichées en mascarons, gonflées de putrescence : tout cela que, au printemps, j'avais pu observer derrière la vitrine, rue Ontario, là où le monde des ténèbres avait attendu son heure, prenait le chemin en ce crépuscule des démons et prenait d'assaut les nobles sentiments et les conceptions esthétiques élevées. Ce fut comme le début tâtonnant d'une révélation. J'avançais au milieu d'eux le cœur battant, les coudes levés au-dessus de cette plèbe lépreuse, de cette pyorrhée si peu réelle qui encombrait la cour des miracles provisoire établie sur tout le trottoir, occupant les escaliers tordus, débordant dans la rue.

Et soudain, levant les yeux à un carrefour, j'aperçus au loin la croix lumineuse du mont Royal qui rayonnait paisiblement sur la ville en proie au cauchemar truqué et je songeai au cimetière Côte-des-Neiges tandis que cette cargaison d'infantiles cadavres animés se déversait sur les mornes amoncellements de brique bourgogne et sur le petit peuple qui s'y terrait dans la terreur éternellement latente de sa finitude programmée. Le ciel de Montréal avait sûrement prévu une rédemption quelque part. Mais à quoi croire, quand il n'y avait que cette croix ?

Moi, je ne tenais qu'à cette seule assurance : une fois l'an, sur leurs frêles épaules d'êtres fatalement voués à la vie, les enfants du monde prenaient en charge l'horreur inhérente à toute tentative d'existence sur cette terre rance, féconde, enceinte de tous les morts de l'Histoire. La planète continuait de cracher les corps coulants, friables et nauséabonds à travers la nuit sans fin de notre chronologie et leur rire à eux s'élevait au-dessus des charniers. L'implacable processus de corruption charnelle qui demeure la seule promesse concrète faite aux humains, pour quelques heures suspendues dans l'éther, les enfants en faisaient leur affaire. Par jeu, défi ou tradition, ils acceptaient inconsciemment d'assumer l'absurde et cela dégageait une prodigieuse odeur de salut, de régénération inespérée qui me permit de comprendre que moi aussi, au fond, en une portion figée hors d'atteinte de mon existence, j'étais resté un enfant. J'aurais toujours, en fait, l'âge de cette grimace en plein dans la face de Dieu, l'âge que ces gnomes heureux emporteraient dans les étendues immobiles du souvenir, dérobé à l'écoulement vorace des jours. Mon déclin n'était qu'un masque, mon masque à moi s'appelait Dorianne et les masques tomberaient bientôt. Ainsi, j'allais parmi ces enfants hideux, moi la Mort qui n'avais encore rien à voir avec eux. Et je n'avais toujours pas trouvé ma faux.

* * *

Vincent viendra aussi mais Pierre viendra d'abord. Pierre viendra et il aura mis sur ses grosses babines son air exubérant des grandes occasions de plaisir. Pierre viendra avec elle, celle qui en est un, et il sera déguisé en quelqu'un qui en est un. Il viendra et, en venant, il aura découvert, par terre, une petite chauve-souris qui se sera blessée. Pierre l'aura ramassée, Pierre y aura vu, plus qu'une occasion de s'attendrir, la chance d'inventer quelque bonne plaisanterie. Pierre sera toujours de bonne humeur. Elle, elle sera toujours triste. Elle aura l'abstinence triste. Sera toujours triste. Pierre aura senti ses instincts de prédateur se réveiller et il aura apporté la chauve-souris chez nous. Elle, elle n'aura pas été d'accord. Toujours triste. Pierre se moquera d'elle, et reportera ses attentions sur la chauve-souris blessée. Et Pierre sera de bonne humeur, sera toujours de bonne humeur. Pierre boira de la bière, elle, elle aura l'abstinence triste. Pierre lui offrira une eau Perrier. Triste. Les invités arriveront, tous déguisés, et je n'en reconnaîtrai aucun, et de toute façon je n'en connaîtrai aucun, parce que Pietr le petit Polonais aura toujours vu en eux un magma indifférencié. Et Pietr reconnaîtra l'idéal du général qui en est un et de la Maison-Blanche qui en est pleine. Et petit Pietr priera le Très-Saint-Père-Pape de l'Église-Toute-Puissante de la Pologne Promise, il priera, priera et ne pleurera pas et n'aura pas peur. Petit Pietr aura revêtu l'armure de la mort et petit Pietr apportera la mort, la mort sera sur lui à chaque pas. Et elle, elle ne sera pas déguisée, elle sera la seule qui ne sera pas déguisée, elle sera elle-même comme un déguisement pour tous les autres, pour tous nous autres, et elle ne s'amusera pas pendant que tous les autres riront, elle ne s'amusera pas et croquera des chips Ruffles pour se désennuyer et ne boira pas une goutte de vin, elle sera si triste, elle croquera des croustilles et boira de l'eau Perrier, ses dents se planteront dans les patates chips qui craqueront comme des hosties, des hosties trop salées, trop sèches, elle se bourrera de chips et, à petit Pietr, elle apparaîtra grosse, tout à coup, elle apparaîtra plus joufflue, plus potelée, peut-être seulement plus vieille, et elle mangera encore, mangera des hors-d'œuvre, des biscottes de pain azyme, des bretzels, elle mangera mais ne boira pas, et lorsque je verrai cela, je serai tenté de nourrir un doute, mais je me souviendrai aussitôt, je saurai que Pietr n'habite pas le monde du doute, que petit Pietr habite le monde qui croit et qu'il est homme de foi, et petit Pietr ne se laissera pas ébranler, ne se laissera pas toucher par cette tristesse qui sera si grande, par ces soupirs qui seront si longs, et quand elle sortira sur le balcon, avec son plateau de croustilles comme des hosties trop salées trop sèches comme des hosties juste faites pour donner la soif, et quand je la verrai avec un verre de vin rouge, oui, un verre de vin rouge qu'elle aura attrapé au passage sur la table et qu'elle ne montrera à personne, qu'elle dissimulera dans son giron et qu'elle s'apprêtera à boire sans aucune ostentation, qu'elle voudra avaler en cachette, avidement, avec ses hosties de chips au vinaigre, alors je me faufilerai derrière elle, je sortirai moi aussi sur le balcon d'en arrière et je ne rirai pas tandis que tous les autres riront sur le balcon avant et qu'elle, elle restera là pour ne pas voir le sort réservé à la petite chauve-souris blessée et pour vider vite son verre de vin rouge, et nous serons seuls, seuls à part le type d'en bas qui sera encore à plat ventre sous sa vieille minoune pour la réparer et dont on ne verra dépasser que les jarrets pleins de graisse, et elle, elle se penchera pour regarder, ébauchant le geste de boire, elle se penchera encore plus, elle apparaîtra potelée, plus joufflue peut-être seulement plus vieille et il y aura une paire de petites culottes sur la corde à linge dans le noir devant nous et je me glisserai discrètement vers la remise qui s'ouvrira au bout du balcon où il y aura toutes les bouteilles vides, comme toutes les bouteilles de toute une vie et je la laisserai là dans mon dos à se pencher au-dessus de la rampe, à ne pas boire encore, à se préparer à boire, la laisserai là à être seule et à être triste croquant ses hosties de chips au vinaigre et regardant ce verre à pied avant de le vider et petit Pietr le Polonais fouillera dans la remise et trouvera ce qu'il y aura cherché et il n'aura pas peur, ne pleurera pas, il fera des prières.

* * *

Mes deux bouts d'aluminium sous le bras, je parvins bientôt en vue de l'appartement de Pietr. Le quartier me parut plus sinistre que d'habitude. Frissonnant à la seule idée d'emprunter la ruelle, je résolus de faire fi du raccourci et de passer par devant. À l'approche de mon ancienne adresse, je distinguai, sur le balcon frontal, un groupe d'invités costumés parmi lesquels je n'eus aucune peine à identifier Pierre, mon ami Pierre, dignement drapé dans ce personnage de Dracula qui allait si bien à sa grande gueule fraîche à la Christopher Lee. Sa lippe gorgée de sang était bien faite pour accueillir le tranchant des deux dents de matière plastique qu'il avait ajoutées à son alignement naturel. Décrivant de grands gestes théâtraux devant cette grappe d'adeptes de la mascarade qu'il tenait visiblement sous la fascination de son regard, Pierre était en train de tenir un discours pompeux, et il tenait aussi, au creux de sa main, quelque chose que je ne pouvais pas discerner de si loin.

Avec ses barreaux noirs nettement silhouettés, le balcon formait une petite cage aérienne suspendue en surplomb de la façade éteinte du logement, comme un faible écho à la prison Parthenais qui, masquée par l'immeuble, emplissait la nuit non loin. Lorsque je me tins juste dessous, le grand maître de cérémonie me vit et lança, un peu éméché mais sans se départir de son allure majestueuse et de son calme inquiétant :

— Oh, Vincent ! Vieux Vincent ! Vincent déjà mort, prêt à couper les corps et à cueillir les âmes, avec sa double faux, ne bouge pas ! Après tout, tu es peut-être le mieux placé de nous tous, pour assister à la cérémonie de l'envol !

Il me montra alors ce qu'il avait emprisonné et couvé entre ses deux mains réunies en coupe et, malgré la distance et la mauvaise qualité de la lumière ambiante, je reconnus une chauve-souris.

— Chauve-souris brune, ordre des chiroptères ! claironna-t-il d'une voix de tonnerre. On a cru qu'elle avait une aile cassée, au début, mais non, elle s'était juste assommée sur un lampadaire, on dirait. Défectuosité technique, sans doute. Ne penses-tu pas, Vincent, que voilà la victime sacrificatoire toute désignée pour célébrer la grande fête païenne à laquelle tu es convié ? Regarde bien, Vincent : comme Ozzy Osbourne, je vais lui trancher la tête d'un coup de dent, à cet utile volatile, et ensuite il volera sans radar, il sera totalement soumis au contrôle de ma conscience, c'est moi qui dirigerai sa trajectoire aveugle, erratique, érotique et tout et tout. Je vais lui bouffer sa tête chauve, à cette souris, tu m'entends ? La tête étant le siège de tout malheur, pas vrai, Vincent ?

Pierre plaisantait, bien sûr. Il avait sans doute l'intention de remettre la pauvre créature en liberté, mais pas sans avoir auparavant assouvi son besoin chronique d'épater la galerie. Il prononça, sombre et solennel :

— Nous, assemblée des peuples de la nuit, décrétons à l'instant même, et sans possibilité aucune d'abrogation ou de rémission quelle qu'elle soit, que *Myotis lucifugus* est condamnée à avoir son petit corps poilu broyé par la bouche jouissive en diable du grand prêtre érotique qui parle par la présente, et nous, assemblée des peuples de la nuit, acceptons de ce fait de rendre à la petite âme captive de ce noir réceptacle de chair, de cartilages, de tendons, de muscles, d'os, de peau, d'eau et de poils, son entière liberté de regagner les cieux étoilés qu'elle a pour destin de hanter sans fin du froissement souple de ses ailes dentelées, pour faire peur aux femmes, aux hommes, aux chevaux et à toutes les autres créatures lancées sans consentement dans notre terrestre aventure nocturne.

Lorsqu'il fut las d'avoir parlé, debout bien roide contre la rampe du balcon, illuminé faiblement par l'éclat d'un réverbère isolé, il ouvrit la bouche en un magnifique bâillement et y enfourna la chauve-souris, gardant béant cet enclos où les dents bien droites faisaient office de clôture. Dans son dos, du sein de la masse compacte des fidèles, quelqu'un demanda :

— Et Dorianne ? C'est pour elle que tu as monté ton spectacle. On devrait peut-être l'attendre, non ?

La présence de la chauve-souris sur sa langue empêcha Pierre de répondre, mais il se tourna vers ses invités, gueule toujours caverneuse avec le mammifère volant se débattant follement là-dedans, et il scruta rapidement chacun des masques grimaçants et des faciès lourdement fardés qui planaient là, plantés sur des corps tendus d'obscurité. Il parut mettre un certain temps à comprendre que, Dorianne ne portant pas de déguisement en ce soir sacré, elle ne pouvait par conséquent se trouver nulle part parmi ce peloton d'anonymats protégés. Alors, comme il allait enfin crier quelque chose, la menue chauve-souris parvint à se défaire de l'étreinte gluante des glandes salivaires de Dracula et, faisant claquer ses ailes furieusement contre les lèvres et les dents luisantes, elle prit son essor et virevolta comme une dingue entre les spectateurs qui se garaient, se bousculaient et se protégeaient la tête dans un début de panique. Puis elle franchit la rampe et alla se perdre dans la nuit, évitant les halos de lumière tandis que je la suivais des yeux en disant adieu.

Après cette pénible régurgitation, le premier son articulé par Pierre aurait pu être quelque chose comme Pouah ! ou alors Pouet ! Mais ce qu'on entendit précisément, ce fut un *Pietr !* retentissant.

* * *

Pietr le petit Polonais prendra le pieu effilé qu'il aura dissimulé dans la remise et il le tiendra d'une main ferme et fera face à la Bête, enfin. Et il priera le Très-Saint-Père-Pape de toute la Pologne Promise et sera plus sûr que jamais qu'elle en est un et que le général Jaruzelski en est un aussi et que la Maison-Blanche en est remplie. Elle, en se retournant, demandera de sa voix douce et triste qui ne réussira pas à attendrir le petit Polonais : Vincent ? C'est toi ? Oh Vincent ! Oh amour ! Ami… Emmène-moi, Vincent ! Emmène-moi loin d'ici ! Je t'en prie… Je t'en supplie… Amour. Ensuite elle criera quand petit Pietr brandira son pieu effilé et quand il fera le signe de croix et fera ses prières, elle criera et lui, là-bas, le Casanova d'Hochelaga-Maisonneuve, il l'entendra crier et Pierre criera Pietr mais Pietr ne voudra rien entendre, Pietr le petit Polonais en aura assez entendu, des mots dits par Pierre, des mots écrits par Vincent, des mots torturés par elle et des mots jamais écrits et des mots pas encore prononcés par Pietr. Il aura assez attendu, Pietr. Il n'écrira pas, lui, Pietr, il criera, et ce ne sera pas un mot ni une prière, ni de la peine ou de la peur, seulement un cri, Pietr criera et brandira son pieu effilé et elle, elle renversera son verre de vin pas encore bu et ça fera une tache rouge en plein là, là où je frapperai, là où je voudrai frapper, où je n'aurai pas le temps de frapper parce que la rampe de fer forgé cédera sous son poids et elle, elle aura la tête accrochée par la corde à linge et la corde à linge se rompra en grinçant et les épingles à linge claqueront comme des dents et les hosties de chips au vinaigre revoleront dans les airs avec le verre et son corps à elle revolera aussi. Il chutera vers le sol, accroché à cette corde à linge transformée en liane et elle aura un long cri de bête, un hurlement d'animal aérien comme Tarzan au bout de sa liane et elle s'étalera de tout son long sur la vieille minoune deux étages plus bas, dans un terrible bruit de tôle enfoncée, et le vieux gars se cognera la tête sur sa transmission et se fera une bosse, et elle, elle restera là, pantelante, avec quelque chose de cassé dans la colonne. Quand monsieur le mécanicien amateur sortira en catastrophe de sous la carrosserie de sa minoune, il aura la drôle de vision, lui, le divorcé, le sans femme, sans femme comme Pietr le petit Polonais qui ira encore à l'église Notre-Dame-de-Czestochowa, coin Hochelaga et Gascon, et ce sera toujours pour voir les filles parties du pays de Pologne seules et saines et sexuées, la drôle de vision d'une femme enfin atterrie là comme par magie, encore emmêlée dans sa corde à linge et portant sur la tête une paire de petites culottes qui lui donnera l'air d'une bonne femme à bonnet des quartiers populaires foudroyée en train d'étendre son linge, qui lui donnera l'air d'être enfin déguisée pour la soirée d'Halloween, l'air d'une vamp finie posant pour une annonce d'auto usagée, une vamp déguisée en bonne petite lavandière à bonnet du bas de la ville. Enfin vieille, elle sera. Et quelque chose de cassé dans la colonne, elle aura. Et Pietr le petit Polonais dira : beau temps pour mourir, madame Chose. Les poulies grinceront et le petit Poulinais, il criera.

* * *

J'effectuai deux visites, au lendemain de l'Halloween. La première, à Pietr le Polonais, aux étages supérieurs de la prison Parthenais. Pierre, encore trop atterré, n'avait pas voulu m'accompagner. Déprimé, le Pierre... Il en avait même perdu la parole, je n'avais jamais pensé que ça pourrait lui arriver. Pietr, lui, semblait très calme, en accord total avec son geste, plein de confiance en la clémence des autorités qui comprendraient, m'assura-t-il. Il me tint des propos confus, le galimatias coutumier auquel je n'avais jamais vraiment prêté l'oreille. Cette fois, je fis de mon mieux pour percer ce fuyant bredouillis. Pietr s'efforçait de me convaincre qu'il n'avait pas encore complété sa mission, que ce n'était pas fini, que rien n'était acquis : il fallait quelqu'un pour continuer la tâche. Il tira de sa poche une coupure de magazine toute cochonnée et me la montra.

C'était tiré d'un *Playboy* de l'année précédente, un entrefilet où un Américain original qui se disait chasseur de vampires affirmait avoir dénombré pas moins de cent de ces suceurs de sang au service de la Maison-Blanche et du Pentagone. Je souris et lui remis l'articulet. Pietr ajouta qu'en Europe centrale, les nosferatus s'étaient recyclés dans le communisme, et je dus convenir qu'il s'agissait là d'une idée assez originale.

Il n'en démordait pas. Je l'adjurais de se ressaisir, tout aussi obstinément, j'en perdais mon sang froid :

— Pietr, essaie d'être un peu sérieux, bon Dieu !

Et lui s'indignait sans relâche et me rétorquait :

— Je ne te demande pas de penser que c'est vrai ou même possible… Je te demande de me croire.

Sur mes demandes insistantes, un policier préposé à une fonction ayant un vague rapport avec le cas en question accepta de me dire que Pietr ne resterait probablement pas longtemps à cet endroit, qu'il faudrait d'abord déterminer s'il était apte à subir un procès pour tentative d'assassinat, ce qui paraissait peu probable vu la nature plutôt paranoïde du discours tenu par le prévenu, et qu'il y aurait des complications de toute façon, parce que ses papiers d'immigration n'étaient pas en règle. Il me demanda si on lui connaissait de la famille, je répondis que non. Je remerciai et partis. La prison, tout le temps que je marchai en direction de l'appartement qui avait été le nôtre, me poursuivit de son ombre. Une fois dans la ruelle, je reconstituai la scène en pensée et revis Pierre déboulant les escaliers de fer et se jetant juste à temps sur un Pietr changé en automate qui se préparait à plonger son bout de manche à balai effilé dans la poitrine soulevée par un souffle rauque, comme pour la clouer à la vieille voiture. Une voiture pour cercueil ! Dire que Dorianne n'avait jamais voyagé !

Des souvenirs plus distants me revinrent : Dorianne se jetant devant les autos au milieu de la chaussée, Dorianne enjambant la rampe du balcon et faisant mine de sauter dans le vide juste pour tester nos réactions. Levant les yeux vers le lambeau de fer forgé qui pendouillait de la galerie du dernier étage, au-dessus du véhicule funeste, je ne pus me retenir de constater que Dorianne avait bien planifié sa sortie de piste.

Furetant aux alentours, je retrouvai le bout de bois aiguisé qui avait été laissé à traîner près des entrailles d'un sac à ordures et je pris un long moment pour l'examiner.

La seconde visite, ce fut à l'hôpital, évidemment. Je passai un bon bout de temps à la regarder respirer, seulement respirer, avec d'infinies difficultés, à travers le système sophistiqué du respirateur artificiel. Je la trouvai abîmée, fanée, et la couleur éclatante du bouquet de roses que j'avais apporté, par contraste, contribuait à renforcer cette impression pénible. Sa chute l'avait mal arrangée, vraiment. La lumière blanche et impitoyable de l'hôpital ne l'épargnait pas, c'était sans merci. Dorianne faisait un retour de force à la réalité.

Pourtant, en même temps que je guettais le halètement poussif de sa poitrine, je ne pouvais m'empêcher de respirer mieux et de me sentir sur le point d'être délivré d'un grand poids. Je savais maintenant que je pourrais souffler et continuer d'écrire, que la Dorianne de mes mots serait de nouveau belle et désirable et damnante comme au début et que je n'aurais pas été le témoin de sa déchéance en vain. Une certaine substance serait préservée, sa moelle sustenterait ma mémoire et, à défaut d'elle, je serais peut-être sauvé. Ses frasques ne me sauteraient plus à la face comme autant de diablotins. Le jeu de massacre du miroir était fini. Ce n'était pas seulement son épine dorsale qui avait craqué. Notre pacte était rompu, un certain charme aussi.

Causant avec un médecin qui passait par là et qui avait eu connaissance du cas, je lui demandai naïvement :

— Est-ce qu'elle va vivre, docteur ?

Mais aussitôt, en la regardant, je corrigeai mon tir et ma question devint :

— Est-ce qu'elle est encore vivante ?

Le cher homme, se penchant sur elle avec la gravité qui seyait à la circonstance, eut un sourire énigmatique et me déclara, presque enthousiaste :

— Vivante ? Que voulez-vous dire ? Vous savez, ce voisin du rez-de-chaussée, là-bas, le propriétaire du véhicule, il n'aurait pas dû la déplacer comme ça... Fallait pas la bouger, voyons... Quelle idée de la prendre dans ses bras, comme si la Belle au bois dormant en personne lui était tombée dessus... Vivante, vous disiez ? Elle respire encore faiblement, si c'est ce qui vous préoccupe, grâce à un appareil conçu à cet effet, et son cerveau manifeste une activité électrique minimale. Ce qu'on appelle le coma, cher ami. Mais vivante ? Elle n'est pas morte, vous le voyez bien. Vivante, ça, c'est autre chose. C'est autre chose et j'ose dire que ça ne vous concerne même pas. Pour la médecine, mon jeune ami, il n'y a plus de vivants, plus de morts. Il n'y a que des patients à différents stades d'évolution vitale, de vieillissement global... Il est aussi difficile de dire où commence la vie que de savoir où elle prend fin exactement, vous comprenez ? Pour certains, tant que le sang circule… En général, bien sûr, on se base sur l'activité cérébrale, le sacro-saint encéphalogramme, mais entre nous, mon vieux, un cerveau, dans l'état où elle se trouve, ça sert à quoi ? En vérité, tout cela n'est qu'une question d'éthique personnelle, de croyances…

Il la considéra longtemps en silence, respirant très fort toutes narines dehors, puis il répéta d'un ton profondément absorbé : … *de croyances, oui.* Ensuite il me quitta pour une occupation plus urgente. Je n'eus pas à réfléchir longtemps. Une infirmière pouvait survenir à tout moment. Alors je tirai d'entre les fleurs le pieu effilé que j'y avais dissimulé et qui en sortit comme une très longue épine. Plus tard, il serait toujours temps de pleurer, toujours temps d'avoir peur. Je m'avançai vers le lit, visant déjà le cœur palpitant qui pompait toujours le sang dans la poitrine bien-aimée.

Montréal, le 8 décembre 1990

Table des matières

Crédits et remerciements

Les Éditions du Boréal reconnaissent l'aide financière du gouvernement du Canada par l'entremise du Fonds du livre du Canada (FLC) pour ses activités d'édition et remercient le Conseil des Arts du Canada pour son soutien financier.

Les Éditions du Boréal sont inscrites au programme d'aide aux entreprises du livre et de l'édition spécialisée de la SODEC et bénéficient du programme de crédit d'impôt pour l'édition de livres du gouvernement du Québec.

En couverture : Andrew Bell, *Rewerk* (2009), Ingram Gallery.

DANS LA COLLECTION « BORÉAL COMPACT »

Gil Adamson
La Veuve

Gilles Archambault
La Fleur aux dents
La Fuite immobile
L'Obsédante Obèse et autres agressions
Parlons de moi
Les Pins parasols
Stupeurs et autres écrits
Tu ne me dis jamais que je suis belle et autres nouvelles
Un après-midi de septembre
Une suprême discrétion
La Vie à trois
Le Voyageur distrait

Philippe Aubert de Gaspé fils
L'Influence d'un livre

Philippe Aubert de Gaspé père
Les Anciens Canadiens

Honoré Beaugrand
La Chasse-galerie

Victor-Lévy Beaulieu
Blanche forcée
James Joyce, l'Irlande, le Québec, les mots
Mémoires d'outre-tonneau
Monsieur de Voltaire

Élisabeth Bégon
Lettres au cher fils

Pierre Billon
L'Enfant du cinquième Nord
L'Ogre de Barbarie

Nadine Bismuth
Les gens fidèles ne font pas les nouvelles
Scrapbook

Neil Bissoondath
Cartes postales de l'enfer

Marie-Claire Blais
La Belle Bête
David Sterne
Le jour est noir, suivi de *L'Insoumise*
Le Loup
Manuscrits de Pauline Archange, Vivre ! Vivre ! et *Les Apparences*
Les Nuits de l'Underground
Œuvre poétique 1957-1996
Pierre
Soifs
Le Sourd dans la ville
Tête blanche
Textes radiophoniques
Théâtre
Un Joualonais sa Joualonie
Une liaison parisienne
Une saison dans la vie d'Emmanuel
Visions d'Anna

Gérard Bouchard
Mistouk

Jacques Brault
Agonie

Frances Brooke
Voyage dans le Canada ou Histoire de Miss Montaigu

Louis Caron
Le Canard de bois
La Corne de brume
Le Coup de poing
L'Emmitouflé

Ying Chen
Immobile

Ook Chung
Contes butô

Laure Conan
Angéline de Montbrun

Gil Courtemanche
Un dimanche à la piscine à Kigali
Une belle mort

France Daigle
Pas pire

Francine D'Amour
Les dimanches sont mortels
Les Jardins de l'enfer

Hector Fabre
Chroniques

Louis Fréchette
Originaux et Détraqués

Christiane Frenette
Après la nuit rouge
Celle qui marche sur du verre
La Terre ferme

Saint-Denys Garneau
Regards et Jeux dans l'espace

Antoine Gérin-Lajoie
Jean Rivard, le défricheur,
suivi de *Jean Rivard, économiste*

Jacques Godbout
L'Aquarium
Le Couteau sur la table
L'Isle au dragon
Opération Rimbaud
Le Temps des Galarneau
Les Têtes à Papineau

François Gravel
Benito

Louis Hamelin
Betsi Larousse
Ces spectres agités
Cowboy
Le Joueur de flûte
La Rage

Anne Hébert
Les Enfants du sabbat
Œuvre poétique 1950-1990
Le Premier Jardin

Bruno Hébert
C'est pas moi, je le jure !
Alice court avec René

Louis Hémon
Battling Malone, pugiliste
Écrits sur le Québec
Maria Chapdelaine
Monsieur Ripois et la Némésis

Michael Ignatieff
L'Album russe

Suzanne Jacob
Laura Laur
L'Obéissance
Rouge, mère et fils

Marie Laberge
Annabelle
La Cérémonie des anges
Juillet
Le Poids des ombres
Quelques Adieux

Marie-Sissi Labrèche
Borderline
La Lune dans un HLM

Dany Laferrière
Le Charme des après-midi sans fin
Comment conquérir l'Amérique en une nuit
Le Cri des oiseaux fous
J'écris comme je vis
Je suis un écrivain japonais
Pays sans chapeau

Robert Lalonde
Le Diable en personne
Le Fou du père
Iotékha'
Le Monde sur le flanc de la truite
L'Ogre de Grand Remous
Le Petit Aigle à tête blanche
Que vais-je devenir jusqu'à ce que je meure ?
Sept lacs plus au nord
Une belle journée d'avance

Monique LaRue
Copies conformes
La Gloire de Cassiodore

Louis Lefebvre
Le Collier d'Hurracan

Henry Wadsworth Longfellow
Évangéline

Françoise Loranger
Mathieu

André Major
La Folle d'Elvis
L'Hiver au cœur
Le Vent du diable

Yann Martel
Paul en Finlande

Stéfani Meunier
Ce n'est pas une façon de dire adieu

Marco Micone
Le Figuier enchanté

Christian Mistral
Sylvia au bout du rouleau ivre
Vacuum
Valium
Vamp
Vautour

Hélène Monette
Crimes et Chatouillements
Le Goudron et les Plumes
Unless

Pierre Monette
Dernier automne

Émile Nelligan
Poésies

Daniel Poliquin
L'Écureuil noir
La Kermesse

Monique Proulx
Les Aurores montréales
Le cœur est un muscle involontaire
Homme invisible à la fenêtre

Yvon Rivard
Le Milieu du jour
L'Ombre et le Double
Le Siècle de Jeanne
Les Silences du corbeau

Louis-Bernard Robitaille
Maisonneuve, le testament du gouverneur

Gabrielle Roy
Alexandre Chenevert
Bonheur d'occasion
Ces enfants de ma vie
Cet été qui chantait
De quoi t'ennuies-tu, Éveline?
suivi de *Ély! Ély! Ély!*
La Détresse et l'Enchantement
Fragiles Lumières de la terre
La Montagne secrète
La Petite Poule d'Eau
La Rivière sans repos
La Route d'Altamont
Rue Deschambault
Le Temps qui m'a manqué
Un jardin au bout du monde

Jacques Savoie
Les Portes tournantes
Une histoire de cœur

Mauricio Segura
Côte-des-Nègres

Gaétan Soucy
L'Acquittement
L'Immaculée Conception
La petite fille qui aimait trop les allumettes

Joseph-Charles Taché
Forestiers et Voyageurs

Marie José Thériault
L'Envoleur de chevaux

Miriam Toews
Drôle de tendresse

Lise Tremblay
La Sœur de Judith

Marie Uguay
Poèmes

Guillaume Vigneault
Carnets de naufrage
Chercher le vent

MISE EN PAGES ET TYPOGRAPHIE :
LES ÉDITIONS DU BORÉAL

ACHEVÉ D'IMPRIMER EN SEPTEMBRE 2010
SUR LES PRESSES DE L'IMPRIMERIE GAUVIN
À GATINEAU (QUÉBEC).